標的走路

失踪人調査人・佐久間公❶

大沢在昌

双葉文庫

目次

標的走路

失踪人調査人・佐久間公①

第一部　東京

プロローグ

朝。

僕は走っている。地面を叩くスニーカーから固い感触が背骨を突きぬける。

息が白い。

全周約一キロの小さな公園を十周するのだ。都会の真ん中にある小公園の午前六時。

人影はまったくない。露に湿った芝生の枯れた色に、白く塗られたベンチが浮いている。

走っている間は何も考えない。右足を出し、次に左足を出す。ゴールまで、あと二百メートルばかり。

肺があえぎ、今立ち止まれば、全身に震えがくることがわかっている。苦しい。だが走る。

走り終えた。

芝生に跪き、すわった。汗がこめかみから首筋に流れ、それを首に巻いていたタオルでぬぐった。

今まで自分が走ってきた方角には、太陽が昇りつつある。黄金の色だ。目が痛い。

公園は、僕のアパートから車で十分ばかりのところにある。毎朝、五時半に起きると、スウェットに着替えやってくる。仕事で徹夜したとき以外は、この一カ月つづけている。

早起きをし始めた日から、体重が三キログラム減った。自分の動きが軽くなっているのを感じる。

汗が止まり、鼻だけで呼吸ができるようになると、立ち上がって車の方に歩いた。

まだ公園にはひとけがない。汗が冷えて、わずかに寒けがした。

早朝ランニングを始めたのに理由はない。ある晩、漠然と、しようと思い立ち、翌朝から走り出した。

それで一カ月。悪くはない。

もし、計画を立てたとすれば、一週間とはもたなかったろう。

一台だけ、路上におかれた車の窓はすっかり曇っていた。暖かな車内に、一刻も早く入り、すわりたかった。そこで、僕は助手席のドアを開けた。

それで、命拾いをした。

最初に目に入ったのは、運転席のドアの内側に結びつけられた、細い針金だった。針金は、シートにのった、ブリキ缶からのびていた。丸い、金色のクッキィの缶だ。

僕には一瞬で、それが何だかわかった。その朝、僕はついていたし、冴えてもいた。その朝でなければ気づかなかったかもしれない。あるいは、他の日であれば、無造作に缶を手もとに引き寄せたかもしれない。いや、その前に、運転席のドアを開けていたろう。

止まっていた汗が再び流れ出した。今までのとはちがう、吹き出した時点で、冷たさを感じさせる汗だ。

耳をすませた。時計のセコンドは聞こえない。僕は、息を止めていた。

車から降りて、公衆電話を捜した。そっと、そっと、助手席のドアを閉めた。自分が走ってきた公園の、半周向こうに、電話ボックスがあったのを思い出した。

もう一度走った。

さっきまでほど、走ることに苦しさを感じなかった。

1

「過激派が地下出版したシリーズの中に製造法がのってますな。今はもう、発売中止になった除草剤を使うんです」

鑑識のおっさんが、僕の車から取り外したクッキィの缶を見おろしていった。

「比較的、丁寧に作ってあるね。不発はないのじゃないかな」

「じゃあ、運転席のドアを開けていたら……」

警視庁の一課からきたという刑事が、訊ねた。

「そうね、車の前部は吹っ飛ぶし、悪くすりゃ即死だね」

僕はパトカーの座席にすわって、彼らの会話を聞いていた。刑事が白手袋を外して、顎(あご)をかいた。ヒゲがのびている。

「公安かな？」

手帳をつけていた同僚に話しかけた。問われた方が低い声で答えた。

「一応、連絡は……。あとがうるせえから……」

「で、職業、何だって……」

僕の方を見やっていった。

「法律事務所に勤めてるって……。いや、弁護士じゃない。ほら、せんの刑事課長だった、徳山（とくやま）さんがいる、早川（はやかわ）。あそこらしい」

「……失踪人調査……」

とぎれとぎれの会話が聞こえた。

二人の刑事は、スーツを着け、上から厚地のジャンパーを着こんでいる。鑑識のおっさんは紺の制服に、ジャンパーだ。

「で、過激派の線は……」

パトカーの運転席にすわる警官が、ショート・ホープを一本くれた。マッチを借りて火をつけ、吸っていると他の刑事がやってきていった。

「今、お宅に送りますよ。四谷でしたね」

「そうです」

「いずれ、事情は……」

「まあ、ドカンとこなくて何よりだったね。本当に運がよかった……」

もう一人の刑事が僕の隣に乗りこんで、いった。

「ドカン」といいながら、バタンとドアを閉める。

「指紋とれそうですか」

僕は訊ねた。

「さあ、どうかね。今時、指紋残す奴あいないから」

「でも爆弾だからね。作るときは細かい作業だし、それに吹っ飛ぶと思ってりゃあ、案外、残してるかもしれんね。ほら、札幌の、例の件のとき、とれたっていうじゃない……」

助手席に乗りこんだ刑事が振り返っていった。

運転の警官が、無線連絡を終え、パトカーを発進させた。

「しっかし、えらい目だな。爆弾とは、え？」

刑事が僕にいった。

「命を狙われるほど、大物になったつもりはありませんがね」

「さあねえ、失踪人調査やってるってたけど、商売柄、どう？　お礼参りなんか」

「刑事さんほどじゃないでしょう」

いうと、刑事はちょっと嫌な顔をした。

「マルボウ（暴力団）じゃねえな……」

もう一人の刑事がいった。

「そうなあ、あんな手のこんだことはしねえな。ゴロでもふっかけて、ぶっ刺した方が早いだろ。確実だし」

刑事達は、勝手な憶測をいい合った。

「誰も見ていない?」

僕に訊ねた。誰も見なかった。

「脅迫はどう」

交互に二人が訊ねた。

「変な電話や手紙、なかった?」

「ないですね。何も」

「今、取りかかっている仕事は?」

「いや、ないです。おととい片付きました」

「どんなの」

「女子高校生。同棲してたのを捜して」

「相手は」

「バンド・マン。フィリピン人です」

「ちがうみてえだな。そいつは」

「まあ、だけど、誰かが、あんたを殺そうとしたのは確かだね。心当たりは……」

「殺したいほどってのは、いませんね」

「……」

無言がつづき、やがて一人がいった。

「ま、鑑識だな。そっちで何かでるだろ」

「そうすりゃ心当たりもあるかもしれないし……」

「いずれにしても、あとでお宅の事務所の方にうかがいますから……」

パトカーが四谷の僕のアパートの前に着くと、刑事が一人、僕と一緒に降りた。

「一応ね、部屋まではついていこう」

彼は頷いていった。

「リターン・マッチの警戒ですか」

欠伸(あくび)をかみ殺しながら、再び頷いた。

「いい所、住んでるね。風呂付き？」

「ええ」

「何部屋？」

「一ＬＤＫ」

エレベーターはない。階段が三階までつづいている。

「幾ら？」

答えた。驚いたようだった。早川法律事務所が僕に払ってくれる給料は、決して悪くはない。

僕がドアにキイをさしこむと、刑事は少し、警戒した表情を浮かべた。

「大丈夫かな?」

僕はゆっくりとドアを開いた。何も起こらなかった。

頷いて、引き揚げようとした刑事に礼をいった。彼は真剣な顔で答えた。年齢は四十五ぐらいで、目立つようなタイプではなかった。喋ると煙草の匂いがするが、決して不快なほどじゃない。

「あのね、遺恨であんなことをするときは、大抵、脅迫が先立つものなんだ。やる奴は、恨みを晴らしたいからするんで、そういうときは必ず相手にそれをぶつけるからね。でも、いきなりってのは、誰でもいい、いっちゃってる奴か、それとも、確実にあんたを殺したいと思って、それだけが目的の奴か、どっちかなんだ。だから、あんた気をつけた方がいい。何か変なことがあったら必ず、連絡をするようにね」

僕は、そうすると答えた。刑事の姿が階段から見えなくなると、ドアをロックした。

シャワーを浴びている間に突然、膝の震えがやってきた。湯温を上げても、震えはなかなか止まらなかった。だが、散弾銃を持った男が扉を破って侵入してくることもなく、窓ごしに爆弾を投げこもうとする者もいない。

体をぬぐうと、トレーナーを着けコーヒーをいれた。キッチンの椅子にかけ、悠紀(ゆき)がくれたモーニング・カップでコーヒーをすすっているうちに、僕の車にしかけられた爆弾は人ちがいか、異常者の無差別攻撃のどちらかではないかと思えてきた。

朝らしい音楽を！　そう思い立ち、ウォルター・マーフィがアレンジしたチャイコフスキーの曲をテープにかけた。十六ビートにのせられたチャイコフスキー。

フランスパンにバターを塗りつけ、サラミソーセージの固まりと自家製ドレッシングをかけた生野菜を平らげた。自家製といっても、出所はモーニング・カップと同じで、ピアノ教師となるべく女子大に通っている二十一の女の子によるものだ。

きのう一日休みを貰っていたので、今日は事務所に顔を出さなければならない。いずれにしても、さっきの刑事が容疑者を捜すために、僕の扱った事件のファイルをひっくり返しにやってくる。

昨年の暮れのボーナスで買った、全自動食器洗い機に皿をいれ、煙草に火をつけると、電話が鳴った。受話器を取ると、いきなり欠伸の声が流れてくる。

「……俺だよ。今、何時だ」

「〝一一七〟じゃないぜ。午前九時半だ」

僕は答えた。欠伸の主は、沢辺（さわべ）という、悪友だった。スリー・クッション・ビリヤードの好敵手で、自他ともに認める遊び人だ。

「今、終わったんだ。例の新宿の雀荘にいるんだよ。畜生、負け戦さに粘りやがって……」

「幾ら稼いだ？」

「二十とちょっとかな。よけりゃ今夜奢るぜ」

「こいつは御奇特なことで。七時に『サムタイム』でどうだい」

「よし。話があるんだ。たとえ女が十人乗りこんできて、公を裸にしても、すっぽかさずにでてこいよ」

「もし、そうしたら落とし前つけてくれるかい、別の十人の女で……」

「そうだな。大丈夫だろ。お前んとこにやってくるゲテモノ好きの女が十人もいるとは俺には思えんな」

「この野郎。テクニックで勝負する佐久間公を知らないな」

「やめてくれ。俺は今から帰って寝るんだ。お前に犯される夢でも見たんじゃかなわねえ。あとでな。おやすみ」

沢辺は電話を切った。彼との会話のあとでは、佐久間公爆殺未遂事件がますます、非現実的に思えてくる。もっとも、いつかこの仕事のために僕が命を落とすと信じている沢辺だが。

トレーナーを脱ぎ、薄茶のセーターを頭からすっぽりとかぶったところで、再び電話が鳴った。

「ムム……」

受話器を取り、セーターの裾をかじりながら返事をした。

「えっ、もしもし?」

若い女の声がはね返ってきた。

「俺さ」

「あっ、コウね、びっくりした。変な声がしたから」

悠紀からだった。

「どうしたの?」

「休講よ、嫌になっちゃう、人がせっかくでてきたってのに」

「何の授業?」

「音楽史。苦手な教授なんだ。お年のくせに、すぐせまりたがるんだもん、ね。お茶奢らない? そっちまででてくからさ」

「仕事ですよ、今日は。これから事務所いくの」

受話器を耳と肩にはさんで、焦げ茶の柄の入ったスラックスをはいた。ファスナーを引き上げると、聞こえたのか、悠紀が笑った。

「嫌ね、何の音よ」

「想像通りさ。ただし、おろしたんじゃなくて。引っぱり上げたんだ」

「馬鹿。しゃあないな、コウが駄目なら友達と男漁りにでもいくか」

「短期決戦は押しが肝心だぞ」

「何よ、それ」

「ナンパの心得さ」

「あなたは一度、死にかけたんだ、といいかけてやめた。悠紀は本気で心配する。心配させといて平気なほど、悠紀の僕の心における地位は低くない。

「好きだよ、お姐ちゃん」

「フン！　あたしは嫌いだね、お兄ちゃん。また、電話するわ……」

切れた電話機は、五メートルの延長コードを引きずって今や洗面所にあった。髪をとかすつもりで、洗面所までやってきたのだ。

ヘア・リキッドを手にたらしたとき、またもや鳴り出した。今日は電話の日か。受話器を取るにも掌は油でベタベタだ。髪にすりこみ、ペーパー・タオルで拭き取るまで鳴らしておいた。

「はい、もしもし……」

「……」

わずかの間の沈黙の後、電話は切れた。相手が切ったのだ。鏡に向かって、肩をすくめドライヤーのスイッチをいれた。

髪もキマると電話をキッチンのテーブルに戻し、もう一杯、コーヒーを飲んだ。今日のスケジュールを頭の中で反芻する。警察が車を持っていってしまった。修理工場のように代車を回してはくれないだろう。地下鉄に乗り、歩いて、腹を引っこめよう。それに、この間買った、キャメルのブレザーを着て、街を歩けば、メンクラのカメラマンが声をかけてくるかもしれない。爆弾のことを考えると、そのブレザーの下に吊るす、拳銃が欲しくなった。爆弾は冗談事ではない。だが、余りにも信じられない出来事である。

誰かが僕を殺そうとしたのだ。

何のために。

「死んでたまるかい」

そう自分に凄むとアパートをでた。

2

地下鉄の線路に僕を突き落とそうとする者はいなかった。無事に虎ノ門駅で降り、内幸町の方に少し歩いたところにある、オフィスに辿り着いた。

早川法律事務所――そう記されたプレートが、東京の高層建築物の草分けとなった古い、しかし由緒を感じさせるビルの玄関に貼られている。いつか、ケーブルが切れて死傷者を出すにちがいないとの噂が高いエレベーターで六階に昇った。ビル自体が法律事務所の持ちものだが、オフィスは六、七階だけで、あとの階は他企業に貸している。

早川法律事務所は、おそらくは日本最大規模の民間法律事務機構である。所属する弁護士は、民事、刑事を併せて、十数名を数える。他に司法書士、弁理士も抱え、下請け興信所との依頼、契約の手間を省くため、調査課が設けられている。調査課は当初、証拠収集を業務とする「一課」のみであったが、十年ほど前、失踪人を原因とする事件依頼が、民事部門に急増したおり、商才に長けた「所長」早川弁護士が失踪人調査を専門業とする「二課」を開設した。早川法律事務所調査二課は、現在では独自の捜査方法によって業界最高の成果を誇っている。

調査二課長は、典型的な桜田門ＯＢであり、そのヨコのつながりを最大限に利用する目的で早川弁護士は彼を現在の席にすえたのだと周囲には見られた。しかし、早川弁護士が買ったのは、彼の眼だった。元警視庁刑事課長は、彼と同じ才能を持つ人間をよく見分けるのだ。五年前、学生から崩れてインチキ企業を悪友達とやっていた僕をこの仕事に引きずりこんだのは彼だった。

目標を追いつづけ、そのために数多くの人間と会うことを苦痛に感じない人間、そして何よりも捜すという行為を楽しめる人間——初めて会ったときに彼は僕の性格にそういう部分を認めたのだ。しかも、他人のプライヴァシーに対して、デリケートになり、必要なときは、まったくその逆に振舞うことも教えこんでくれた。

およそ、三十歳以下の年齢の失踪人調査（依頼件数の約半分）の専門家を、こうして早川法律事務所は得たのだ。

「殺されそこなったって？」

電話と電子機器（現代の私立調査機構がオフィスに備えるエレクトロニクス兵器の威力に比べればテレビに登場する刑事部屋の無線器など糸電話に等しい）で部屋の半分を占領された、調査二課のオフィスに入るや正面デスクにすわる課長が声をかけてきた。

推定年齢五十七歳、即ち本来の退官年齢よりかなり前に公務員を辞めている。身長一六五センチ。グレイ、又は茶のスーツを好み、半白の髪はオール・バック。シャツは白しか着ない。極めて地味で特徴がない。二十年にわたる、警察官生活で彼が身につけた雰囲気とは、特徴がなく、それでいて初対面の人物にも信頼感を抱かせる威厳のようなものだった。

彼は常に十八名の調査二課員の動きを把握している。

地味な中年男——彼の持てる管理能力は決して地味ではない。

「もう聞きました？」

「聞いた。夕方には車を返してくれるそうだ。それに午後、刑事が二人くるよ」

僕は自分のデスクに腰をかけ、天井を見上げると低く口笛を吹いた。

「びびってないいな」

「どうして？」

「狙われたのは自分だと思わないのかい」

「思いませんね。今のところは」

「やり方が突飛すぎるからだ。匕首(あいくち)で狙われれば納得する」

「それほどＶＩＰじゃありません」

電話が鳴り、ふたつ空席をおいて並ぶ今年四十歳になる課員が取った。

「……はい。はい。住所をどうぞ。豊島区……はい。三十分で、了解」

電話を切るとオフィスをでてゆく。「クリーニング屋さん」というのが彼の渾名(あだな)だ。でてゆくときに挨拶はない。五分もすれば、クリーニング店のデリバリ・バンがビルの駐車場から発車する。

ここのシステムは人員投入を最小限に抑えることから出発している。一件につき、一人ないしは二人が、徹底的に調査をする。ときには一年にも及ぶことがある。警視庁では、未解決重要事件にこのシステムを導入し、「ＦＢＩ方式」と呼んでいる。

「クリーニング屋」がでていったことにより、オフィスは連絡中継係二名と課長と僕の四人になった。中継係は余計な口を一切きかない。

「今朝狙われたのは僕かもしれません。でもこの次狙われるのは、アイ・ドント・ノウ」

「このオフィスの誰かか。それともビルか、全く関係のない人間か、車か、あるいは交番か」

「そういうことです」

「また、君が狙われるかもしれん。そして、次は成功するかもしれない」

「なぜ？　怨恨ですか」

「多分」

僕は、今朝電話をよこした沢辺が以前いっていたことを思い出した。いつか、僕がこの仕事で命を落とすというやつだ。同棲中のカップルの片割れを捜し出し、引き離したばっかりに、残りの片方に包丁で土手っ腹をえぐられる。「六畳一間かなんかの安アパートの台所で血まみれになって死ぬかもな」沢辺はそういった。

僕は黙って、オフィスの窓から小学校の校庭を見おろした。体育の時間か、ドッジ・ボールをやっている子供達が見えた。行進の練習をしている組もある。秋なのだ。運動会が近いのだろう。

「依頼がある」

僕の気持を見こしたように課長がいった。

「四時に依頼人がくる。電話の話では、失踪人は、若い男性だ。君の仕事のようだな」

「了解」

僕はデスクから腰を上げた。出口に向かうと、

「コーヒーよし、パチンコよし、ビリヤードよし、だが、昼すぎには戻れよ、刑事がくる」

声がかかり、僕は後ろ手で返事をした。

一時半にオフィスに戻ったときは、コーヒーで腹が、がぼがぼだった。朝、階段を一緒に上がった刑事と、もう一人これは初対面の刑事が、課長の世話で僕のファイルをひっくり返していた。

刑事達が再び質問し、僕が答えた。年かさの、僕を送ってくれた刑事は岩崎と名乗った。

「あれから何か、思い出した？　あのあたりで誰か見た？」

ノー。

「君の命を狙う者の心当たりは？　仕事以外の私生活でも」

ノー。人妻とバージンには手を出さない、なんて。

「脅迫を受けたことは」

ノー。

「ただし、あのあと奇妙な電話が一本ありました。鳴って、でたが、すぐに切れた」

「いつ」

「十時すぎです」

「そういうことは前にも」

「この何カ月かはないですね」

「確認したのかもしれない」

メモを取っていた、もう一人の刑事がいった。あるいはまちがい電話かもしれない。

「何を？　失敗したことを？」

岩崎刑事がいい、若い刑事は頷いた。

質問がつづき、あるものはくり返され、三時半、コピーの資料を抱えて刑事達は去った。岩崎刑事は肩書きのない名刺をくれた。緊急事態には一一〇番よりも、ここに電話をしなさい――吹き飛ばされたら、ダイヤルは回せない。

「コーヒーを飲み飽きた顔だな」

課長がいった。日焼けした顔にはまった目が僕を見つめている。

「ええ。依頼人は四時でしたね」

さっと腕時計を見て、彼は頷いた。

「じきだ。車を持ってきてくれたそうだから、今のうちに駐車場においてくればいいだろう」

彼の言葉に従い、一階に降りた。車はオフィスの真ん前の、駐停車禁止区域におかれていた。もし、キップを切られていたら、罰金は警視庁で払ってくれるのだろうか。実際は、証拠品として持っていかれた車なのだから、受け渡しには面倒な書類手続きがある筈だ。それがないのは、課長のおかげかもしれない。

車は見たところ異常なかった。指紋採集粉も拭き取られ、変化といえば、灰皿が空になっていたことだけだ。車を駐車場にいれ、降りると、来客用のスペースに一台の車がすべりこんできた。シルバー・グレイのＢＭＷ六三三。

足もとをミシュランでがっちり固めてある。車好きでなくとも、見惚れる車だった。運転者は、一見無造作な、しかし慣れた様子で車をバックからスペースにいれた。僕が黙って見ていると、運転者は車を降りドアをロックした。グレイのスーツに、セリーヌの黒のバッグをさげている。

髪は短めで、金のかかったウェーブだ。目は二重で鼻筋も通り、唇のふくらみにセックスアピールがある。彼女は自分の魅力を知っている。年齢は二十五、六。僕の趣味でいえば八十点といったところか。

その彼女が「四時に現われる依頼人」だった。

七階にある応接室の空気に甘い香りが漂っている。依頼人がつけている香水のせいだ。

「津田智子と申します」

彼女は名乗った。サングラスを外した目がちらりと僕を見、課長に向けられた。何の表情も浮かんでいない。

「御用件をうかがいましょう」

若い女性のブラフなどにはビクともしない課長が促した。彼女は息を止め、彼を見つめた。

「人を捜して下さい。鳥井譲（とりいじょう）という男の人です」

「失礼ですが御親戚ですか」

「いえ、ちがいます」

「御友達？」

「恋人です」

淀みはなかった。

「いなくなられたのはいつごろです」

「さあ。最後に連絡がございましたのは先月でした」

「お会いになられた？」

「いえ、電話です」

課長は津田智子と名乗った女を見つめた。

「津田さんのことは、代表の早川弁護士からうかがっています。確か、東京第一銀行の頭取のお嬢様で、来年、御結婚なされるそうですね」

「はい。早川先生には父が親しくしていただいています」

高慢には聞こえなかった。ただ、冷ややかなだけだ。

「御結婚のことをその鳥井さんという方に知らせられたいわけですな」

「わたくしの結婚は、父の銀行にとりましても、大変重要なことです。夫になります人は中央開発の常務取締役をしていますので。結婚はあくまでも私事ですけれども、結婚式そのものは、私事ではないのです」

「大変、重要な方々が出席されるのでしょうなあ」

課長は感激したように首を振った。津田智子は黙っていた。あるいは馬鹿にされたと思ったかもしれないが、何とも感じないだろう。彼女の父は大銀行の頭取で、結婚相手はコンツェルンの若き重役なのだ。政財界こぞってのにぎやかな披露宴になるだろう。無縁の世界だ。こちらがそう思わなくとも、彼女はそう思う。

「で、鳥井氏の行方を突きとめられたいと、こうおっしゃるわけですね」

「父と相談しまして、なるべくトラブルを避けようという結論にいたったんです」

「御依頼人はあなた御自身ということでよろしいですか」

津田智子は頷いた。

芸能界に限らず、上流階層のうちで大きな縁組がとりもたれる際、怪文書、怪情報の類いが関係者に飛び交うことはよくある。そして、情報が真実であるか否かにかかわらず、「火のないところに煙は立たない」式の論法で、破談になるケースもないではないのだ。ましてや津田智子には火種があり、縁談が公（おおやけ）になる前に消しておきたいということだろう。

いい仕事じゃないと思った。もっとも、いい仕事なんてものがあるとしての話だが。

「見つけ出せたとしても、その先のことまでは私共としては責任を持ちかねますが、よろしいでしょうか」

頷いた。

「それでは、一応担当という形で御依頼の件を受け持ちます佐久間君です。細かい質問は彼の方からうかがいます」

津田智子は視線の矛先（ほこさき）を僕に向けた。僕が若いという事実に対して難色を示す依頼人もいるが、彼女はちがった。ただ、まっすぐに僕を見つめただけだ。

「鳥井さんと知り合われたのはいつごろですか」

「去年の夏です」

課長がちらりと僕を見た。

「お幾つですか、その方は」

「十九です、今年」

間をおかずに、彼女の年を訊ねた。

「二十六になります」

「お会いになられたとき、その方は何をしてらっしゃいました。つまり仕事ですが」

「学生です。Ｊ大の国際学科の学生でした」

「国際学科？」

問い返した。

日本語以外の言葉で講義を受けることが可能なだけの語学力を持っていなければ、入学は難しい。

「純粋の日本人ではありません。お父さんが中東の方だと聞きました」

「じゃあ、鳥井譲という名前は？」

「多分、母方の姓と、ニックネームをくっつけて自分で勝手に名乗っていたのだと思います。わたくしはジョーと呼んでましたから」

「本名でしょうか、ジョーというのは」

「ちがうと思います。でも他の名は知りません」

「最後にお会いになられたのはいつですか」

「先月の初めですから九月の十日ごろだったと思います」

「御結婚の話はされましたか」

「いえ、その時点ではまだでしたから。ただ、もうお会いしないといいました」

「そのときの様子は？」

「腹を立てていたようです。こちらからいきなり持ち出したので」

表情を変えずに、彼女は語った。

「それで、電話というのは？」

「九月の二十九日か三十日です。しばらく東京を離れる、気持は変わっていない。そういっていました」

「どこへいくとは？」

首を振った。

「どうでしょう。それっきりで、あなたのことを気にとめなくなっているという可能性は……」

僕は訊ねた。

「わかりません。かもしれません。けれどもわたくしが婚約したことを知れば必ず何かをするような気がするのです。激しやすいところがありましたから」

「なるほど。心当たりはないわけですね、どちらにいかれたか」

「はい。ただ、本国には帰っていないと思うんです」

「本国？　ああ、その方のお父さんの国ですね。どちらですか」

「イラン、かどこか。……いえイランではありませんでした。でも中東であることは確かだと思います」

「日本に、父親はいらっしゃるんですか」

「いえ、おそらく。母親は亡くなったといってましたし、父親が日本にいるかどうかは知りません。一人で暮らしていたようですし」

「どこですか、住居は」

「よく、知りません。麻布だと聞いたことはありますが」

「御存知ない……」

僕は津田智子の顔を見た。恋人だったという男の住居を知らないという。

僕は質問をつづけた。デートは主にどこでしていたのか。生活費をどこから得ていたのか。親しい友人に会ったことはないか、あるいは名を聞いたことは。

不思議なことだが、津田智子は、鳥井譲の私生活について驚くほど知らないようだった。本名も住居も、友人も知らない。彼女が問わなかったのか、鳥井譲が語らなかったのか。手がかりといえば、二人がよく待ち合わせに使ったという赤坂の喫茶店の名と、鳥井譲の愛車、ロータス・ヨーロッパだけだった。

喫茶店はともかく、車はまだ乗っているとすれば、大きな目標になる。目立つ車だからだ。色は、モス・グリーン。

最後に津田智子は鳥井譲の写真を出して僕に渡した。

街角――多分六本木だろう。ややうつむき加減に顔をふせて横断歩道を渡っている。スナップ写真だった。カメラを意識している様子はない。色の浅黒い、彫りの深いいい男だ。

それらしい顔つきはしているが、日本語で話しかけるのがためらわれるほどエキゾチックではなかった。

紺の羽毛ジャケットに、コーデュロイらしいパンツをはいている。ジャケットの下のウェスタン・シャツの胸からサングラスの金色のつるがのぞいていた。

一応、手にしうるものはすべて得た。あとは僕が、駆け、あるいは歩き回る番だ。

「お借りします」

僕がいうと、小さく頷き、津田智子は立ち上がった。

「一週間後に、わたくしの方から連絡をします。もし、それ以前にそちらからお知らせして下さることがあるなら……」

自分の連絡先を伝えようとして、ためらった。

「お勤め先では？」

課長がいった。

「いいえ、勤めておりません。自宅へどうぞ」

電話番号をいい、僕がメモした。

「父は知っていますから。この件については」

彼女がエレベーターに乗りこむのを、応接室の中から見送った。

「あんなもんかね」

「どうですか。純真無垢のお嬢さんとはいえないかもしれませんが、いずれにしてもいいうちのお嬢さんでしょ」

「どうかね、ああいうタイプは」

「正常位しか許してくれないかもしれない」

「そんなこともないさ」

「年下の男とつきあっていたからですか」

課長は頷いた。

「それにしても変わっていますね。恋人だった男のことを何も知らない」

「意外とそういうものじゃないか」

僕は課長を見つめた。早川法律事務所内の草野球チーム「コンチネンタル・オプス」では彼のポジションはファースト。五番を打つ。この人が驚いたり、あわてているのを見たことはない。

「メンバーが帰ってくる。下に戻ろう」

僕は時計を見た。沢辺との待ち合わせにはまだ少し間があった。僕に関していえば、仕事はもう始まっていた。

3

幾つものパブ・スナック、レストラン、ディスコが開店しては若者の記憶にその名をとどめることとなく消えてゆく中にあって、『サムタイム』は六本木では老舗の部類に属するかもしれない。かつて、六本木が大学生とサラリーマンにこれほど親しまれることがなかった時代、歌手や俳優が密やかな逢引きの場として愛したという神話によって支えられてきた店である。

さしたる期待もなく、僕は鳥井譲の写真を正方形のカウンターの中にいるバーテンに見せてみた。彼は、僕の顔を週に一度は見るし、仕事も知っている。いつだったか、暴走族の頭をしている依頼人を押しつけてくれたこともある。

「見たような気がしますけどね……」

「誰かと一緒にきたことは？」

首を振って、僕の前にジン・トニックをおいた。

表通りに面した窓には、色ガラスと普通のガラスが交互にはめこんである。国産では決してでない爆音が店の前で轟いた。バラクーダ・クーダを愛する遊び人、沢辺の到着だ。

「ウィーク・デイだってのに、えらく人がでてるじゃねえか、何事だ」

ドアを肩で押して入ってくるなり、沢辺はいった。

身長百八十五センチ、体重は約八十キロ、年は僕と同じだ。無職――おそらく無職だ。腕っぷしも強いが、単純な筋肉バカじゃない。怖いもの知らずで、ギャンブルと女に目がない。噂によると、西の方、特に神戸あたりの大物の御落胤(ごらくいん)ということだが、それを確かめたことはない。

広尾のマンションとバラクーダ、何軒かの雀荘に無数の女の子が、彼の財産だ。渋谷の終夜営業のビリヤード場『R』で知り合い、十四時間、ぶっ通しの勝負をして以来の仲だ。二人とも大学に籍をおいていたころの話だ。

「派手だな」

沢辺の服装を見て僕はいった。真っ赤なポロシャツに薄いグレイのスラックスをはき、白のスイング・トップを羽織っている。顔には、外したことのない、レイバンのイエロゥのシューターをかけている。

「年だからな。こんな格好でもしなきゃ、女子大生には声がかけられねえ」

「語るに落ちる、だ。そういう格好をすること自体、年に見られるんだよ」

「うるせえ」

高いストゥールを、あっさり跨いで沢辺は答えた。

「オールド・クロウ、ロックでダブル」

「すいません、沢辺ちゃん。クロウ切らしちゃった」

「じゃ、ダニエルの黒でいいや」

「おい奢るんだろ」

「おう、じゃんじゃん飲ってくれ」

「その前に、話を聞かせろよ」

「ああ」

沢辺はロック・グラスをつかむと、あっさり喉に流しこんだ。化物みたいな飲み方だ。

「コウ、お前、今仕事抱えてんのか」

「ああ。今日、新しい依頼が入った」

「どんなんだよ」

僕は沢辺の顔を見た。めったに、僕に仕事の内容を訊かない男だった。

「男さ、十九でハーフ。J大の学生だ」

「ふーん、手伝うからよ。俺の方もやってくれるか」

「人捜しか」

「ああ、『ナイト』……『オーヴァー・ザ・ナイト』って店知ってるか」

「いや」

「このちょい先にある小っちゃなジャズの店なんだがな、姉妹二人でやってんだ」

「それで」

「そこのボーイやってた坊やがいなくなったんだ。ひと月くらい前からな」

「水商売が嫌になったんだろ」

「そういう店じゃねえ」

「オーケイ、そんで……」

「いって話そう。その店に」

二人が立ち上がると、沢辺はバーテンにいった。

「よう、最近、クロウでるだろう」

バーテンは黙って頷いた。

「松田優作が映画の中で飲んでんのさ。イモ共が真似して頼むんだよ」

「お前よりは渋いな」

僕はいった。

「誰が？　松田優作がか。よしてくれ。あんな七曲署出身と一緒にするのは」

『オーヴァー・ザ・ナイト』は小さいが悪い店じゃなかった。カウンターとわずかな数のボックスをいききする姉妹は似てはいるがタイプのちがう美人だった。姉は二十六、七か、おっとりした感じで甘い喋り方をする。妹は二十三、四で引き締まったウエストにスリットの入ったタイト・スカートがよく似合った。姉がひろ子で、妹が久美(くみ)という名だ。

『ナイト』でも僕らはカウンターにすわった。他の客は、ボックスにカップルが一組いるだけだ。渡辺貞夫がかかっていた。

沢辺がすわり、僕を紹介している間に、彼の名のオールド・クロウのボトルやアイスペールがカウンターに並べられた。

「この人が、この間話した、佐久間公。人捜しのプロだ。事情を話してごらん」

「あの、本当にお願いできます？」

ひろ子がチョコレートの入った、小さな銅の器を僕の前において訊ねた。

「うかがいましょう、まず」

「森(もり)君という子なんです。もう二年も前から、うちで働いていたんですけど、一カ月ほど前に、ある日突然いなくなっちゃって……」

久美が僕の隣に腰をおろしていった。

「それっきりですか？」

「ええ。店にもこないし、何の連絡もなし。どうしたんだろうって久美ちゃんと話して、二人で森君のアパートを訪ねていってみたんです。ところが、郵便受けに新聞がいっぱい溢れてて、大家さんに訊いてもずっと帰ってこないって……」

「一カ月前というと九月の半ばすぎですか」

二人は頷いた。

「どこの出身ですか、その森って人は」

「九州です。高校をでて、東京にきたんですが、最初に勤めた会社がつぶれたんで、うちの求人広告を見てきたんです。若いけど、とても感じがいいんで、きてもらったんです」

姉のひろ子がいった。

「おとなしそうな奴だったよ。割と無口で」

沢辺が口をはさんだ。

「何もいわずに辞めちゃうような子じゃないんです」

「他の店からヒキがきたようなことは」

「以前、ここの常連さんの赤坂のママが口説いてましたけど、ここが気にいってるからって……」

久美が、僕の水割りのお代わりを素早くステアしながらいった。

「ギャンブルはどうです。ノミ屋を通じて競馬なんかしていませんでした?」

「いいえ。そんなことは全然ありませんでした」

「女の子は？」

「さあ……。でも聞いたことはなかったわ、ねえ」

「どうだい、探偵さん」

「話の通りだとすりゃ不思議なことだが」

「でも、若いからな」

沢辺がいった。

「幾つ」

「二十だってさ」

「そうか。それならむらっ気を起こしたのかもしれない。この店にくるまでは全然、水商売の経験がなかったんですか、彼は」

「新宿のディスコで一カ月ほどウェイターをやっていたことがあるって聞きました」

久美がいうと、ひろ子が驚いた。

「あら、それ初耳よ」

「うん。あんまり楽しくなかったんで、話したくなかったんだっていってたわ」

「何という店ですか」

「『マドンナ・ハウス』って聞いたけど」

老舗のマンモス・ディスコだ。十代の客が多い。

「森君ね、そのディスコにでてたバンドの女の子が好きになったんだけど、それがマネージャーの彼女だったの」

「何という子？」

「さあ、そこまでは聞かなかった」

大きなディスコのウェイターは重労働である。大音量の音楽と、汚れた空気に神経を痛めつけられながら深夜から早朝まで働くのだ。要領よく振舞わない限り、長くはつづかない。店の客の女の子を引っかけたり、ボトルの売り上げをのばさないと、いづらくなるのだ。しかも、頭を下げる客は自分と同年代の若者である。かなり割り切らなければ、十八の少年にはつらい仕事になる。

「捜していただけます？」

ひろ子がのぞきこむように僕を見て、いった。

「もし、お金か何かのことで困っているんなら少しは助けてあげたいの」

久美はいった。

「もっとヤバいトラブルかもしれない」

「組か」

沢辺がポツンといった。

「あるいはね」

「場合によっちゃ、何とかしてやれる」

沢辺を見た。確かに、えらく顔が広い男で、目や耳が方々に利く。

「そっち方面の噂はないかい」

「聞かないな。何つったって、まだ坊やだからな。ハタかれても、どうなっても噂にゃならんさ」

「今、僕には事務所の方の仕事があります。その合い間になら、少しぐらいは調べてあげられるかもしれない」

「お願いします」

「ところで、沢辺」

「何だ」

「どうして、とりもちをしたんだ」

「まず、この店が好きだからな。森って坊やも真面目そうな、感じが悪くない奴だったし……」

姉妹が他の新来の客の応対で忙しくなると、僕は沢辺に訊ねた。

「それによ、つまらねえんだ、このところ。何をやってもな」

「どういうことだ?」

「燃えねえのさ、若き血が。麻雀やってもつまらねえし、女もいいのがいねえ」

「だから人助けか？」

「ああ」

ゴロワーズの袋から煙草を引きずり出して沢辺はカルチェの炎を移した。

「俺が大学で何やったか知ってるか、公？」

「確か、理工系だったな」

「理論物理さ、素粒子論あたりだ。アインシュタインが立てた学説やなんかを証明するのが、今の物理学なんだ」

「お前が、物理学⁉」

「見えねえだろ、コウが法学部にいたのと、同じくらい似合わねえ話だよな」

「余計なお世話だ」

「大学院にいこうかって思ったこともある」

「なぜいかなかった？」

「ここで理屈をこねても始まらねえよ。ただ苦労して大学入った奴らが、就職難にブチ当たって駄目になったりしてるのを見てたら、嫌になっちまったのさ」

「だから、か？」

「ああ、もっと自分の思うように、遊びたくなったら、それだけをして生きてやろうと思ったのよ」

　黙っていると沢辺は僕を見やり、ニヤリと笑った。

「お前も、俺と同じさ。それでも泣く泣く、意に染まねえ企業に就職するようなことはしなかった。てめえのしたい仕事をやってるのは、今の世の中じゃアブレ者だぜ」

「だからって将来を考えないわけじゃないぜ」

「わかってる。俺もいずれ正業につくさ」

「花輪を贈ってやるよ、そのときにはな」

　僕はいった。二人でボトルを空にするまで二時間とはかからなかった。

『ナイト』をでたあと、僕らは渋谷の『R』に向かった。それほど、酔ってはいなかったからだ。終夜営業のビリヤード場で、一回五千円のサシウマを賭けた勝負をし、三－一で僕が勝った。くしゃくしゃの万札をテーブルに放り出すと沢辺はいった。

「仕事の手付けだと思えば安いぜ」

　僕のジャケットには、『ナイト』に就職するとき、少年、森伸二が出した履歴書がおさめられていた。

4

酔いを視野に感じながら、車を四谷に向けて走らせた。沢辺のいったことは僕にも理解できた。だが、全面的に賛同の意を表したわけじゃない。奴が大物の御落胤でなけりゃ今ごろは、全く別のことをしていたかもしれないのだ。

一斉には時間が遅すぎたが、ときおり、前方やバックミラーに気を配っていた。すれちがい、あるいは追い越してゆく車の大半が緑や赤の表示ランプをつけたタクシーだった。ただ、青山の交差点で三台ぐらい後ろについた普通自動車に気づいた。尾行を意識したわけではなかったが、法定速度を守る僕の車を七十キロ以上のスピードで追い越してゆくタクシーの群れの中では、いやでも目立つ。

わざと四谷を通りすぎ、終夜営業のスーパー・マーケットの前に車を止めた。尾行車は一瞬、スピードを落としたが走り去った。

目立たぬ色のクラウンだ。ナンバーを読むのは慣れている。ひょっとしたら朝のリターン・マッチを挑みたいのかもしれない。慎重に裏道を使い、一方通行を逆に走ったりして部屋に戻った。

翌朝は、前夜の尾行を考えるとあまりいい気分ではなかった。食欲がでなかったが、パンを焼きコーヒーをいれてみた。だが、パン一枚の半分も入らない。あきらめて、パンを捨てコーヒーだけをお代わりした。

ゆっくりと起きたのだが、昼休みまでにJ大の学生課にいってみるつもりだった。時刻は午前十時。煙草をくわえ、新聞を広げた。

一面には、今までいいようにあしらわれてきた産油国が、自分達の持つ切り札の強さに気づき態度を変えたために起きた、政治的経済的変動のあれこれがのっている。それでも、石油を輸入すればもうかるオイル会社は、活発に動き回っているようだ。社会面で、昨夜発生した人災の記事を読みながら、警察に連絡することを思いついた。ついでに、課長を通して、警察の身元不明死体リストに鳥井譲に類似する者がのっていないかを調べてもらわねばならない。もし、本当に日本に身寄りがないなら引き取り手がないまま漬けられている可能性もある。

貰った名刺の電話番号は、岩崎刑事直通のものだった。名前をいうと、すぐに質問が返ってきた。

「何か、変わったことは」

「昨夜遅く、尾けられたような気がするんです」

状況を話して、メモをしておいた車のナンバーを教えた。

「わかった、調べよう。ところで秋川(あきかわ)という大学生の件、覚えてる?」

二年以上前に扱った、大学生の事件だ。

地方出身の学生で、依頼人は厳格な、小学校長をしている父親だった。多少、セクト活動をかじっていたが実際に見つけたのは、新宿でウェイトレスをやっている同郷の女のアパートだった。そのウェイトレスはセクトとは何のつながりもなかった。

「ええ、覚えています」

「君の記録で、過激派とつながるのはその件だけのようなんだな。今、それを洗ってるんだ。さっきのナンバーも含めて、何かわかったら知らせる」

「お願いします」

電話を一度切ると、事務所にかけ、調査課の中継係に身元不明死体のことを伝言した。課長がいれば、今日中に手配をしてもらえる筈だ。岩崎刑事には頼めない。

紺のおとなしい色のブレザーを着こんででかけた。車は慎重にロックをしておいたが、それでも飽きたらず、前後左右からのぞき、ボンネットも上げてみた。昔懐かしの二B弾もなかった。

学生課で名刺を渡し、協力を仰いだ。J大はミッション・スクールで、係の中年女性もクリスチャンなのかとても親切だった。通学定期の交付証や、冬休みの帰省列車の学割証を早々と貰いにきた連中を眺めながら、僕らは話した。学生課は古い木造校舎の二階で、テニス・コートが窓から見おろせた。このコートは電車の中からも眺めることができる。

「本名を何というかは御存知ありませんか」

グレイのハイネックセーターを着て、眼鏡をかけた、おばさんはいった。

「わからないんです」

「じゃ国籍は?」

「中東のどこかだということしか……」

「じゃ、ペルシャ語のクラスかしら。あまり多くはないから……」

おばさんは、カウンターを隔てた僕からは見えない位置にある、キャビネットを開いた。

「十九歳ってことは、三年生以上ってわけはないわね」

僕は頷き、思い出すと鳥井譲の写真を見せた。おばさんは、微笑を浮かべて首を振った。

「駄目ね。毎日、何百人の学生と、この窓口で応対するのよ」

それから取り出したリストに目を走らせた。アルファベットとカタカナのタイプ文字が並んでいる。

「このリストのどれかわかれば学籍原簿が出せるのだけれど……。でも、三十名はいるわね」

「どうしたの」

背後で、英文タイプを叩いていた、もう一人の受付の女性が立ち上がって訊ねた。三十歳ぐらいで、濃紺のスーツをすっきり着こなしている。

「あのね……」

小声でおばさんが事情を話し、僕は写真を渡した。彼女は知っていた。

「ああ、その人なら……」

彼女はいうとリストの名前を指で辿った。

「これね。ジョー、何て読むのこのミドル・ネーム、カタカナも書いてないわ。ジョー、何とかカセムよ」

ジョー・カセム。これが鳥井譲の本名だった。

「国籍は、ラクールね。ラクール共和国。ラクールからは、この人一人しか留学してきてないわ。今、原簿出しますから」

原簿についた写真はまさしく、鳥井譲の正面写真だった。

「日本語の講義も充分、受けられるようね。日本語の会話能力はAクラスになっているから」

おばさんは原簿を手渡してくれながらいった。僕は、カセムの住所をメモした。緊急時の連絡先はラクール大使館になっている。日本人の人名は、原簿にはひとつも記されていない。

「このところ、講義に出席しているかどうかはわかりますか」

礼をいって原簿を返すと訊ねた。

「さあ、そこまでは。必修の語学の授業の出席表でもないと……」

おばさんは首をひねって、ジョー・カセムの履修申告用紙を見つめた。

「あら、待って。第二外国語にこの学生が取った、英語の教授が、今日はみえてますからね、電話してちょっと訊いてあげるわ」

「すいません」

僕は頭を下げた。彼女が電話機に話しかけている間、煙草に火をつけテニス・コートを眺めた。そういえば、悠紀も今、テニスにこっている。去年まではサーフィンだった。もっともテニスは高校時代からやっていたようだが。

「お待たせしました」

「どうです?」

「全然、でてないって。夏前からきてないそうよ。このままじゃ四単位は確実に失うって、先生いってたわ」

「そうですか」

少なくとも学校に寄りついていないことだけはわかった。礼をいって、引き揚げようとすると、おばさんが、名前を見つけてくれたもう一人の係の女性に訊ねた。

「あなた、よくあの学生がわかったわね」

「あら……」

訊ねられた女性は僕を見て微笑んだ。

「同じ人のことを二週間ぐらい前にも、訊ねにみえた方がいらしたのよ」

「どんな人でした？」

僕は問い返した。津田智子が、早川法律事務所以前にどこかの興信所を使ったとは聞いていない。

「きちんとネクタイをしめた、三十五、六の人達よ。二人」

「仕事は何と？」

「さあ、待って。名刺を貰ったわ」

彼女はデスクを捜した。

「あったわ。これ、松井(まつい)貿易株式会社ですって」

僕は名刺の名もメモした。

松井貿易株式会社企画部調査係晴海一郎(はるみいちろう)——そう記されている。会社の刻印を打っていない名刺だ。

貿易会社が中東からの留学生になぜ興味を抱くのだろう。新手のダイレクト・メール商法か。僕は、大学の駐車場から車を出し、赤坂に向けた。次なる攻撃目標は、津田智子とカセムの二人がデートに使っていたという喫茶店だ。J大で、割とすんなり情報を入手できたことで、僕は御機嫌だった。そこの喫茶店は、僕も知っている。レア・チーズケーキがうまい。トースト半枚の穴うめをするつもりだった。

チーズケーキはヒットだったが、調査は三振した。従業員は、誰も写真に見覚えがなかった。ロータス・ヨーロッパに乗っているハンサム・ボーイといっても駄目だった。だが、六三三のBMWに乗る美人は、キャッシャーの男が覚えていた。しかし、連れは思い出せないという。少なくともカセムでなかったことは確かなようだ。

僕はチーズケーキのあと、イチゴのタルトを頼み、ポットの紅茶をカップに注いだ。天気は悪くないが、季節外れの大型台風が発生したと、新聞は告げていた。調査に雨はツかない。雨が降ると、こちらの動きも鈍るし、どういうわけか人の心も曇るようだ。雨の日の訊きこみは、いつも大した結果をもたらさない。もし、台風がやってくるのなら、雨を降らす前にカセムの居所を突きとめたいものだ。森伸二の行方は、台風がすぎ、運動会があちこちで始まってから捜してもよいのだ。

カセムの住居は、津田智子が覚えていたとおり、麻布だった。麻布仙台坂のこぎれいなマンションだ。一階にスーパー・マーケットが入っている。車を路上駐車して、エレベーターを捜した。おかしなことだが、どこにも見つからない。カセムの部屋は六階だった。

まさかと思ったが、スーパーの店内に入ると、正面奥の、ステーキ用の肉などを並べた冷凍陳列ケースのわきにエレベーター・ホールがあった。乗りこんで、六階のボタンを押しながら首をひねってしまった。このマンションの住人は、スーパーの閉店後は非常用階段を使っているのだろうか。

多分、僕が気づかなかった、どこか別のエレベーター・ホールがあるのだろう。

扉の表札には、アルファベットのジョー・カセムと、ペルシャ語らしい文字、それに漢字で、鳥井譲と記されていた。これならどんな人間が訪ねてきても迷うことはない。

英字新聞が溢れていた。受け口に何重にも押しこんである。最初のころの分は、皆、三和土（たたき）に落としこまれているので、いつからたまっているのかは、わからない。期待をせずに、インタホンを押した。返事はない。

両隣の部屋を当たってみることにした。見知らぬ人々に質問を発するとき、五人に一人ぐらいの割で、人は僕をセールス・マンとまちがえる。他の調査士と比べれば、それは比較的、少ないといえる。以下、息子や娘の友人とまちがえられたケースがつづいて多い。その他の場合、人々はただ、戸口にたたずみ、僕の言葉を待つ。彼らは、その日の生活と、彼らの居住空間に侵入した、この若者を一体、何者と見るのだろう？　いつか、彼らの立場に立ち、突然現れた、自分の姿を戸口に見てその気持を味わいたいものだ。

右隣の主婦は、まだ若く、三十歳を越してはいないようだった。隣に住む、浅黒い若者に少なからず興味を抱いてはいたが、その実生活に関しては、ほとんど何も知らなかった。彼の部屋を訪ねてきた者に会ったことはないと答えた。

左隣の部屋の扉を、インタホンに応えて開けたのは、四、五歳ぐらいの男の子だった。彼が最も興味を抱くのは、超合金のロボットサイボーグであることを知っただけだ。

僕は管理人室を捜した。当然、スーパーの中にあるとは思えない。考えついたのは、もし、もう一基のエレベーター、僕が上がってきたのとはちがうエレベーターを捜し出せば、それを使って降りた一階が、このマンションのロビーにちがいないということだ。

管理人室を目論見通り、見つけ出した。そこにいたのは、五十歳を半ばすぎた、上品な顔立ちの男だった。背が高く、どこかひょうひょうとしていて、僕は、自分の出席率の悪さにもかかわらず、貴重な単位をくれた英語の教授を思い出した。

今までのところ、この件に関して僕が接触する人々は、皆、協力的である。だが、鳥井譲――ジョー・カセムの居所を示唆してくれる者はいない。礼をいって、引き揚げるとき、思いついて訊ねてみた。

「僕以前に、六階の鳥井さんを訪ねてみえた方はいらっしゃいますか」

管理人のおじさんは、にこにことしながら答えた。

「ええ、いらっしゃいました。お二人です」

「二人というと……」

「二組という意味ですがね」

　僕は、口を開けっ放しにしていたにちがいない。片方はどうやら、J大の学生課を訪ねてきた男達にちがいないのだが、もう片方の男の様子を訊ねると、それは五十年配の、見るからに重役タイプの男だったという。まさか、津田智子の父親ではあるまい。

　ロビーをでると、そこはスーパーの裏側だった。車をおいた場所に戻りながら、僕は何とも、奇怪な気持だった。と同時にもし、この次に当たる場所で、カセムを捜す者が三組に増えていたらどうしようか、と愚にもつかぬことを考えた。初めは、僕以外に一組、次には二組、この先はどうなるのだ？

5

　ラクール共和国は、クウェートの北、イランとイラクの間に位置している。石油産出国で、日本もラクールからは石油を輸入している筈だ。それぐらいは、新聞で僕も知っている。小さな国だが、石油産出国であるというだけで、充分話題になる価値はあるのだ。

そのラクールから東京にやってきた留学生、鳥井譲こと、ジョー・カセムの行方をなぜ皆が追うのだろう。津田智子は、かつての恋人で、自分が結婚するので、面倒事が起きる前に因果をふくめたくて行方を捜している。だが、あとの二組は……。

現時点では、カセムがどこにいるのかを知る手がかりを僕はつかんでいない。あるいは、どこかで見逃しているのか。最悪の場合、J大の彼の友人と覚しき人間を片っぱしから当たるよりほかに手はない。僕は、J大のOBの友人を頭の中で捜した。じかに、大学生にぶつかるよりは、タテの関係で攻める方がいい。思いついたのは、経済学部出身で広告代理店に勤めている男と、文学部出身で雑誌社に勤めている女の子の二人だけだ。このうち、広告代理店の方は、クラブ活動を、広告研究会でマメにやっていた方なので、いまだに大学との関係を断っていない筈だ。

いつだったか、六本木のジャズ・クラブで偶然再会したときに名刺をもらったのを僕は思い出した。もともとは、ナンパ小僧で、学生のころは幾度かつるんで街をうろついたものだ。今はもう結婚しているかもしれない。

僕は車を麻布から四谷に向けた。もらった名刺は部屋においてある。

部屋には何も異常はなかった。僕は名刺を見つけ出すと、友人に電話をかけてあたりさわりのない事情を話し、協力を仰いだ。

「……そうだな。その、鳥井ってのが、結構遊んでいる奴なら知ってるのがいるかもしれん。後輩に当たってやるよ」

「ありがとう、助かるよ」

「何。ところで、俺、結婚するんだ」

高橋という、その友人はいった。

「本当かよ。相手は何者だ？」

「女さ」

「女は、わかってるよ。どんな子なんだ」

「学生時代からつきあってた奴さ。とうとう逃げきれなかったぜ」

そういいながらも幸せそうだった。僕はふた言、み言、冷やかして連絡を頼み、電話を切った。

七時になると、僕はブレザー・スタイルをニット・シャツとセーターのラフな服装に替えて部屋をでた。もう一人の失踪人――森伸二が勤めていた新宿のマンモス・ディスコ『マドンナ・ハウス』に向かったのだ。

『マドンナ・ハウス』は歌舞伎町の奥に建つビルの五、六階を占めている。そのビルは六階建てで、下には終夜営業の喫茶店やサウナが入っている。経営は全店同じ系列で他にも同様のビルが青山にも建っている。五階の入口で、髪を金色に染めた二十ぐらいのタキシードのボーイに入場料を払って僕は店内に入った。床からじかに振動が伝わる、ボリュームいっぱいのディスコ・サウンドとイルミネーション、そして熱気がまともに全身を、襲ってくる感じだ。

僕は、ボーイの一人をつかまえ、マネージャーに会いたいと怒鳴った。両手に抱えたトレイにつまみやグラスを満載している。頷いて、いきすぎたが一向に、連れてくる気配はない。薄い水割りを飲んでいると、スポット・ライトが点灯し、フロアの奥に作られたステージにバンドが登場した。ヴォーカルを含めて、すべてフィリピン人だ。『アラビアン・ナイト』という名であることをDJのわめきで知った。『アラビアン・ナイト』はオール男性のバンドだ。いずれにしても、森伸二が好きになったという女性ヴォーカルがいたバンドが、今でもこの店に出演しているとは思えなかった。

僕はバンドが歌っている「セプテンバー」に背を向けて立ち上がった。すわっていたボックスはあっという間に合い席になり、どう見ても十七歳以上とは見えない女の子達が、「先公」の悪口と、先週の土曜に出た「集会」（多分、暴走族の）のお喋りを始めたのだ。エレベーター・ホールまで戻ると、金髪のボーイに話しかけた。

「マネージャーに会いたいんだ。案内してくれないかな」

ボーイはきょとんとして僕を見つめた。僕は名刺を彼に渡した。こんなときでなければ使う機会のないものだ。無論、何の意味もないハッタリだが、それなりの役には立つ。

「ちょっと待って下さい」

ボーイは名刺を眺めると、カーテンを張った、カウンターの内側に消えた。

僕はカウンターにもたれて、出演バンドのスケジュール表を見つめた。

『イエロゥ・ドール』『スティックス』『アラビアン・ナイト』安っぽいキャビネ判の写真が貼ってあった。バンドはどれもフィリピン人か、日本人との混成メンバーのようだ。

「お待たせしました。こちらへどうぞ」

金髪のボーイがカーテンの内側から戻ってきて、入れちがいに僕を奥へ招じた。

そこは六畳ぐらいの小さな部屋で、ロッカー室になっていた。背もたれのない安物の椅子が並び、隅には古いテーブル・クロスが積み上げてある。椅子のひとつに上着を脱いだ男がかけていた。

年は三十ぐらいだろう。青白い肌をしていて、髪を後ろにきれいになでつけている。くぼんだ、鋭い目つきをしていた。僕を見ると、その目に怪訝(けげん)そうな色を浮かべた。わざとらしく右手に持った名刺に目をやり、下を向いたままいった。

「あんた、何?」

「調査士です。失踪人専門の」

男はもう一度僕を見て、腕を組んだ。右手を首にした蝶タイにやった。どうやら格好が気になるようだ。

「具合悪くないですよ」

僕がいうと、驚いたように訊き返した。

「えっ」

「蝶ネクタイですよ。変じゃない」

溜息をついて、僕を見つめた。目が悪いのか、ドスを利かすためか、細めて見ている。

「それで、何の用だ」

「人を捜してるんです。昔この店に勤めてた」

「ウェイター？」

頷いた。

「あのな、ウェイターってのは月が替わるごとに入ったり、辞めたりしてるんだよ。こっちは、いちいち構ってない」

「二年ほど前に、ここにいた」

問題にならないというように首を振った。

「駄目だ。俺がここにきたのは去年なんだよ。斬ったはったが嫌だから、水に入ったのさ」

「前のマネージャーは？」

「知らんね、奴は野心家だったからね」

「その人なら、行方を知ってる」

「どうしてだ?」

首を振るのをやめて、代わりに煙草を出し、でかいデュポンで火をつけた。

「二年ほど前にこの店にでてたバンドの女の子とわけありだった」

煙草を口から離した。興味を惹かれたようだ。

「前のマネージャーがかい?」

僕は壁にもたれた。彼が椅子を勧めてくれないからだ。

「どうなんだ?」

「そうですよ。そのウェイターは当時十八で、その女の子にちょっとのぼせたために、この店にいづらくなったってわけです」

「よくある話だよ。水商売の奴らは女に汚ねえから……」

舌打ちしていった。自分もそうであることを忘れているようだ。壁はコンクリートがむき出しで、冷んやりとしている。

「それからどうしたんだい、その小僧は?」

「六本木に流れて、小さな気さくな店で可愛がってもらっていたんです。二年もね。ところがひと月前から行方がわからなくなった」

舌打ちをくり返して、まだ長い煙草を床に落とした。くすぶっているのを、消さずに見ている。

「燃えちまえばいいのになあ、こんな店」

「……」

「誰が捜してるんだい、そいつを」

「店の人間と客」

「好かれてたんだな」

「まあ、そうみたいですね」

「いいこったよ。嫌われ者になるよりゃいい」

目が合い、僕は小さく笑った。マネージャーも笑ったようだ。

「その女だけどな」

立ち上がると、彼は煙草を踏んづけた。

「銀座の『ローズ』というクラブにユリって名ででてる子かもしれん。昔の男とは別れたっていう噂だぜ」

「ありがとう」

「何、気晴らしになったからな。下らねえ店で、下らねえ時間をすごしている間の、な」

「それほど下らなくはないかもしれない」

僕はいった。

「若い連中が楽しんでいる。人を楽しますってことはいいことですよ」

「どうしてだ」

「銭をふんだくっても？」

僕は頷いた。

「そうかね」

僕は、納得がゆかない顔のマネージャーをそこに残し、ドアを開けた。後ろ手で閉めようとすると、彼が一人でいっているのが聞こえた。

「ま、やくざ屋よりは、マシかもしれん」

6

森伸二のアパートは、中野区野方の環状七号線道路を少し奥に入ったところにあった。小さなアパートや木造家屋が密集している。一本外の環七を大型トラックの長距離便が轟音とともに疾走していくのがよく聞こえた。

午後九時。

家々の窓には灯りがともり、一日を終えた人々がそこにいる。笑いや話し声が、垣根ごしに聞こえてくるようだ。仕事や学校の話——他人には退屈でたまらぬことが、家族には大事な話になる。

　アパートは小さくて暗かった。モルタルの二階建てで、灯りのついた部屋には人がいるのだろうがどこも静かだ。耳をすませば、テレビやラジオの声は聞こえるかもしれない。だが、ここには家庭は、ないようだ。森伸二は、東京にでてきて、ずっとこのアパートに住んでいた。親しい友人や恋人の話を聞いたことがない、と『ナイト』の姉妹はいっていた。本当に寂しくなったら、友達や恋人の存在はそれほど意味がない。真の孤独の中では、人は大抵、肉親のことを思う。

　森伸二の履歴書の肉親欄には、両親の名は記されていない。彼が故郷をでたのは、両親が死亡したからだ。

　暗く、静かなアパートの、幾つも並んだ扉の前で、僕はカセムのことを思い出した。カセムの住居には、厚い鋼の扉がはまっていた。森伸二の住居には、薄っぺらな合板だ。だが、どちらも、この東京に身寄りはいなかった。一人でいることの寂しさは、一人で暮らした経験のない人間にはわからない。

　森伸二の部屋はすぐにわかった。『ナイト』のひろ子がいったように、新聞が戸口に積み上げてある。これもカセムの部屋と同じだ。部屋は廊下の一番奥だった。僕は、隣の部屋の扉をノックした。若い男の声で返事があり、セーターにジーンをはいた若者が扉を開けた。髪がぼさぼさで、顔にニキビがいっぱいあった。二十二、三だろう。

「実は、隣のお部屋の森君を訪ねてきたんですが、ずっといないようですね」

「うん。いないよ。一カ月ぐらい、顔見ないね。どこいったのかな」

「あなたにも、何もいってゆきませんでしたか」

「何にも。おとなしい人でね、顔を合わせたら挨拶するぐらいかな。何が面白くて生きてんだかよくわからねえような奴さ」

関西の訛りがあった。

「あなたは？」

僕は訊ねた。

「俺？ 俺は漫画が好きなんだ。読むだけじゃない、描く方もさ。一度読ませて感想を訊こうと思ってたんだよ、森君には」

肩ごしに、六畳一間ぐらいの部屋が見えた。カラーボックスに漫画雑誌が並べてある。灰皿やカセット・テープが畳の上におかれ、山口百恵の歌がラジオ・カセットから流れていた。

僕は礼をいって扉を閉めた。彼は描きかけの漫画に戻るのだろう。あるいは、僕の出現で、新しいストーリイや登場人物の着想を得るかもしれない。

だが僕は――。何も見つけ出せない。

車を止めておいた場所に戻ったとき、同じ道路わきの前方に止まっているクラウンに気づいた。色と型が昨夜のものと同じだった。

口の中が渇いて、胸から胃が引き締まるのを感じた。わざと気づかぬ振りで、車に乗りこみ発車した。

まちがいない。

僕の発車を待って、向こうも発進している。クラウンがヘッドライトをつける直前、男が二人乗っているのが、追い越しざま、ルーム・ミラーに映った。誰かが、僕を尾けている。今のところ、何もしかけてはこないが。

欲しいのは何なのだ。僕の命なのか？　それとも……。

尾行車は四谷のアパートの近くまでついてきた。だが、アパートの駐車場がある一方通行路までは追ってはこなかった。

翌朝、僕を起こしたのは、岩崎刑事からの電話だった。

「早くてすまんね、寝てたかね」

僕は枕もとの時計を見た。午前七時を少し回っている。爆弾以来、目下早朝マラソンは「自粛中」だ。

「大丈夫です。何かわかりましたか？」

「君の車と爆弾からは結局、指紋も何もでなかったよ。秋川っていう大学生だが、今は郷里に帰ってるようだ。確か四国だったね」

「ええ、覚えてます」

「今、香川県警に調べて貰ってる。それと、例の車のナンバーだけれどもね。陸運局へ問い合わせたところ、中央開発という会社の総務部で使っているクラウンだそうだ。色は黒。どうだい？」

　中央開発。僕は目が覚めた。

「関係ないみたいだねえ、どう？」

「そう、ですね」

　僕はゆっくりいった。

「また、何かあったら知らせるから。変わったことはないね」

「ええ」

　そう答えて電話を切った。首を回すと読みかけのブローティガンの本の角が顎にぶつかった。読んでいるうちに昨夜は眠ってしまったのだ。

　中央開発は、津田智子のフィアンセである男が常務をしている会社だ。そこの車がどうして僕を尾行するのか。僕は顔を洗うと、近くの喫茶店が開くのを待つことにした。

　今朝は朝食を作る気にはなれない。

　八時になり、洋服を着替えているときにドア・チャイムが鳴った。僕は、ドアにはめこまれた魚眼レンズをのぞいた。

コーデュロイのパンツにフィッシャーマンズ・セーターを着て、わきに本と紙袋を抱えた女の子が立っていた。髪はセミ・ロングだが、僕が気に入っている形より少し長くなっている。

「誰ですかあ」

わざと訊いた。

「こら、開けろ、寝ぼすけ」

女の子がわめいた。

「朝からうるせえよ」

ドアをいきなり開けると、首を抱えこんだ。悠紀の髪からリンスの匂いが香った。

「あれ、珍しい。コウがこんな朝っぱらから洋服着てら」

「今さっき起きたんだ。警察からの電話で」

しまった、と思ったが遅い。やはり朝は頭のエンジンも暖まっていないようだ。

「警察がどうしたの？　また、違反やって引っぱられるんでしょ」

「ちがうよ。仕事のことさ。それより、お姫様にあらせられては、どうしたんだい」

「え？　それがさ、信じられないの。朝御飯も食べないで一限の授業にでるために電車に乗って気づいたんだ。今日の一限は休講だったって。昼まで、あと授業ナシ」

「で、朝メシをたかりにきたと」

「ちゃんと、パン買ってきたわよ。『ポンパドール』で」

「じゃコーヒーいれるか」

「うん」

悠紀の突然の出現が僕には、たまらなく嬉しかった。二人で向かい合ってコーヒーを飲み、クロワッサンをかじりながら僕はいった。

「お前、今日は可愛いな」

「冗談。あたしはいつも可愛いよ」

朝食をすますと、以前、二人でやりかけていたジグソー・パズルをしばらくやった。そのうちに、僕が悠紀のセーターの胸を突つき、悠紀が突つき返し、僕らはリングをベッドの上へと移した。

「今、仕事してるの？」

短いがそれなりの満足を得たといった感の悠紀はかすかに汗ばんだ体を押しつけてきて訊ねた。

「うん」

「男？　女？」

「男。いい男だぞ、ハーフで」

「へえ、じゃ頼みにきたのは女性でしょ」

「ああ。だが、別れるためなんだ。その女性は近く結婚するんで、会ってはっきりさせておきたいのさ」

「それでわざわざ、捜してもらうわけ」

「ああ」

「おかしいわ、そんなの」

「何で？」

「だって行方がわからなきゃそのままにしておきゃいいじゃない」

「彼女はね、君とちがって財閥のお嬢さんなのさ」

「スキャンダルが怖いわけ」

「じゃないかな」

「変よ。それだけじゃないと思うわ」

「ひょっとしたらね」

僕は腕をのばして、煙草を取った。肩の下敷きになった悠紀が呻いた。

「ね、依頼人に嘘つかれたことある？」

吸いかけの煙草を途中から奪い、悠紀はむせた。

「あるよ。色んな事情があって人は失踪するんだ。捜して貰う方も話しにくいことがあるさ」

「疲れるわね、そういうのって」

「まあね、だからときどき、君のような平和な人と接して、リフレッシュするのさ」

「悪かったね、平和な人間で」

「ま、ま、色々御不満もおありでしょうが……」

シャワーを交互に浴び、洋服を着た。

「ねえ、今夜、晩メシ奢る気ない？　朝メシ奢ったんだからさ」

「何が食いたい？」

「そうねえ、テンダロイン・ステーキは？」

「十日早い」

「十年早いんじゃないの？」

「十日だ。給料日まで」

「じゃ、イタリア料理か、お好み焼き」

「お好み焼きにしよう。安上がりだ」

「オーケイ。何時？」

今夜は銀座の『ローズ』にいってみるつもりだった。

「遅いのと、早いのと、どっちがいい？　早けりゃ少し仕事につきあわすが」

「邪魔じゃなけりゃ早い方」

どうせ客として『ローズ』にいくわけじゃない。悠紀は喫茶店で待たせておこう、そう決めた。

「じゃ七時に西銀座の『ウエスト』」

「参ったな、あそこBGMがクラシックじゃない。学校を思い出しそう」

悠紀は音大の三年生だった。子供が好きで、卒業したら音楽教室のピアノの先生になりたいという。

「文句はいわないっ」

悠紀を学校まで送ってやり、僕は事務所にいくことにした。経過報告と、きのう頼んだ身元不明死体の件を訊くためだ。

正門の前で悠紀を降ろすときに訊ねた。

「よお、俺が死んだらどうする？」

悠紀は僕の顔を見つめた。

「山下達郎と南佳孝、それからあと、フュージョンのレコードみんなもらう……、マジに訊いてんの」

「いや、ちょっと訊いてみただけさ」

「馬鹿。あたしが殺すまでは死ぬな」

「どっかで聞いたな」

「海の向こう、ハンフリー・ボガートっていう、渋いおじさんが吐いたセリフよ」

「知らないのか？　ボガートの当たり役ふたつ、私立探偵だって」

「大丈夫、コウはまちがっても、マーロウにはなれないわよ」

手を振る悠紀を残して、車を出した。馬鹿なことを訊いたと、後悔しながら。

7

「つかんだかい？」

僕の顔を見て課長は訊ねた。

「今のところは駄目ですね。大学と、喫茶店、それに住居に当たったんですが」

「そうか。不明死体の件だけど、該当するものはなしだ」

「今、Ｊ大のＯＢに頼んで、学生に当たって貰ってます」

かかった経費の明細を書いて、課長のデスクにおいた。

「もう一度、依頼人に会う必要があるような気がするんです」

僕は二晩の尾行の件を話した。

「どうして中央開発の車が僕の跡を尾けるのか。もし思いすごしでなければ、津田智子に説明してもらわなければなりません」

「中央開発ってのは、不動産、建設、造船、化学の中央グループのひとつだな」

「ええ、三井や三菱と並ぶコンツェルンです。商社も持ってます。ないのは金融機関ぐらいじゃないですか」

「東京第一銀行が、じき傘下に加わるよ」

「そうですね」

課長はじっと僕を見つめた。

「フィアンセっていうのを洗う必要があるかもしれん」

「大丈夫ですか。早川所長じきじきのお声がかりでしょうが」

「大体、それが変だね。私事の件にしてはおおげさすぎる」

「からくりですか？」

「どうかな」

「それと、もうひとつ。カセムの大学とマンションに先回りしている人間がいるんです。それは中央開発ではなくて、貿易会社の人間なんですがね」

「貿易会社？　どこの何という？」

「松井貿易というところです。オフィスは有楽町となっていました」

「松井貿易、本当か」

課長の表情が険しくなった。

それには答えず課長は立ち上がった。

「どういう会社です？」

「知っている」

「御存知ですか」


早川法律事務所のビルの地下に、小さな喫茶店がある。やっているのは、五十すぎのおばさん一人で、客はほとんど、このビルの関係者だけだ。課長は客がいないのを見て、中に入った。

「コーヒー、飲もう」

僕に何にするか訊かずにホットをふたつ注文して、煙草をつける。こういう課長を見たのは初めてだった。

「早川さんにも相談した方がいいかもしれんな」

コーヒーが運ばれてきて、初めてポツリといった。

「何を、です」

「松井貿易ってのは、ありゃ会社じゃないんだ」

「会社じゃない？　じゃ何です」

煙草を吸い終わるまで考えこんでいた。

「あれは、官庁の出先機関だ。というよりは隠れミノかな」

「どういうことです」

「警察庁の警備局付の連中が出向している。活動内容は一般に知らされない。内閣調査室の付属機関だよ」

「内閣調査室？　情報機関ですか」

「まあな。厳密な意味ではどういうものかは、私も知らない。だが、あそこの人間は単なる警官じゃない」

「カセムの行方をどうして、追っているんでしょう」

「わからん。だが注意する必要がある。内閣調査室の人間だとおおっぴらに名乗る場合は問題ない。けれども、隠れミノの方の松井貿易できた場合は、特別任務で動いているということだ。警察関係者にも松井貿易のことは、あまり知られてはいないんだ」

僕はコーヒーをひと口飲んだ。いつもは嫌いじゃない味が、今日はやけに薬臭い。

「津田智子に会わなければなりませんね」

「ああ、でもすぐには手の内をさらすな」

「わかりました」

僕は立ち上がった。

「気をつけてな」

課長が初めての言葉を口にしていた。僕は、何か無気味な、大きな動きをジョー・カセムをとりまく状況に感じ始めた。ジョー・カセムの失踪は単なる個人的理由にはとどまらないのかもしれない。僕を追う者達はその理由を知っている。

単なる走狗にされてはたまらない。もし、そこに何かがあるなら、必ず見つけ出す。

僕は車に乗りこんだ。中央開発の常務という、津田智子のフィアンセを洗うつもりだった。


「今日は久し振りの、あーあ、一人寝なんだ。畜生、邪魔しやがって」

沢辺は欠伸を交えてぼやいた。僕が襲ったのは、広尾にある、沢辺のマンションだった。窓から有栖川宮記念公園が見おろせる三ＬＤＫだ。映画に登場するような、派手な横縞のパジャマ姿で、ドアを開けると再びベッドに戻った。僕はカーテンを引いて、光を室内に溢れさせた。台風はまだこない。空はよく晴れている。

「うるさい。色男は早起きさせられる日なのさ」

「何でだよ」

もう一度、毛布にもぐりこもうと努力しながら沢辺は訊ねた。

「俺も、今朝早く起こされた」

「ふざけんなよ。おうい、カーテン閉めてくれ、体が、体が、灰になる」

僕はにやついて、部屋中のカーテンを開けた。

「くそっ、公、てめえの性格は、俺のパジャマと同じだ」

「なんだよ」

「邪(よこしま)さ」

僕は沢辺が体を丸くしている馬鹿でかいダブル・ベッドの隅に腰かけた。部屋は、意外にきちんとしている。灰皿が吸い殻で溢れているということもなく、汚れたグラスや食器も積み上げてない。部屋のいたるところに、ポトスなどの観葉植物の鉢がおかれている。煙草に火をつけると、毛布の裾から煙を吹きこんだ。毛布の固まりの中で、沢辺のむせる音が聞こえた。この男、スーパー・タフガイのように見えて、朝はまるっきり弱い。

「ひ、人でなし」

涙を浮かべた顔をのぞかせて、沢辺は怒鳴った。

「うるせえ。俺の仕事を手伝うっていったろ。出番だ。起きろ」

毛布をはぐった。

「見つかったのか、あの坊やの行方」

「まだだ。だが手がかりはある」

「何だ」

「例のバンドにいたっていう女が銀座にいるらしい」

「店の名は」

「『ローズ』」

「二流だ。電通通りにあらあ」

「それより、経済関係に強い奴、誰かいないか」

「どうして」

僕は、サイド・ボードにおかれたゴロワーズを一本とダンヒルのトール・ボーイをほうった。

「中央開発のことを知りたいんだ」

「あの小三元か」

「何だい、そりゃ」

「中央グループってのは、三井、三菱に比べりゃ、今ひとつのび悩んでるだろ。だから小三元、三井、三菱は大三元さ」

煙草をくわえて、沢辺は起き上がった。僕の腕時計をのぞきこむ。

「三時まで待て。三時に会わしてやる」

「誰に」

「総会屋だよ、一橋でてる凄腕さ」

沢辺が僕を連れていったのは、赤坂のケーキ・ショップだった。運転手が乗ったメルセデスの四五〇が横付けされている。

「お、きてら」

沢辺はバラクーダ・クーダをベンツの隣に寄せた。僕の車は、沢辺のマンションの駐車場におかれている。沢辺が「あんなダセえ車に乗るくらいなら、俺は歩いていく」とごねたからだ。

小さなケーキ・ショップの一番奥に、紺のスリー・ピースをピシッときめて、ローデンストックと覚しきメタル・フレームの眼鏡をかけた男がすわっている。三十五、六か。チョコレート・パイを食べている。髪を油でべったりと後ろになでつけ、まさにスキがない。滑稽なほどだ。

沢辺はヨット・パーカーにホワイト・ジーン、スニーカーというスタイルでその向かいに腰をおろした。

「細川(ほそかわ)さん、オッス」

何げなく挨拶をして、小声を付け加えた。僕には聞こえない。男がむせた。沢辺は笑うと、フォークを持った男の右肘を突いた。落ちたパイの切れはしを器用に右掌で受けとめ、頬ばると、沢辺は僕を呼んだ。

僕が沢辺の隣にすわり、沢辺がいった。

「細川さん、中央開発のこと、こいつに話してやって下さい。情報が欲しいんだそうです。大丈夫、あんたと同業者じゃないから」

細川は、よく見ると色白で、なかなかの男前だった。ただ、あまりに線が細く、押しが利かないのが難点だろう。総会屋といってもインフォメーション・バンクなのかもしれない。僕が軽く頭を下げると、細川はフォークをおき、水をひと口飲んだ。両手の指を組み合わせて喋り始める。

「中央グループの中心が中央開発って会社なんだ。中央グループは知っての通り、ミニ・コンツェルンだけども、中央がミニにとどまってるのはバンクがないせいだね」

ゼミの発表をしているような口振りだ。

「三菱や三井は銀行を持っている。中央に銀行が加われば、三菱、三井に比肩する存在になることは確かだ。さて、そこで、今度、中央開発の会長の大川英吉の孫で、常務の晃と東京第一銀行の頭取、津田何とかの娘が婚約した。これは、まだマスコミには公にはなっていない。だが、その縁組により、中央グループが実力アップすることはまちがいないね」

「その、中央の大川晃というのはどんな人物ですか」

「やり手だ。頭も切れる。大学はアメリカのアイビー・リーグをでている。年は三十六かな。遊びも結構してるようだ。今のところウィーク・ポイントは見つけてないがね。大川晃は、会長の英吉が一番目をかけているって、もっぱらの噂だ。中央グループを三菱、三井と並ばせてやるという野心を持っているからね、晃は」

「で、その手段とは」

細川はフンと笑った。

「それが、わかれば君、ここでパイなんぞ食べちゃいないよ」

僕は頷いた。

「ただ、最近——」

細川はつづけた。

「大川晃直属の開発室の連中がやけに外国を飛び回っている。大川自身も今年、すでに二回渡航した」

「どこへ」

細川は沢辺を見た。

「話しちゃえよ。細川さん」

肩をすくめて、細川はいった。

「中東さ。イランが政情不安だからね。今、石油、化学関係はイランに代わる、新たな資源保有国を捜してる、だから——」

「ラクール。ラクール共和国」

僕はいった。

「本当に、彼、同業者じゃないだろうね」

細川は目をむいた。

鳥井譲ことジョー・カセムの行方を追っているのは、津田智子ではなく、中央開発だったのだ。

だが、ジョー・カセムをなぜ彼らが追うのだろう。

「細川さん、ジョー・カセムという人間を知りませんか。ラクールのカセムです」

「いいや、知らないね」

「わかりました。色々、ありがとうございました」

僕は礼をいって立ち上がった。沢辺が伝票を細川の伝票の上に重ねて、後を追ってくる。僕は注文したコーヒーにはとうとう手をつけずじまいだった。

「わかったのかよ、少しは」

「ああ、大分、わかった」

「よし、じゃあ、『ナイト』の坊やのこと、わかっただけ話してくれよ」

僕は沢辺のバラクーダ・クーダに乗りこんだ。沢辺がエンジンをかけると、僕はいった。

「今夜、話すよ。『ローズ』に当たったらな」

「オーケイ、今夜は部屋にいる」

沢辺の運転で、僕らは広尾に向かった。

事情が少しわかってくると、津田智子がジョー・カセムの恋人だったというのは怪しい話だ。津田智子はフィアンセの大川晃の依頼でひと芝居打ったのではないだろうか。

途中、消防車が何台か、サイレンを鳴らして僕らを追い越していった。広尾と赤坂は大して離れちゃいない。沢辺のマンションに近づくと、沢辺が叫んだ。

「あれれ、火事だぜ、うちのマンション」

マンションの前に何台もの消防車が止まっている。もう鎮火したらしく、炎も黒煙も上がっていない。だが、駐車場に車をいれることはできず、僕らは近所にバラクーダ・クーダを路上駐車した。

歩いていくと、消防士がホースを巻き上げ帰還準備をしていた。

「どこが火事だったんです？　このマンションの住人ですが」

沢辺が訊ねた。

「車輌火災です。駐車場の車の一台が爆発炎上したんですが、幸い、付近に車もなく、延焼、怪我人はでませんでしたよ」

若い消防士が答えた。見ていると、地下駐車場の出口から、燃え上がったという黒焦げの車のスクラップが引きずりだされた。

「くそっ」

僕は血の気が引くのを感じた。それは来客用駐車場にいれておいた、僕の車だった。

8

「今度は時限装置が付いていたんだ。時刻は三時ぐらいにセットしてあったんじゃないかな。乗っていなくてよかったな」

僕の連絡で、警視庁から、鑑識課員を連れてやってきた、岩崎刑事がいった。今日は茶のスーツを着ている。

「公、しっかりしろよ」

沢辺が肩を叩いていった。

「うん」

「お前のアツい気持はよくわかるぜ。時限爆弾なんて、セコい真似しやがって……。でも、このおっさんのいう通り、お前がぶっ飛ばされなくて幸いだったぜ」

「だが、いずれにしても爆弾をしかけた人間が、あんたを狙ったということは確かだな」

岩崎刑事が、煙草を引っぱり出して僕に勧めてくれた。

「ありがとう。そうですね、誰だか知らないが、そいつは僕を狙っているんです。一体、どこで爆弾をしかけたんだろう」

考えられるのは、アパートの駐車場か、事務所だ。多分、事務所の駐車場だろう。

「爆弾は、この間の朝のと同種で、時限装置が付いていたのと、セットされていたのがトランク・ルームだったという点がちがいます。トランク・ルームなら発見されにくいし、ガソリン・タンクも近いですからな」

鑑識課員がいった。爆発したときに、沢辺や、悠紀を乗せていなくてよかった。僕は心から、そう思った。

「四国の方はまだですか」

「慎重に捜査をしとるから、まだだろうね。そういえば、あのあと、公安が一人パクッてる。覚えているかね」

「いいえ」

「君が見つけ出した、大学生秋川の先輩で、有村(ありむら)というんだがね。それ以前から警官に重傷を負わせた容疑で手配されていた。ところが、秋川のアパートにしばらく隠れていたことが秋川の父親の通報でわかってね。おかげで、公安の連中が足取りをつかんで、パクッたんだ」

「その野郎は？」

沢辺が訊いた。

「それがもう生きてないんだ。実刑判決が下された日に、留置所で首を吊ってな。シーツをちぎって作った縄でね」

「有村という過激派の話は、初めて聞きますね。秋川の父親が密告したことも知りませんでした」

「一応、有村の身辺も捜査中だよ」

僕は頷いた。最初の爆弾がしかけられたのはカセムの失踪調査の依頼を受けた日の朝だ。従って、関係があるとは思えない。

「一杯やるか」

沢辺がいった。僕は彼に促されて、岩崎刑事に別れを告げると、エレベーターに乗った。

沢辺が「女客にしか飲ませない」というレミー・マルタンをついでくれ、僕がそれを飲み干すのを待って、いった。

「命を狙われるって、気分はどうだい」

「悪くはないぜ、代わってみるか」

少し、元気がでてきた。

「まっぴらだ。まだ抱いてねえ女が多すぎらあ」

「同感だな」

腕時計を見た。六時半だった。悠紀との待ち合わせに三十分しかない。

「銀座へいくぞ」

僕は立ち上がった。

「やる気だな」

「ああ、こんなことで、めげてたまるか。仕事は仕事さ」

「よし、乗っけてってやるよ」

「悪いな」

「なに、九時までに帰ってくりゃいいんだ」

沢辺は洋服を着替え始めた。黙ると、車のことを考え、つらかった。それに、これからの足の確保もある。電車やタクシーを乗り継いでいては、調査の能率がぐっと落ちる。

僕は、悠紀を銀座の喫茶店からまっすぐ帰すつもりだった。二度目も失敗したことを知った犯人が三度目の正直をしかけてくるとき、そばにおいておきたくない。

「元気ないわね」

日航ホテルの前で、沢辺に落としてもらい『ウエスト』に入ってゆくと顔を見ていきなり悠紀がいった。ケーキの皿と紅茶のカップが白いクロスをかけたテーブルにのっている。決して、澄まし屋じゃない悠紀だが、黙ってカップを口に運ぶ悠紀の姿に人は気安く声をかけにくいものだ。知性と優しさと可愛さが同居する、魅力的な表情がその面には、浮かんでいる。沢辺に一度会わせたが、彼もひと言、「得難いな」といって笑った。

「疲れた顔してる」

悠紀は僕が腰をおろすのを待って、つづけた。

「車をやられたんだ。吹っ飛ばされた、爆弾で」

大声をあげることはしなかった。代わりに、僕の右手に、掌をそっと重ねてきた。

「怪我は？」

「ないよ。乗っていなかった。実は、狙われたのは、これが二度目なんだ。おとといも、車にしかけられてた」

「内緒にしてたのね」

「うん。心配させると悪いからな」

「バカモノ」

小さくいって、目を瞬いている。

「おい、化粧がはげると、正体がばれて他の客が逃げ出すぞ」

「うるさい。格好つけるガラかよ。あたしが殺すまで死んじゃ駄目だからね」

「聞いたよ、それは。大丈夫さ」

大きく息を吸いこみ、笑顔を作った。

「よし。プレイボーイが、また女を泣かしてるなんていわれたかないからな」

「自分の顔、鏡で見てこい。よくいうよ」

「悠紀。悪いが、晩メシはおあずけだ。犯人がつかまるまで、俺のそばをうろついちゃいけない。お前と心中するのは早いからな」

「オーケイ、今夜は帰ってやるよ。でも、お願い、毎晩、電話して。さもないと毎朝起こしにいってやるぞ」

にやりと笑って、いってやった。

「一件落着したら、毎朝、メシ持ってきてくれよ」

「それじゃ通い妻じゃないか。あたしゃ真っ平だかんね。そんなの」

僕は伝票をつかんで立ち上がった。レジをすませ、出口で悠紀の腕をつかんで囁いた。

「また、やらせろよ」

「スケベ。いつでもいいよ」

肩を抱き締めてやり、地下鉄の方へ押しやった。

「じゃあな」

「気をつけてね」

本当に心配しているのだ。心に暖かいものが広がり、気力の充実を感じた。悠紀が宵の銀座の人波に吸いこまれるのを、そこで見送った。

信号を渡り、人々をやりすごし、追い越して、『ローズ』を捜した。簡単には見つからないと思っていた。だが、運命はいつまでも過酷ではないのかもしれない。『ローズ』のネオンは、何十、何百の中で偶然、僕の立ち止まったビルの壁にあった。

じかに店に乗りこむのは、どうも得策とはいえない。僕は〝一〇四〟で『ローズ』の電話番号を訊ねた。

その後、一人で食事をして時間をつぶし、ホステス達が出勤してくる八時半まで待って、電話をかけた。

「……はい、クラブ『ローズ』でございますが……」

きびきびとした男の声が二度コールする間もなく返ってきた。

「ユリさんをお願いします」

若い男の声に、相手はわずかにためらったようだ。

「少し、お待ち下さい」

声が受話器から離れた。

「はい、ユリですが」

次に受話器から流れてきたのは、幼い感じがする女の声だった。

「実は、私、森伸二君の行方を捜しているものですが、彼のことでお話をうかがいたいのです。私は法律事務所の調査士です――」

僕は名乗ってから、いきなりそういった。

「はあ?」

ユリは驚いたようにいって黙りこんだ。ピアノの音が受話器の向こうで鳴っている。

「『マドンナ・ハウス』に勤めていた、森伸二君です。御存知ですね」

「……はい」

「彼の行方がひと月もわからないのです。依頼を受けて捜しているんですが」

「誰にですか」

「『オーヴァー・ザ・ナイト』という店の経営者です。彼が勤めていた」

「あ……」

知っている、という様子だ。どうやら、正直な女のようだ。それに、森伸二が『ナイト』に勤めていたことも知っている。

「今、彼がどこにいるのか、心当たりはないでしょうか。そのことでお話をうかがいたいのですが」

「いいですけど……」

「いつ、お会いできますか」

「今、どちらですか」

「実は『ローズ』の向かいの電話ボックスです」

「あの、そこにいて下さい。今からいきます」

電話が切れ、僕は受話器を戻すとボックスのガラス壁にもたれた。森伸二の失踪について、ユリという女は何か知っているようだ。おそらく、彼女もそれなりに心配しているのだろう。あるいは、ユリと森伸二はかなり親しくしていたのかもしれない。『マドンナ・ハウス』を辞めたあとも。

丈の長いピンクのワンピースを着た女が、ビルの入口に姿を現した。あたりを見回すと、裾をつまんで小走りで駆けてくる。僕もあたりを見た。クラウンを今日は見かけていない。

「ユリさんですか」

丸顔で、髪を短くした女だった。年は二十三、四だろう。頷いて、僕を見つめた。

「心当たりがあるんですね」

「ええ、あの、今はちょっと、お店があるので、夜中でいいかしら」

「何時ごろがいいですか」

「一時すぎなら大丈夫です」

「どこか喫茶店で……。六本木は？」

首を振った。

「店の人やお客様と会うから……」

「じゃ、どこで」

「参宮橋の『K』というお店、御存知?」

「ええ、知っています」

「私、参宮橋に住んでいるんです。そこでなら」

「わかりました。一時すぎに『K』ですね。うかがいます」

僕はいって、名刺を彼女に渡した。何も渡さないでユスリ屋とまちがえられるよりはいい。彼女は名刺に目を落とすと小さく頷いて、踵を返した。

どうやら手がかりをつかめたようだ。

僕は、車でやってきた客たちからチップと交換に車を動かすポーターを眺めて思った。彼らは、縄張りを持っていて、その範囲内の店にやってくる客達の車をあずかり、駐車違反のステッカーを貼られぬよう、ときどき、移動させるのだ。車の確保は、今や重要な課題だった。

9

壁は素人臭い塗り方で褐色のペンキがたれている。テーブルは木製。棚には、カテイ・サークとワインのボトルがそれぞれ縦横に並べられていた。松任谷由実のテープが、入口のところにおかれたデッキの中で回っている。『K』には学生のころ、近くに住んでいた女友達と何度かきたことがあった。三時まで営業していて、まずくない雑炊を食べさせる店だ。中はほの暗くて、学生臭いカップル二組の客と、これは水商売とわかる女三人がいるだけだ。決して広い店じゃないが、他の客と視線が合わぬよう、テーブルの配置を考えてある。

久し振りの雑炊を食べながら、ユリがやってくるのを僕は待った。実際の居所は知らなくとも、そこにつながる何かを教えてくれるにちがいない。『ナイト』の久美やひろ子が彼女のことを僕に教えたように、今度はユリが誰かの名を僕に与えてくれる……。

そう思って待ちつづけた。

午前二時三十分、カウンターの中にいた男がラスト・オーダーを訊きにきた。アメリカンのお代わりを頼み、「だまされたのではないか」という嫌な考えを払いのけようとした。

無理に押しつけたデートの約束ならともかく、これは彼女の知り合いの失踪事件なのだ。彼女が僕をスッポかす理由はない。

午前三時、店をでて歩道にたたずみ、それぞれ、渋谷と新宿に向かって流れる車の流れに目を向けた。

「だまされた」という疑いより、むしろ理由のない不安が僕の心を占めかけていた。

煙草を一本吸い終えると、僕は通りかかった空車に手をあげた。

その晩、僕を尾行する者はなかった。四谷のアパートに着くと、ドアをロックし、缶ビールをふた缶空けて、ベッドにもぐりこんだ。


電話が鳴ったとき、僕は夢の中で、J大のキャンパスに学生としていた。クラス・メイトにはまだ会ったことのないジョー・カセムや森伸二がいた。

午前五時を回った時刻だ。

「佐久間君？」

「ええ」

岩崎刑事だった。二日つづけて、彼に早起きを強いられたわけだ。

「中山百合子(なかやまゆりこ)という女性を知っているかね」

「中山？　いいえ。何かわかったんですか」

「いや、そうじゃない。別の事件なんだが。銀座の『ローズ』という店のホステスだ」

ユリのことだ。

「参宮橋の？」

「そうだ」

「どうしたんです」

「死んだ。自殺なのか、どうか。落ちたんだよ、八階の部屋から」

「いつです⁉」

「二時間ぐらい前らしい。今夜の当番が、私の班でね。所轄の連中と部屋にきて、調べていたら、バッグから君の名刺がでてきた」

「今も、参宮橋に」

「そうだ。第二参宮橋コーポラス」

「すぐ、そちらにいきます」

電話を切って飛び起きた。ユリが自殺する筈はない。事故か、それとも――。

黒のハイネックのセーターを頭からかぶり、コーデュロイのスラックスと、対になっているジャンパーを引っかけた。部屋をでるとき、僕は無意識に、車のキイを、おいてあったサイド・ボードから拾い上げた。だが、このキイで動く車は、今や黒焦げのスクラップと化している。

怒りがこみ上げ、キイをベッドに投げつけて部屋を飛び出した。

第二参宮橋コーポラスの前でタクシーから降りると、生暖かい風が髪を乱した。大型台風の尖兵(せんぺい)か。空を見上げると、黒い雲が素晴らしい速さで流れている。

赤い回転灯をつけた救急車が一台とパトカーが二台、建物の前に止まっていた。マンションは十一階建てで、ブルーの屋根と白い壁をまとっている。二基あるエレベーターの片方で八階まで昇った。

閉じられた白い扉がつづく廊下の、一部屋だけが、男達の舞台だった。身寄りの者にとっては、つらく悲しい出来事を、彼らは事務的に一切の感情を交えず処理してゆく。ときおり交わされる小声の会話。車に爆弾をしかけられるまで、僕も彼らと同じ傍観者の立場にいたのだ。無表情に死者の生活空間を動き、嗅ぎ回る。死者の身内の者の目には、そのプロフェッショナリズムが、どこか信じ難いものに映るときだ。

その朝、ユリにはそんな身内の者はいなかった。彼女一人が白い布をかぶせられ救急車の中に横たわっている。泣く者はまだこない。

「あらかた終わったんだけれどね」

岩崎刑事が赤い目を僕に向けて、いった。

「遺書はなかった。それらしく、室内を整頓した様子もないね。彼女には、いつ名刺を渡したんだい」

「今夜、いや昨日の夜です」

岩崎刑事の顎がわずかに引き締まった。

「九時ごろ、銀座の彼女の勤めている店の前で会い、名刺を渡したんです」

「個人的な知り合い？」

「いえ、調査です」

「仕事をしていたのか、まだ」

「午前一時に、この近くの『K』という店で待ち合わせをしていました。けれどもこなかった」

ゆっくりといった。

室内を見回していた刑事の目が僕に戻った。

「どんな仕事かね」

「失踪人調査。二十の若者がひと月前から行方不明で、勤めていたスナックのママから依頼されたんです」

「何という店？　死んだ彼女とはどういう関係だった？」

手帳が取り出された。

僕は知っていることを話した。大した量じゃない。別れた昔の男の名は知らない。

「どんな様子だった？　会ったとき」

「少なくとも死にたがってはいなかった。僕と話すのを望んでいたように思えました」

「事故かな」

「ひょっとしたら」

僕をちらりと見て刑事は室内を見回した。

シャギーのカーペットも、オーディオ・コンポーネントも金がかかっている。プレイヤーの上には「シック」のLPのジャケットがおかれていた。ディスコ向きであり、挽歌には適さない。

「これは?」

親指を立てて僕に訊ねてきた。

「いや知りません」

「明日にでも店の方に当たるかな」

「もう今日でしょ」

「そうだ。スッポかされたあと、君は?」

「四谷に帰りました」

「うん、張りこみから聞いたよ」

「やっぱり僕のアパートを?」

岩崎刑事は答えず、煙草をくわえた。

「一応、目撃者を捜しているんだ。水商売だし、殺しの線も考えてね」

殺しだとしたら、僕に会わせないためだろうか。信じ難いが、ありえぬことじゃない。

なぜ——森伸二の行方を知られたくないため。

誰が——。

「解剖してみんと具体的にはでんからね」

「解剖しても、殺しという確証がつかめなかったら」

「確証なんて難しい言葉は、我々は使わないんだ。疑いというんだ。疑いがあれば……な」

僕は答えなかった。

ユリを洗ってみよう。警察にうるさがられない程度に。

「今日、事務所にでるなら、午後、詳しい話を訊きにいくかもしれん」

頷くと、岩崎刑事をそこに残して、エレベーターに乗りこんだ。夜が明ける時刻だが、空は暗かった。僕は寒けを感じ、ジャンパーのファスナーを引き上げた。

三時間ほど仮眠して、朝食をとらずに、僕は事務所にでかけた。徒歩の僕を尾行してくる者はいないようだった。事務所に着くと、まっすぐに課長席に向かった。

「お早う」

「お早うございます。やられましたよ」

「車を吹っ飛ばされたそうだな」

課長は、空いている向かいのデスクの椅子を僕に促した。

「ええ、参りました。それより、津田智子に早く会いたいと思うんですが」

「その件だけどな」

課長は目を窓の方にやっていった。

「所長の早川弁護士のところに公式筋から打診があったそうだ」

「公式筋？」

「内閣調査室だ。何の目的でジョー・カセムの行方を追っているのか、と。依頼だと返答したところ、依頼主を明かせと迫ってきたそうだよ」

「で、明かしたんですか」

「時間を稼いでおいたそうだ。早川さんは、処置を、私と君に一任するといってる」

「押しつけられましたね」

いうと、課長はかすかに笑った。苦笑のつもりかもしれない。

「もし会うのなら、津田智子本人じゃなく、フィアンセの大川晃も一緒の方がよいと思うんですが」

「どうして？」

沢辺が紹介してくれた、総会屋のインフォメーション・バンクの細川から聞き出したことを、課長に話した。

「ですから、大川晃はラクールの石油にからんで、ジョー・カセムを捜しているんじゃないでしょうか」

「なぜ、自分で捜さない」

「わかりません。彼の部下が捜しても見つからなかったからかもしれません。おそらく、津田智子がジョー・カセムの恋人であったというのは嘘だと思います。きっと、大川自身が依頼人になれないわけがあるんじゃないでしょうか」

「だが、ジョー・カセムというのは一体何者なんだ？」

「それも訊く必要があるでしょう。津田智子は多分、フィアンセであるところから大川の窓口を務めただけで、ジョー・カセムについて具体的には知らないでしょうから、中央開発の連中が僕を尾行したのは、一刻も早くジョー・カセムの居所を知りたかったからじゃないかと思うんです」

課長は頷いた。ハイライトに火をつけて考えこむ。

「どうする、調査のつづきは」

「今のところ座礁（ざしょう）した感じですが、彼らとの話し合い次第では継続してもよいでしょう」

「だが、君はちょっと危ない身の上だぞ」

「アパートや事務所に隠れていてもやられるときはやられます。何せ相手は爆弾を使ってますし、僕の動きを割とつかんでいるようですからね」

「度胸がすわったと見えるな」

「愛車をやられましたからね、頭にきてますよ」

「そういえば、足の確保も問題だな」

「自転車なんてどうですか、あれなら爆弾をしかける余地がない」

「その代わり投げつけられたらおしまいだぞ」

「ええ、トラックで轢き倒す手もある」

「笑えんな」

課長は渋い顔でいった。

「私としては、調査の継続は、犯人の逮捕を待ってからでもいいと思うんだが」

「犯人が割れてませんからね。先が遠すぎますよ」

僕はいって、課長席の電話を取った。

「津田智子に電話します」

教えられた自宅の電話番号を回し、応対した若い女性の声に名乗った。津田智子本人だった。相手が僕の名を知り緊張するのがわかった。

「何か、わかりまして？」

「実は、その件でですが、できればお目にかかってお話ししたいのですが」

「……何を、でしょう」

「鳥井譲さんの本名は、ジョー・カセムということは、わかったんですがね。彼の行方を捜している者が他にもいるんです」

「……」

「それともうひとつ。ずばり申し上げて、中央開発の社員が、なぜか僕を尾行しているんですが」

「……」

「幾つか、そういった問題があるので、できれば大川さん御自身も交えて御相談したいのです。調査の継続に関しまして……」

「承知いたしました。私共のやり方が誤っていたようです。大川さんと相談しました上で御返事します」

はっきりとした答が返ってきた。

「結構です。ところで……」

受話器は沈黙を守っている。

「津田さんとジョー・カセム氏は本当はどういった御関係でしょうか」

「わたくし……」

声がわずかにあえぐような調子になった。

「わたくし、一面識もありません」

僕は小さく溜息をついた。

「やはり、そうでしたか。御返事をお待ちしています。課長の方に直接どうぞ……」

電話を切ると、課長を見た。課長は電話機の下におかれたメッセージホンのイヤホンを外して頷いた。

「意外にあがきませんでしたね」

「芝居が見えすいていたからな」

「じゃ、課長は最初からこの依頼が臭いと……」

「うん。結婚前のモミ消し工作にしちゃ、話が大掛かりすぎる。東京第一銀行の頭取の娘とはいえね」

「その頭取自身も一枚かんでるんじゃないですか。課長も人が悪いですね」

「多分、な。それに、気になるのは松井貿易の方もだ。聞くところによると、結構荒っぽいこともするらしい。君がジョー・カセムの居所を捜していることを、内閣調査室の方が知った以上、君が手がかりをもしつかんだと知ったら、しかけてくるかもしれん」

「僕は何もつかんじゃいませんよ、まだ」

「いずれつかむさ。失踪人調査に関しては、君の方が慣れてる」

「大学かマンションにもう一度、調べにいったんですね」

「何が？」

「内閣調査室の連中です。そこで、僕のことを知ったんでしょう」

僕は課長のデスクにおかれた鉛筆をいじくりながら答えた。五本の鉛筆がきっちりと、同じ長さに削ってある。それもナイフでだ。削ったのは課長本人だ。

「佐久間さん、外から電話入りました」

中継係が電話を切り換えて、いった。彼の名は山根(やまね)という。僕が早川法律事務所に勤め出したころは、調査一課の人間だった。けれども三年ほど前、事故で片脚をなくした。事故というのは、彼に過去を暴かれたやくざの復讐だった、と警視庁捜査四課の知り合い、皆川(みながわ)課長補佐から聞いたことがある。

津田智子からの返事にしては早すぎると思いながら、受話器を取った。

「俺だ——」

広告代理店に勤めている高橋だった。ＯＢであることからＪ大生に、ジョー・カセムのことを当たってもらうよう頼んだのだ。

「一人、知り合いを見つけたよ。苦労したぞ」

「結婚祝い、張りこむからよ」

「本当だな。お前、今日か明日の午後、動けるか」

「大丈夫だ」

「じゃぁ午後三時、四谷の『マリオネット』って喫茶店にいけよ。そこのカウンターで俺の後輩で町井(まちい)って三年がバイトをやってる。そいつに訊けば、そのカセムって奴の知り合いを教えてくれる」

「『マリオネット』の町井だな」

「おう。それじゃな、近いうちに飲もうぜ」

「ああ」

答えて電話を切った。多分、猛烈に忙しい思いをしているのだろう。早い口調がそれを表わしている。実際、飲みにいく暇もないのだ。あれば、待ち合わせをしている。そういう奴だ。

もっとも、どんなに忙しくとも命を落とすまではいかないだろうが。

僕は六階から空を眺めた。鉛色をしている。風が強くなり、小学校の校庭の木々を揺らしていた。雨はまだ降ってこない。

僕の目の行方を追って、課長がいった。

「台風、そこまできてるな」

「ちょっと、でます」

そういうと、課長がニヤリと笑った。

「そら、もう新しい手がかりをつかんだじゃないか……」

「見こまれただけのことはありますか？」

「見こむのが私だけだといいが、な……」

課長の声を背後に聞き流して、事務所をでた。早目にでるのは、もうひとつ理由がある。課長は、森伸二の失踪と、それに関するユリの死は知らない。公式の仕事ではないからだ。

岩崎刑事がやってきて、彼にその件を訊ねると、ややこしくなる。

僕はタクシーを拾い沢辺のマンションに向かった。昨夜のうちに連絡する約束をしたのだができなかったからだ。昨夜は部屋にいるといっていた。

その意味を考えると、彼の部屋に直接いくのはちとまずいという結論にいきあたった。何の理由もなく、部屋にいる奴じゃない。タクシーをマンションの前で乗り捨てて、通りを隔てた、こぎれいな喫茶店に入り、コーヒーと、肉入りのクレープを注文した。コーヒーが運ばれてくる前に、僕は喫茶店の公衆電話で沢辺の部屋にかけた。

「……はい……」

「俺だよ」

いってやると、沢辺は眠気の取れやらぬ声で毒づいた。彼のそばで赤ン坊がむずかるような声がする。無論、奴の子じゃない。

「今、何時だ?」

「毎度のことだが、俺は〝一一七〟じゃない。十二時だ、正午だよ」

「そうか……。すまないけど冷蔵庫からオレンジ・ジュース取ってきてくれないか。男の朝はフレッシュじゃなけりゃな」

つづく言葉は僕に向けられたものではない。

「何だってんだよ、今度は」

「連絡してくれといったのは君だぜ」

「そうだったな、何かつかめたか」

「地獄耳の君も、まだ知らんようだな」

「何がだ？」

「例の銀座のホステス、死んだよ」

「いつだ」

声が引き締まった。

オレンジ・ジュースをごくりと飲み下す音が聞こえ、ダンヒルのキャップが鳴った。

「目が覚めたか」

「ああ、ぱっちりな」

「昨夜遅く、というより、今朝早くだ。俺と店がハネたあと、待ち合わせたんだがこなかった。自分のマンションの部屋から落ちたんだ」

「殺しか？」

「わからん。あのホステスのパトロンのことを調べたいんだ。手はあるか」

「……」

煙が受話器に吹きかけられる音がした。

「あるにはあるんだがな……」

「どうした」

「あまり使いたくねえツテなんだ」

「なぜだ？」

「まあいい。今夜九時ごろ『ナイト』にきてくれ。何とかしてみらあ」

「わかった」

僕は電話を切り、席に戻るとクレープとコーヒーに取りかかった。クレープは悪くない味だった。クレープを持ってきてくれた女の子も可愛かった。だから、いってみた。

「おいしいね、君が作ったの？」

「いいえ、マスターです」

十八ぐらいか、目がくりっとした、ボブ・カットの娘だ。白のワンピースを着ている。

「習うといいね」

「何を？　クレープの作り方？」

目を丸くして問いかける風情が実に可愛い。

「ねえ、お客さんが今、電話していたのお向かいのマンションにいる沢辺さんじゃないですか？」

僕はクレープを飲みこみそこねて、頷いた。

「どうして、わかったの⁉」

「近いから声がとっても大きく聞こえたんです」

「ここにくるのかい、あいつ」

「ええ、ときどき……」

あとは訊かぬが花だった。あの悪小僧、意外なところにファンがいるようだ。この子の内に秘めた情熱は、金輪際、あいつには教えまいと決心した。いったが最後、その毒にかかることは目に見えている。

「ここだけの話だけど、あいつはすごいワルなんだ。気をつけた方がいいよ」

僕の忠告は、彼女の気持をいたくそこねたようだった。ツンとしていってしまう。溜息をつくと、独りぼっちの朝食に戻った。

10

学生じゃなくなって、最初のうちは、あらゆる連中が口を揃えていう。

「学生のころはよかった」

『マリオネット』はそんな連中の思い出の結晶ともいうべき喫茶店だった。ロッド・スチュアートが若者達の会話に負けじと歌っている。煙草の灰と、ヘア・リキッドの匂いをまきちらしながらテーブルを飛び回る若者達。

僕はカウンターに腰をおろすと、近寄ってきた若者に訊ねた。

「町井君てのは」

「あ、僕です」

トレーナーとニットのスラックスの上にスヌーピーのエプロンをかけていた。

「アメリカン。それとカセムの友達のことを訊きたいんだけど……」

「高橋先輩のお友達ですか」

「ナンパ仲間さ。あいつは原宿専門だったけど、いまだに卒業できてない」

いうと、町井は笑った。高橋の現在勤める広告代理店も原宿にある。

「スティーブって、バイトでモデルをやってる国際の二年がいるんです。そいつがカセムとは割につきあってたようです」

「で、どこにいけば会える？　そのスティーブに」

「じき、きますよ。アメリカ人のくせに麻雀が好きで、そこにいる奴らと待ち合わせて、これからツモりにいくんです」

カウンターの三人組を顎で、町井は指した。

「町井さん、それはないスよ」

生意気に口髭をはやした、革ジャンの二枚目が口をとがらした。

「クラブの方も、それぐらい頑張ってくれよ。学祭も近いんだからな」

町井はいうとアメリカンのカップを僕の前においた。

「あ、きましたよ」

口髭の二枚目が振り返っていった。百七十五センチある僕より、優に十センチは高い。髪をオール・バックにして、レイ・バンをかけている。ジーンの上下にブーツといったいでたちの二枚目だ。

「スティーブ？」

僕が訊くと、スティーブはサングラスを外して頷いた。笑うと、人なつっこい表情になる。

「スティーブ、こちらは俺達の先輩だ。訊きたいことがあるそうだ」

町井がいうと、スティーブは、

「いい、ですよ」と淀みのない日本語で答えた。

「最近、ジョー・カセムに会ったかい」

僕は訊ねた。

「カセム？　ああ、ジョーね。三週間前に、一緒に『ロブロス』にいったよ、赤坂の」

『ロブロス』はディスコだ。

「それからは？」

「会ってない。ダイ・ガクにもこない」

「どこにいるか、わからないかな」

「さあ、あまり友達少ないから……」

「恋人は？」

「本国にいる、といっていた」

「ラクール？」

頷いた。

「彼のこと、よく知ってる？」

「ノー。彼のお、父さん、何してるか知らない。兄弟も知らない」

「そうか……」

僕が気落ちしたように頷くと、スティーブもすまなそうな顔になった。だが、すぐにその顔が輝いた。

「ヘイ！『ロータス』というコーヒー・ショップ、あそこによくいってたよ。ロータスに乗る仲間が集まる」

「ああ、知ってら。甲州街道沿いにある」

カウンターにもたれて話を聞いていた町井がいった。

「そうか、ありがとうよ、スティーブ。君は何に乗ってる？」

僕は礼をいって訊ねた。

「ボク？」

スティーブがとまどうと、麻雀仲間の三人組がどっと沸いた。

「いってやれよ、スティーブ」

「ボクねえ……」

ニヤニヤして彼は答えた。

「ホンダのゼロハン（五十ＣＣ）」

礼をいって勘定を払うために立ち上がった。町井は、

「先輩のお友達からは取れません」といった。

「じゃ彼らの分を払ってあげて」

僕はそういうと千円札をおいて店をでた。

『ロータス』という名の喫茶店——同じ喫茶店でも、津田智子が教えた店よりは役に立ちそうだ。

『ロータス』の駐車場に、レンタカーを乗り入れたのは午後六時すぎだった。甲州街道はラッシュが始まっている。駐車場は広く、八台の車が止まっていた。うち五台が外車で、四台がロータスだった。モス・グリーンの車もある。

木製のドアにはロータスのエンブレムが描かれていた。中は、割に大きく、箱型のボ

ックスと、十五席はある正方形のカウンターがすべて白木で造られている。壁にロータス・ヨーロッパの実物大の写真パネルがかかっていた。カセムらしい者はいない。

「いらっしゃいませ」

四十歳ぐらいの太った男がカウンターから声をかけた。目尻に笑い皺のある、優しそうな顔つきをしている。カウンターに腰かけるとミルク・ティを注文した。

白い磁器ポットにいれた紅茶が運ばれてきたときに、津田智子から渡されていた、ジョー・カセムの写真をマスターと覚しき彼に見せた。店には他に若い女の子が二人いる。

「ジョー、鳥井譲さんね……」

のぞきこんだマスターはいった。

「捜してるんです。学校に全然こないし、部屋にもいないんで」

僕はいった。沢辺にいわせれば「老けた面つき」だが、マスターには学生で通ったらしい。

「学校の友達?」

「そう……」

「どこだっけなあ、どっかいったっていってたな……。マイちゃん」

客の男二人組と話しこんでいた、店の女の子の一人に声をかけた。

「何、マスター」

「譲さん、今どこにいるっていったっけ」

「長野よ、どうして？」

「この人が捜してるんだ。学校に全然きてないんだって……」

「あいつ、単位ヤバいんだよね」

僕は女の子にいった。ブリーチアウトのジーンにプレイボーイのトレーナーを着ている。色白の子だ。

「えっとね、軽井沢にいくっていってたわ」

「いつごろ？」

「いくっていう前の日にきたのよね、ここに。九月の終わりよ」

「何でそんなときに……」

「わかんない。車でいったみたいよ」

「誰かと一緒だった？」

女の子は首を振った。

「ううん、一人」

「いったのも一人かな」

「うん、多分ね」

軽井沢——シーズンの終わった保養地にどんな用事があったのだろうか。

「他に何か心当たりない？　軽井沢のどこら辺にいるか……」

「何にも。あの人って意外と喋んないじゃない……」

僕は黙って二、三度頷いてみせた。鳥井譲に関する話はそれでおしまいだった。

煙草を数本灰にすると、礼をいって立ち上がった。気になることは幾つもある。一番は、銀座のホステスだったユリの死だ。警察がどういう見解を示すか興味があった。

六本木に向かう車中、レンタカーにはステレオがないのでラジオのスイッチをいれた。雨がポツリ、ポツリと降り始めている。ニュースが、大型台風が今夜半、沖縄沖を通過し、明朝から昼にかけて九州に上陸するかもしれない、と告げた。非常にゆっくりとしたスピードで進み、強風と局地的な豪雨をともなっているという。しなっていた、小学校の校庭の木を思い出した。

一瞬、豪雨の中で、燃える車に閉じこめられて死ぬ、自分の姿を思った。僕を狙っているのは誰だ——一度目は不発に終わり、二度目は車を吹っ飛ばした。あくまでも爆弾で僕を殺す気なのか。

秋川という大学生を見つけ出したことは確かだ。それによって恨まれる筋合いはない。自殺した有村という過激派にも思い当たる節はない。僕を狙っているのは、有村の身内の者か、それとも全くちがう人間なのか。いずれにしても、そいつはまともじゃない。

僕を殺しても、何も得られはしないのだ。

六本木は、相変わらず違法駐車が密集していた。手近なところにすき間を見つけ、車を突っこむと、フライド・チキンの店に入った。チキンを三本かじり、コールスローサラダの大を食べると待ち合わせの時間が近くなった。レンタカーは明日中には返すつもりだった。いつまでも乗り回すと、経費が高くつきすぎる。爆破された車を、保険会社はどう扱ってくれるだろうか。どこといって変哲のない普通の国産だが、僕には馴染んだ車だったのだ。

『オーヴァー・ザ・ナイト』に沢辺はまだきていなかった。ボックスの客につまみを運んでいた、妹の久美が僕に気づいた。

「あら、いらっしゃいませ」

「待ち合わせですか」

カウンターにかけると、姉のひろ子がグラスを僕の前においた。「佐久間様」と書かれた、さらのオールド・クロウのボトルが並べられる。

「?」

「『ナイト』の奢りです」

久美がいった。

「御馳走様」

「何かわかりました?」

「そのことで沢辺と待ち合わせたんだ。二度話すのもなんだから、あいつがきたら皆話すよ」

「はい、わかりました」

久美が水割りのグラスをさし出していった。

「よかったら、どうぞ」

いうと、

「いただきます」

グラスをひろ子から受け取って答えた。ひろ子は今日は和服を着ている。久美は紺の、前スリットが入ったコーデュロイのスーツだ。今は隣にすわっている。

「佐久間さんはどこで沢辺さんとお知り合いになったの」

カウンターの内側でレコードを差し換えながらひろ子が訊いた。針が落ちると、エラ・フィッツジェラルドの歌が始まった。

「玉突き屋」

「え？」

「本当なんだ。学生のころだけどね」

「わあ、何年前？」

「六年ぐらいかなあ。ときどき、悪さしたんだ、一緒に」

「じゃあ、すごい悪いことしたんでしょ」

「まさか、この顔が悪人に見える？」

「善人には見えない」

「……」

「怒った？」

「みんなそういうんだ。なぜだろう？」

笑いながら、ひろ子がチョコレートの皿を前においた。

「結婚は？」

「してない」

「どうして？」

「どうしてだと思う？」

「女の子には不自由しない人だと思うんだよね。だから……不自由しなさすぎるから」

「まさか。沢辺とはちがうよ」

「一人で暮らしてるの？」

頷いた。くわえた煙草にマッチをさし出してくれながら、

「寂しいでしょ」

「ときどきね」

「慰めにいってあげましょうか」

「寂しくなったら、ここに電話するよ」

「約束ね」

「うん」

「でも佐久間さんて、素敵よ」

「どうして」

「沢辺さんも素敵なの。あの人はちょっと荒々しいところがあるじゃない。そのくせ本当は優しそうで。佐久間さんはね、こう繊細そうなのよね、でもときには沢辺さんよりタフガイになっちゃうみたいで」

「あいつよりタフになったらケダモノだよ」

「よくいうぜ、この野郎……」

沢辺がいつの間にか腰をおろしていった。今日は、シルバー・グレイのスーツに黒のニット・タイをしめている。

「どうしたんだ、今日は。えらく渋いじゃないか」

「何せ、相手が相手だからな」

「何だ?」

沢辺は顔をしかめた。

「それより先に、そっちの経緯を話せよ」

「オーケイ」

僕がいうと、ひろ子もカウンターの他の客の前を離れてそばにやってきた。

「沢辺は知ってるけどね、ひろ子さんが話してくれた『マドンナ・ハウス』のバンドの女の子、彼女は銀座の『ローズ』っていう店に勤めていたんだ」

「何ていう人？」

久美が訊ねた。

「ユリ、本名は中山百合子といって、参宮橋に住んでいた。昨日の夕方、僕は彼女を店の外に呼び出して、森君のことを訊いてみた」

「知っていたんですか」

「ああ、つい最近まで連絡があったようだね。森君の失踪についても心当たりがあるみたいだった。そこで僕は、店が終わったあと会ってくれるように頼んだ」

「ところが」

と、沢辺が後を引き継いだ。

「ユリは現れず、自宅のマンションから落ちて死んでいた」

「いやっ、本当に⁉」

久美が首をすくめた。

「僕は午前一時から三時すぎまで、待ち合わせた参宮橋の店で待っていた。ところが彼女は三時ごろ、落ちたんだ」

「か、落とされたかだな」

「そうだ。ユリに、僕と会って欲しくない、なんて考えた奴がいればな」

「どういうことなんですか、気味が悪いわ」

ひろ子が僕の薄くなった水割りに、ウイスキーと氷を加えていった。

「どういうことなのかね。だから、ユリについて少し調べてみようと思うのさ」

沢辺が無言で頷いた。

「ねえ、一体、森君てのはどういう人だったんだろう」

「そう……」

ひろ子が考えこんだ。

「若くて、健康で、無口で……」

久美が口をはさんだ。

「身寄りがいないわ」

「うーん、身寄りがいない、か。外見はどんな人?」

「じゃ女の子にはもてたね」

「色が黒くて、ちょっとバタ臭い感じの男前」

「でも、話すのは苦手だったみたい」

僕は息を吐いた。

「何しろユリって子がどんな生活を送っていたかを調べてみるしかないんだよね。もしユリが森君の失踪に関係しているとするなら、きっと彼女のことを調べれば何か手がかりをつかむことができる」

沢辺は幾度か頷くと、グラスを空にした。

「じゃあ、仕方がないな。あいつのところに連れていくか。あいつなら知ってるだろう、多分」

「あいつ?」

「ああ、ママなんだけどな。小さな店の」

「何だ、その女とワケでもあるのか」

「ママはママでも女じゃないんだ。男なんだよ、それが」

沢辺は苦い顔でいった。

「これか」

僕は片手を頬にあてて、しないを作る動作をした。

「うん。これっていうか、おかまというよりはホモだな」

僕は思わずにやついた。沢辺がそのテの人間にえらく弱いことは前にも聞いたことがあった。

「溜池でな、『パープル』っていう小さなスナックをやってるんだ。ただし、それは表向きで、本職は銀座のトラブル・コンサルタントなんだ。引きぬき防止や、女の子と店、女の子と客やヒモとのトラブルにフリーで仲介をして食ってるんだ」

「なるほど、こっちのケなら、店の方も女に手をつけられる心配がないわけだ」

「そう。おまけに女も、親切にしてもらっても下心の心配がないから、大いに安心できるわけ」

「強味だな」

「まあな。俺は苦手だよ」

「お前に気があるな、さては」

「おう。だが向こうもしっかりしてるからな。なかなか、タダじゃこちらの欲しいことを教えてくれないだろう。だから、せいぜい、めかしこんできたってわけさ」

「色じかけだな、一種の」

「やめてくれ」

「でも心配だわ」

それまで僕らのやり取りを聞いていたひろ子がいった。

「もし、そのユリって人が本当に殺されたのだとしたら、森君の行方を捜している佐久間さんにも何か悪いことが起こるんじゃないかしら……」

「今のところは、もう一件増えても関係ねえな、コウ」

沢辺が、車の爆破のことをいった。

「そのうちに東京中の殺し屋が、お前の首にかかった賞金目当てにくり出すかもしれんぞ」

「勘弁して貰いたいな」

僕は答えた。この上、命を狙われたのでは本当に拳銃でも持っていなくてはかなわない。

「幾らかわかったら教えてやるよ、賞金が」

「冗談じゃないぜ」

沢辺は腕時計をのぞいた。

「そろそろ、そのスナックにいくか。銀座がハネたあとじゃ、忙しくて話を訊く暇がなくなる」

「気をつけて下さいね。もし、本当に危なかったら、やめて下さい」

ひろ子が心配そうにいった。

「そうよ、佐久間さん。約束が果たせなくなるわ」

僕はわざと笑ってみせた。

「おい、知ってるか、沢辺」

「何だよ」

「この店じゃ、このテの男がもてるらしい……」

11

『パープル』は四人がけのボックスが三つに、小さなカウンターがあるだけの店だった。深い色合いの塗りの板が壁に貼られ、床には、多分店の名の通り、紫色の、毛脚が長いカーペットを敷いているのだろうが、照明が暗いので実際は黒に見える。

「あら、いらっしゃい。沢辺ちゃんじゃないの」

僕らが地下につづく、コンクリートの階段の奥にある扉を押すと、和服を着流した三十二、三の男が、入口に近い席から立ち上がった。背はそう高くなく、髪は短いパーマで縮らしてある。しなを作って近寄ると、沢辺の手を握った。色男ではない。

「久し振りじゃない。こちらは……」

「友達で、コウっていうんだ」

沢辺が手を握られたまま、憮然(ぶぜん)としていった。

「コウさん、よろしく……」

「よろしく」

「あら、素敵な声」

ソツなく会話が進み、僕らは一番奥の席にすわらされると、レミー・マルタンのボトルと氷や水がテーブルに運ばれた。ママと同じような着流しの若い男が一人テーブルにつき、水割りを作ってさし出す。

「すまないけどさ、ママに話があるんだ」

沢辺がいった。その沢辺の背後に、煙草を持ったママがやってきていた。

「あら、何話って。嬉しいわ。それに沢辺ちゃん、今日はとっても素敵じゃない。どうしたの、結婚式⁉」

「ちがうよ、今日は久し振りに『パープル』にくるってんで、めかしこんできたのさ」

「本当⁉　あらどうしましょう。帰さないわよ――」

「おい、コウ……」

どうしようというように、僕を見てくる。

僕が小さく頷いてやると、沢辺はママの肩に腕を回した。無理していることが、引きつりかけた横顔でわかる。

「実はさ、ママ。ちょっとママの知識が借りたくってさ、今日はきたんだ」

「なあに、あたしに知識なんかないわよ、何も。あるのは……」

沢辺に囁く。

「いや、それはいいんだ。それはいい」

沢辺はあわてていった。

「今朝さあ、銀座の『ローズ』の娘が死んだの知ってる？」

「知ってる！　ユリちゃんでしょ。あたしもうびっくりしちゃった。新聞で見て」

「ここによくきたの？」

「きたわよ。彼氏と」

「彼氏？」

「うん」

「何者だい？」

「あら、そんなこと訊いてどうすんの」

「ちょっと知りたいんだ。悪いことするわけじゃないからさあ……」

沢辺が腕に力をこめていった。

「うーん。沢辺ちゃんにそうされると弱いわ。あのね、何かブローカーみたいな仕事してるんだって。外国の人と取引して」

「貿易かい？」

「ええ、輸入をやってるのよね。でも、貴金属とか、そういうものじゃないようね」

「じゃ何？」

「あれよ、あれ。今一番お金になるやつ」

ママは口をすぼめた。

「オ・イ・ル……」

僕はギクッとしてママの口もとを見つめた。オイルの輸入をやっている男がユリのパトロンであったとは。

「ね、ね、何ていう人？」

「うん、嫌ね。何する気なの」

「別にカツアゲをやろうというんじゃない。俺の勘じゃユリは、殺されたんじゃないかと思う」

「あなたもそう思うの」

ママがすわり直していった。

「どうして？　ママもそう思っていたのかい」

今度は沢辺が驚いて訊ねた。僕はグラスを口に運びながら黙って聞いていた。

「うん。前にちょっとあったのよね。これ内緒よ……」

ママは念を押していった。

「藤井（ふじい）さんていうんだけれど、その人。かなり大きな賭けをする人だったみたい。外国人のブローカーみたいなのと組んで仕事をしてたのね。本当は、初めその外国人は銀座でも他の店に通ってたらしいの」

「どうして？」

「ほら、『ローズ』って、大きな声じゃいえないけど一流ではないでしょ。その外国人は最初、銀座の一流どころに通っていたらしいわ。ただし、スポンサーがいて」

「どんなスポンサーだ」

「その外国人の？」

沢辺は頷いた。

「その外国人に、最初、銀座で飲ませたり、特攻隊の女の子を抱かせたのは、大商社よ、M系の……」

「なるほど。で、一体、そいつは何者なんだ？」

「わからない。名前もわからないわ。石油に関係した仕事をしているらしいのだけれど、石油会社の人間でもなく、かといって産油国の人でもないらしいのよね。ちょっと、只モノじゃないっていう感じ。噂よ、これは。彼氏がつきあっている連中がそうだから、あたしも、ユリちゃんの死んだのは、ひょっとしてって、思っていたのよ」

話し終えると、ママは再び沢辺にしなだれかかった。僕はいった。

「ねえ、ママ。その藤井っていう人のオフィスか自宅の住所わからないかな」

ママは沢辺をちょっと見た。沢辺が頷くと立ち上がって店の奥に入っていった。戻ってくると名刺を一枚つまんでいた。

「藤井高(たかし)、TKYトレイディング・カンパニー代表」

オフィスの住所は港区赤坂だった。

「あげるわ、それ」

裏にも同じ文句がローマ字と英語で刷ってあった。

「明後日、ユリちゃんのお葬式を青山でやるそうよ。もし何だったらいってみれば……」

沢辺は僕を見た。僕は頷いた。葬式の日取りが決まっているとすれば、遺体がもう警察から返されたのだろう。ユリがもし殺されたのでなければ、彼女と最後に会った人間は僕ということになる。できれば、線香をあげてやりたかった。

ユリに関する話題はそれで打ち切りだった。『パープル』のママは驚くほど、夜の世界に通じていた。彼は、昼間、トラブル・コンサルタントとして動くときは、全く店とはちがった態度を取るといった。

「昼間も夜も、あたしは男よ。でも、仕事のときは、こんな雰囲気じゃないわ。お店は趣味でやってるの。ここは銀座の子達にとっては駆けこみ寺のようなものよ。あたしがもし、女を愛せたらこんなに皆に、信用はされなかったわね」

伊藤英一郎という本名を刷りこんだ名刺をくれて、ママはいった。沢辺が僕の仕事を話すと、

「もし、銀座のことで何か知りたいことがあったら、いつでもいらっしゃい。今日みたいにお客さんがそんなにいないときに。何でも教えてあげるわよ」

「ただし、体で礼をさせられる覚悟でな」

沢辺がいった。

「礼の方は、僕の代わりに、沢辺にしてもらいます」

「そんなのあるかよ」

「そうよ。コウさんもなかなか素敵よ。好みなんだから」

雰囲気が怪しくなるころ、僕と沢辺は腰を上げた。十二時を回ると、銀座の連中がどっと流れこんでくるという。そこにいて、何かユリに関する噂も訊きこみたかった。だが、彼女らは外では意外に口が固く、それはできないだろうと、沢辺はいった。

「ママがあれだけ話してくれたのも特別さ。さあ、いくか」

勘定をすませ、外にでると、小雨の中を駐車しておいた車の方へ二人で歩き出した。

「ところで、お前の車吹っ飛ばした奴、つかまったか」

信号で立ち止まり、煙草に火をつけていると、沢辺がいった。

「いや、まだだ」

「目星はついてるのか、警察じゃ」

「わからん。多分、まだだろう」

「そうか……」

沢辺はポケットに両手を突っこんで、体をそらした。

「今日も若い奴らがでてるな」

信号を渡り、ネオンの並ぶビル街へと、流れこんでゆく若者の群れを見つめて、沢辺がいった。

「ああ、夢を見てるのさ」

僕は答えた。

「夢？」

「そうだ。都会の一日が終わり、仕事が終わると、皆、同じように夢を見て盛り場にやってくる。ナンパしに、されにな。素敵な相手を見つけたい、いい女に巡り合いたいってな」

「それが夢か」

「そう……。ときにはかなう夢さ。だが、奴らが見てる夢はそればっかりでもない。結局、自分を主張する手段でもあるな。ファッションなんかは。それに、恋だけじゃない、寂しいこともあるだろう。夜、人でにぎわう盛り場にやってくれば、何かよいことがあるのじゃないかって気がするんだよな」

「お前も俺も同じさ」

溜息をつくように、沢辺がいって煙草を捨てた。がっしりした大きな肩が下がった。

「まあな。同じだったかもしれない」

「今はちがうといいたいのか。ちがいやしないさ。ただ、そういう余計なことを考えるようになった分、お前は年を食ったのさ。サンタ・クロースの存在が信じられなくなったんだ」

「あるいはな。十年もしてみろ、君はきっと嫁さんでも貰って子供に囲まれてら」

沢辺の車の前で僕らは立ち止まった。派手な音をエキゾストパイプからひねり出す、バラクーダ・クーダ。そのころには、この車もベンツか何かに替わっている。

「お前はちがうといいたいのか、公?」

キイをドアに突っこみながら、沢辺は僕をにらんだ。

「お前は十年後も、変わらず一匹狼を気取っているのかよ、え?」

「わからんな、ひょっとしたらな」

「気取りすぎだぜ、この野郎。誰だって口で気取るのは簡単さ。ツっぱるなら、ツっぱり通せよ、どこまでもな」

アイドリングで爆音を轟かせながら、沢辺は窓から首を突き出した。僕は答えずに立っていた。

「気をつけろよ、コウ。ヒーローを気取っていると、ころんだ途端、代役にとってかわられるぜ。人生、セコいからな。何かにつけて……」

爆音が飯倉の方に去ってゆくのを僕はそこで聞いていた。赤い尾灯の流れが、沢辺の派手な後ろ姿を呑みこんだ。遠ざかれば、バラクーダ・クーダの尾灯も、タクシーも、他の国産車も区別がつかない。『パープル』のママの粘っこい喋り声と、沢辺の低い声が僕の耳の中でからみ合っている。酔いを感じながら、僕は再び歩き出した。

12

翌日、車をレンタル会社に返すと、僕は事務所にでかけた。課長あてに、岩崎刑事が何かいっていったかもしれない。

森伸二のアパートからの帰途を最後に、僕を尾行しているらしい者はいなかった。僕が気づいたのを知って、中止にしたのか、僕が気づかぬほど、尾行に長けた者に代わったのか。

あるいは、中央開発は僕の尾行を、他のプロの探偵会社の人間に依頼したのかもしれない。もっとも、そこまでする理由を僕は知らないが。

僕を尾行していた人間は他にもいた。それは僕の車に爆弾をしかけた奴だ。僕を見張っていなければ、早朝の公園や、不規則にでかけてゆく事務所で、しかけることはできない。

車をやられて以来、自分の部屋にも、借りた車にも充分注意をしていた。相手もそれを知っているだろう。うかつに手出しはできない筈だ。

午後二時ごろに事務所に着くと、課長は調査員の一人と打ち合わせをしていた。根岸さんといって四十すぎのおばさんだ。保険の勧誘員、有閑マダム、ありふれた主婦、になり、女性の失踪調査を専門に扱う。交通事故で、下半身マヒになった夫を抱えている。

僕は自分の席にすわり、津田智子に渡す、現在までの報告書をまとめ出した。

三十分かけてアウト・ラインを仕上げると、根岸さんがそばにやってきていった。

「コウちゃん、課長御機嫌ななめよ。きのう、警察の人がくるのに、それをスッポかしたんですって」

「やばいかな」

ホッチキスにピンを充填しながら僕は小声で答えた。課長は、椅子の向きを変えて、しょぼ降りの空を見上げている。

「どうかしら。いって確かめてらっしゃい」

「冷たいなあ、おばちゃん」

僕は立ち上がって、課長のデスクに歩み寄った。どこといって、特徴のない中年男。背中に威圧感があった。

「殺人事件があったそうだな……」

その日の朝刊で、ユリの死を殺人の疑いありと判断した警察が、捜査を開始したことを僕も読んでいた。

「ええ。お聞きですか」

「聞いた」

「気になるんです」

「何がだね」

こちらを振り向いた。

僕は森伸二の失踪調査の経緯と、彼女のパトロンであった藤井の話をした。

「石油の輸入？」

「偶然の一致かもしれません。しかし、ラクールは産油国ですし、ひょっとしたらジョー・カセムの失踪と関係あるのではないかと思うんです」

「同一人物ということはないだろうな」

「ジョー・カセムと森伸二が、ですか」

課長は頷いた。

「まさか……。ただ失踪した時期はほぼ同じころですが」

「確認すべきだな」

「ええ。それに、ジョー・カセムの行方を内閣調査室が追っているというのも気になりますね」

「君はどうしたい？」

課長の顔に面白がっているような色が浮かんだ。

「藤井というパトロンのことを少し洗ってみようと思うんです。それに、津田智子にも会って話を聞きたいですね」

「依頼人には明日、会える」

「明日ですか」

明日はユリの葬式の日だった。

「何時です」

「夜だ。場所は大川晃が住む、三田のマンションだ。津田智子と私も同席する。そういう条件の連絡が今朝あった。時間は午後九時」

「ずいぶん遅いですね。それに自宅というのも妙だ」

「向こうさんがそうしたいのなら、そうするのもよいだろう。レコーダーを持っていくつもりだ」

「わかりました」

「三田の国際マンション。部屋は十階の一〇〇八」

「九時ですね。向こうでお会いします」

課長は頷き、さりげなく付け加えた。

「内閣調査室は、我々に手を引かす気はないようだな」

「なぜです？」

「その気なら、とっくにそうしているよ」

「どうやって……」

「どうやってでもだ」

僕は何となく頷いた。

「岩崎刑事は何か？」

「一応、前の男を追っているそうだ。それからパトロンだった男もな」

「爆弾の犯人についてはどうです？」

「それについてはまだ進展がないそうだ。もう一度、君に話を訊きたいようだったな」

「でしょうね……」

明日になれば、ジョー・カセムの失踪とそれを追う者達に関する、幾つかのわからなかった点が明らかになる。カセムのマンションに現れた男達——松井貿易株式会社を表看板にする政府の調査官ともう一人、五十年配の重役タイプの男。その男の正体も気になった。もしかすると、中央開発の人間かもしれない。だが、津田智子はカセムの住居を知らなかったのだ。とすれば、中央開発の人間である可能性は薄い。

中央開発の常務、大川晃はなぜ、回りくどい手を用いてジョー・カセムの行方を捜そうとしたのか。しかも僕を彼の部下と覚しき人物が、尾行までした。

そして――。

ユリが殺されたのだとすれば、一体、誰が何の目的で彼女を殺したのだ。彼女に何かを喋ってもらいたくない人間がいて、それは、森伸二の失踪に関係があるからなのか。

警察も、政府の調査官も、動いている。それでも、僕は調査をつづけたかった。ジョー・カセムと森伸二の行方を突きとめ、失踪の理由を探り出したかった。自分の手でそれをしなければ、自分に納得がゆかない気持だったのだ。

地下鉄を使って赤坂にでると、僕は歩き回った。ひとつには、名刺にあった「TKYトレイディング・カンパニー」の所在を確かめることがあった。

確かに、TBSをすぎて乃木坂方向に歩いたビルの二階に「TKYトレイディング・カンパニー」のオフィスはあった。ビルの入居表示板で見る限り、ワンフロアを独占するほどの大きさではない。

時計を見て僕は一ツ木通りの方に踵を返した。「TKYトレイディング・カンパニー」についていろいろ知りたいことはある。だが、オフィスを直接訪れたからといって知りたい事実がすんなり手に入るわけではない。

ケーキ・ショップの前に見覚えのあるメルセデスが止まっていた。

中に入ってゆくと、白いナプキンをスリー・ピースにかけた総会屋、細川が楽しげに巨大なブルーベリー・パイにナイフを入れている。

これだけ甘いものを食べても太らぬ体質は女性にとっては、垂涎(すいぜん)の的になろう。もし秘訣があるのなら、全身美容サロンを開いても、大儲けができるにちがいない。

僕が無言で向かいに腰をおろすと、細川は食べかけの切れはしを飲みこみ、優雅にナプキンで口を押さえた。

「沢辺君の友達だったね、君は。偶然かね、それとも……」

「あなたにお会いしたかったんです」

「何か、また訊きたいことがあるのだろう?」

だが容易には教えないという顔つきだった。前回の様子から推して、沢辺は何かこの男の弱味を握っているようだ。

ブラフでいくか、と一瞬思ったが、いった。

「パイが好きですね」

「大好物でね」

愛想のないいい方だった。どうやら、苦手とする沢辺の御友人にも、あまり関わりたくないらしい。

「うまいパイを食わす店があるんです。ここもうまいけど、比じゃない。明治生まれのおばあちゃんの秘伝てやつでね」

「どこの、何という店？」

メタル・フレームの奥の目が真剣味を帯びた。

「名前は『パインズ』。場所は……、電話帳にはのってないですよ。自家営業で細々とやってるから、週のうち三日しか開けてなくて、ほとんどが予約注文。あそこのパイを食えたらもう死んでもいい、といった甘いもの好きの政府高官がいたとかいないとか」

僕はニヤリとしてみせた。

「フン」

細川は笑ってナイフとフォークをおろした。

「ギブ・アンド・テイク？」

「イエス・サー」

「何を知りたいのかね」

僕は、『パープル』のママがくれた藤井の名刺をさし出した。

薄くマニキュアした指先をナプキンでぬぐった細川はそれを受け取った。

「この会社について知っていることを全部」

「あまり大きなところじゃない。石油を扱ってる。スポット買い専門のまあ、一発屋だね。何人かの出資者を持ってて、その金力でオイルを貯め買いしてるって噂だね」

「どんな男ですか」

「会ったことはないが、ネクタイをしめりゃ、ま、堅気に見えんこともないという話だね。荒っぽいのとも、勿論縁がないでもない」

「最近、何か噂がのぼったようなことはないですか」

細川は、少しいい渋った。

「うまいんですよ、パンプキン・パイが……」

「わかったよ。あくまでも噂だが、ヨーロッパのどえらい大物と手を組んだってことだ。それに、妙な話を聞いてる」

「何ですか」

「若い男を漁っていたそうだ。二十ぐらいのピチピチしたのを、そっち方面の趣味があるとは、聞いてなかったがね」

「若い男？」

「ああ、何のためかは知らんが、数を漁っていたのではなくて、何か向こうの条件に合う人間を捜してたようだ」

森伸二はそのケースだったのではないだろうか。そして、ユリが彼を藤井に紹介した——。

「他には？」

「大興産業てのが、からんでる。赤坂や六本木、銀座に幾つか店を出してる」

「『ローズ』も？　銀座、電通通りにある」

「ああ、そこもそうだよ」

「ありがとう」

僕は手早くペーパー・ナプキンに『パインズ』の地図を書いた。元麻布の住宅街である。

「冬になる前に訪ねた方がいいですよ。寒くなると、そのおばあちゃん、リューマチがでる」

僕が立ち上がると、細川がいった。

「待ちたまえ」

「……？」

「私は、こういう仕事で食べてる。いくら、貴重な情報と交換とはいえ、タダは納得できないな」

そういってニヤリと笑った。

「どうすれば——」

僕が問いかけると、細川はテーブルの伝票をつまんだ。

「御馳走様」

ケーキ・ショップをでると、僕は電話ボックスに入り、「TKYトレイディング・カンパニー」のナンバーを回した。

若い男の声が応答すると、藤井につないでくれるよう頼んだ。

「代表は出張中です」

「どちらですか」

「わかりかねますが」

ニベもない。僕は受話器をおろした。本当に出張しているのなら、その行先に森伸二もいるにちがいない。

僕は気づいて、五十音別、東京都の人名電話帳をめくった。もし藤井高が東京都内二十三区に住んでいるのなら、自宅を割り出せないこともない。

同姓同名が二人いた。

一人は文京区、もう一人は世田谷区である。まず、文京区の方に電話をしてみた。

長い間鳴らすと、老人の声がでた。

「はい、藤井商店でございますが」

「TKYトレイディングの者ですが……」

「は？」

「失礼しました」

世田谷の方の番号を回した。誰もでない。

僕は電話ボックスをでると、タクシーを拾った。

その家は小田急線、経堂駅の近くにあった。鉄筋コンクリートと覚しき二階屋で、一階に、シャッターのおりたガレージがあった。

番地で見当をつけて、タクシーを降り、見つけたのだ。二階の窓もすべて閉まり、カーテンが閉ざされている。

何げなく家の前を通りすぎ、あたりを一周しようとしたとき、僕はその車に気づいた。

黒のクラウン。

ナンバー・プレートにさりげなく目を向けた。

このところ尾けられていないと思っていたが、まさか先回りされるとは思わなかった。

クラウンから死角の路地に入って、そんなことを考えた。だが、次の瞬間、足が止まった。

尾行されたのではない。彼らは最初からこの家を見張っていたのだ。

中央開発が、藤井に興味を抱いているということか。

僕はさほど大きくない、その家の前を一周すると玄関のインタホンを押した。見られていることを痛いほど意識しながら。

誰も応答する者はなかった。


その夜、僕は、『オーヴァー・ザ・ナイト』に再びでかけていった。津田智子からあずかったジョー・カセムの写真を見せるためだ。津田智子がどんな理由にせよ、本気でジョー・カセムを捜したいと思っているなら、少なくとも写真ぐらいは本物の筈だ。

ところが、僕がナイトに姿を見せると、久美があわてて僕のすわったカウンターにやってきた。

「佐久間さん、大変なの、昨夜遅く、森君から電話がかかってきたのよ」

「何て？」

「それが、すぐ切れちゃったのだけれど、迷惑をかけてすみません。今長野にいます。仕事が終わったら、また戻りますからって」

「仕事が終わったら？　どういう意味かな」

「わからない。でもとっても急いで喋ってたわ。誰かに聞かれるのを怖がってたみたい」

「公衆電話から？」

「そうみたい。十円玉が落ちる音が速かったわ」

仕事とは、やはり細川がいっていた、藤井の一件ではないだろうか。

僕は写真を取り出して、彼女に見せた。

「この人、森君に似てない？」

「どれ、あらっ似てる」

「本当に？」

「ねえ、お姉さん——」

ひろ子が他の客の前を離れてやってきた。

「似てるわ、本当に。目もととか」

「本人ではないね」

二人は首を振った。

「それはちがうと思います。第一、森君はこんな格好しないから」

「そう。ありがとう」

その夜は早目に切り上げた。

13

部屋に着いてすぐ電話が鳴った。時刻は十一時を回っている。悠紀だと思い、受話器を取った。

「もしもし、佐久間さんでいらっしゃいますか」

「そうです」

「早川法律事務所にお勤めの――」

声は四十か五十代の男のもので、口調は丁寧だった。

「単刀直入にお話がしたいのですが」

「どうぞ」

「電話ではちょっと……」

「こちらは構いませんよ、一向に」

スラックスを脱ぎ、トランクスひとつでダイニングの椅子にかけると、煙草をくわえた。どうも、気にいらない雰囲気だった。

「ジョー・カセムの居所を知りたいのです」

「ほう」

僕はライターを左手でつかんだ。切れかけているガスが、ささやかな炎をともした。

「どなたですか、あなたは？」

「それは訊かないで下さい。こんないい方は失礼ですが、決して御損はかけません」

金を払うという意味か。僕は低く笑った。

「失礼ですね。一体、幾ら払っていただけるのですか」

「御希望を」

「やはり、そちらにいっていただかないと」

「百万では？」

新車は買えない。だが、ちょっと驚く額だ。

「それだけ支払えば、三人の専門家を最低一週間は雇えますよ」

「時間が乏しいので」

「僕がジョー・カセムを捜していることは、誰からお聞きになりました？」

「それは申し上げづらいことですので、もしその気がおありなら今からお迎えにあがります」

「自分についても何もおっしゃらない方と、取引はできませんね。それに、僕はこれから若き日のスティーブ・マックィーンを見るつもりなんです。あ、それと……」

「何でしょう」

面白くなさそうな返事が返ってきた。

「こういう不躾けな取引をしたがる方なら、押しかけてくるということも考えられますよね。でも、今のところ僕には刑事の護衛がついていますから、悪しからず」

相手はしばらく無言だった。やがて受話器が静かにおろされた。

中央開発の人間だろうか。多分ちがう。もし、津田智子の背後に中央開発がいるのなら、こんなボーナスを払う必要はない。

カセムのマンションに先回りしていた、五十代の男の話を思い出した。

森伸二は長野、ジョー・カセムは軽井沢。

ハーフの留学生は大変な人気者だ。皆が、その居所を知りたがっている。

雨は弱いながらも、降りつづいていた。青山の小さな葬儀場には、女達のカラフルな、傘の花が咲いている。台風は時速三十キロで沖縄に上陸していたが、東京はまだ、暴風雨圏内に入っていない。

焼香壺から立ち昇る煙が、湿った空気の中で淀んでいる。冷んやりとした、板敷きの屋内では、老夫婦が参列者に頭を下げていた。花で飾られた棺の上に、ユリの派手やかな笑顔の写真が立てられている。

香の匂いと、夜の女戦士達の香水の匂いが棺の周囲に漂っていた。参列者に男性の姿は少なかった。

何かを望んで、東京にやってきて、ディスコの歌姫になり、やがて銀座の戦場へと流れていった、一人の女の生活の総決算の場だった。多分、幾人かの男と愛について語り、それを上回る数の男に抱かれたのだろう。彼女が、この先、どんな人生を歩みたいと願っていたのか、それを知る術はない。

僕が顔を知っている者は、そこには誰もいなかった。終始、誰と言葉を交わすこともなく、読経の声の中で合掌し、外にでた。濡れた路面を車が走りすぎる音が、葬儀場の塀の外から切れめなく聞こえてくる。

傘をさして、表通りの方へ歩いていった。通りにでたところで、タクシーを拾うために首を突き出した。グレイのセドリックが、すべってきて、僕の前で止まった。

「乗りなさい」

助手席のドアを開けて、黒のスーツを着た男が降りてくるといった。

岩崎刑事だった。憂鬱そうな表情を浮かべていた。僕はセドリックのナンバー・プレートを見た。「八八」ナンバーではない。

岩崎刑事は、後部ドアを、傘をたたむ僕のために開けてくれた。

「どうも……」

僕は乗りこんだ。バックシートには、四十二、三の精悍な体をグレイのスリー・ピースで包み、メタル・フレームの眼鏡をかけた男が、一人すわっていた。

セドリックは雨の中を走り出した。

「早川法律事務所の佐久間さん、です」

岩崎刑事が前を向いたままいった。隣にすわっている男は一度だけ頷くと、名乗った。

「梶本といいます。内閣調査室の副室長をしています」

ゆっくりと、言葉を浸透させるようにいう。

「佐久間です」

僕は、梶本という男から威圧感のようなものを受けた。押しつぶそうという力ではない。触れると切れそうな、怜悧さだ。梶本は、煙草に火をつけた。〝峰〟だった。

「鳥井譲、見つかりましたか」

濡れた青山通りに目をやりながら梶本はいった。こちらの手の内はすべて見通している、といわんばかりだ。

それが気に障った。

「さあ……」

梶本は窓から僕に、目を移した。薄い笑いが浮かんでいる。

「やり手だそうだ、あなたは」

「誰がいいました？」

だ。僕はいってやった。

「皆が」

皆が、というい方には、僕のことを調べ上げたのだという意味が含まれているようだ。僕はいってやった。

「僕に何の御用ですか」

「鳥井譲の居所に、政府が興味を持っているというのは……」

「そう考えろというんですか」

「御自由に」

毛糸の玉をじゃらしている猫のようなものだ。僕はいった。

「こういうのはどうです？　鳥井譲が首相の愛人と駆け落ちした……」

「だったら、私達でも見つけ出せる」

「じゃあ、なぜ、見つけ出さないのです？」

「駆け落ちしたのじゃないからですな」

僕を見て、にやりと笑った。この男は、只の警官じゃない。本物の官僚だ。僕は笑い返してやった。梶本は、笑みを崩さずに、僕の顔をのぞきこんだ。

「……？」

「おかしいじゃないですか。警察の親玉、といって悪ければ、情報機関の人が、僕のような者に一人の失踪人の居所を訊ねるなんて。その気になれば、いくらでも見つけられるでしょう」

「それが、できなかったのですよ」

車は信号で止まった。僕はサイド・ウィンドウを伝わる雨滴を見た。

「どうして？」

「私にはつらい質問ですね」

「あなたの部下に、それができなかった？」

梶本は頷いた。

「まさか」

「いえ、本当です。私の部下は監視には長けています。だが人捜しは得意じゃない」

「じゃあ、僕を監視したらどうです？」

「してきましたよ。ある程度ね」

「それなら僕の知っていることは御存知でしょう」

岩崎刑事が、振り向きいった。

「君にもひとつ教えてあげよう。ユリのパトロンだった男を我々も昨日、やっと洗い出した。藤井という男だ。昨夜、その死体を見つけた」

「死んだ？　どうしてです」

「殺された」

梶本がポツリといった。

「自宅のガレージでね、刺されていたんです。訊きこみにいった刑事が死体を発見したそうですよ。一人暮らしだったのですね」

すると、僕が訪ねたとき、すでに殺されていたのか。

「犯人はつかまったんですか」

「ええ」

意外な答えに僕は驚いた。

「自首してきましてね。若者ですが金欲しさにやったというんですな」

「何者ですか」

「身代わりだよ、単なる」

吐き出すように、岩崎刑事がいった。

「何者だか知らんが、えらい金と力を持った奴が後ろにいるんでね。捜査がやりにくくてしょうがない。その若僧の背後関係を洗おうにも、不思議なほどでてこない。藤井と中山百合子の件はからんでるね。君が何も教えてくれないと思ったら、梶本さんから連絡がきたんだ……」

その先をいいあぐねたように、岩崎刑事は言葉を止めた。梶本が表情を持たない目で僕を見つめ、いった。

「捜査を打ち切って欲しい、とね」

「どういうことですか」

僕は訊き返した。梶本は一、二度、瞬いた。それが唯一の表情だ。

「ジョー・カセムの一件には触りたくないんですよ。公式筋からはね」

「……？」

「だが、興味を失ったわけじゃない。藤井高と中山百合子がなぜ殺されなければならなかったのか。あなたが捜しているもう一人の若者と、この事件がどういう関係があるのか。私達も知りたいと思っているのですよ」

「だから代わりに僕に捜させようというのですか。こいつは傑作だ」

梶本も岩崎刑事もにこりともしなかった。運転手にはまるで耳がないようだ。車は、勝手に都内を走り回っている。

「だが、なぜです？　どうして手を出せないんです？」

二人とも無言だった。

「僕がジョー・カセムの行方を捜していることは、無論、梶本さんの部下が洗い出したのでしょう。だったら、あなたに依頼契約をしていただくわけにはいかないことはおわかりですね」

「そう。依頼は確か、東京第一銀行の頭取のお嬢さんがしていましたね」

「……」

「それぐらいは、わかっています」

梶本はいった。

「ですから、私達はそれに便乗させてもらうことにしようと思う。勿論、あなたの依頼人の後ろにいる人物もわかっているつもりですよ。それでも尚、あなたには調査をつづけていただきたい、と願っているんです」

「ずいぶん、危険な調査になりますね。第一、僕は、ジョー・カセムが何者なのか、一体全体、どういうわけで皆が追っているのか、それすら知らないのですからね」

「それは、依頼人の方から聞くこともあるでしょう」

さりげない口振りだが、ひょっとすると今夜、僕と課長が大川晃の自宅を訪ねることを知っているのかもしれない。

「私達と、あなたの依頼人との利害関係は相反しないのですよ。今のところはね」

「そうですか、そうですか！　だが、もし僕が降りるといったらどうします？」

梶本は微笑んだ。

「そこで相談です。私達は、あなたに依頼料を払う立場ではない。けれども、別のことで、あなたに対してしてあげられることがある」

「何です」

「あなたの命を、今、狙っている者がいるらしいですね。決して、楽しくはないと思いますが……」

当たり前だといってやりたかった。梶本の喋り方は、どこか人の神経を逆なでするようなところがあった。

「岩崎警部補の話では、容疑者のうちに過激派の人間がいるらしい。そちらの方は私達の専門なのです。ただし——」

梶本は新たな煙草に火をつけた。

「内閣調査室に警察の人間が出向しているとはいえ、組織としては全くちがった系統に属しているわけです……」

どうやら梶本のいいたいことが、僕にもわかってきた。

沢辺なら、「セコい野郎だ」と怒り出すだろう。僕の命を狙う者を洗い上げる捜査に、自分達が手を貸してやるというのだ。

「無論、私もかつておりましたから警視庁がそういった捜査に関してどれだけ優秀であるかは、わかっています。しかし、内閣調査室は本来そういったグループの活動を監視するために設置された機関です。従って、機能も警視庁とは、おのずからちがう。あなたの命を狙う者を今より迅速に洗い出すことができるかもしれない。普段なら、タッチしない事件ですがね……」

さすがに、どうです？　とは訊ねてはこなかった。姑息な取引だというのはわかっているのだ。

「立場を代わってあげられなくて残念です。もし、狙われたのが僕ではなくて、あなたなら、こういう面倒な交換条件は必要なかったでしょうからね」

蛙の面に小便といった程度だった。灰皿に峰をねじりこむと、梶本はいった。

「では合意ですね。電話番号をお教えします。二十四時間、いついかなるときでも連絡がつきます。我々が知りたいのは、ジョー・カセムの居所と、そのおかれた状態です。よろしいですね」

セドリックは、新宿駅西口に入っていた。車が止まると、岩崎刑事――実際は警部補であることがわかったが――がドアを開けてくれた。降りぎわに、一枚のメモを渡しながら、梶本はいった。

「それと、あなたの身にもし危険が及ぶような場合も、この電話番号を使用してくれて結構です。松井貿易という会社の社員が、あなたを保護するために、動くでしょう」

「送っていただいて、どうも」

それが、僕の返事だった。

14

雨がやや激しさを増してきたのは、午後八時を回った頃合いだった。学生時代に幾度か通った、麻布十番の中華料理屋で遅い夕食をすませた。暗い夜空から雨つぶが次々に落ちてくる。商店街の人出もいつもより、少なく感じた。

「少し太ったね」

カウンターの向こうで中華鍋を火にかざしていたマスターが、突然いった。

「覚えているの、俺のこと」

「覚えているよ、学生だったろ」

僕の通った大学の名をいった。

「そう。マスターとボクシングの話をしたら、ビールを奢ってくれた」

マスターの相好が崩れた。八回戦までいって、拳を痛めたのだ。油に汚れた、リングの写真がビニール袋に入って、今もカウンターの上に貼られている。

「俺も年だよ、最近は夜中まで店を開けていられないんだ」

他に客は誰もいなかった。以前は朝の四時まで、このマスター一人が小さな店をきりもりしていた。

「まだ若いよ」

「そうかな」

「もう一度ジムに通ったら」

「そりゃ無理だ、死んじまうよ」

笑ってみせて、つづけた。

「勤めてるのかい？　今は？」

「まあね。お堅くもないけどね」

僕は答えて、チャーハンに付いたスープをすすった。学生のころは、えらく塩辛かったのだが、今はそうでもない。これもマスターの〝年〟のせいか。

「まだまだ好きなことがやれるな。女でも何でも」

「マスターもそうじゃないの？」

「俺？　俺はもう駄目だよ。ガキがいるからね」

目顔で店の二階を指した。

「そういうの幸せじゃない？」

「まあな、だがいつでもつかめる幸せだ。焦るこたあないよ。うんと遊ぶことさ……」

「ああ。そうする」

勘定をすませて表にでると、三田のマンションまで歩いてゆくことにした。二の橋の先をオーストラリア大使館の方へ折れ、濡れた坂道を歩いてゆく。三井倶楽部の庭園の樹木が枯れ葉を落としていた。そっと口笛を吹きながら、ひとけのない坂道を下ってゆく。ミュージカル映画で覚えた「雨に唄えば」だ。傘を回して、一人で踊ってみた。

通りすぎた車のヘッド・ライトが、僕をステージに立たせたようだ。運転者は、奇妙なものを見たと思ったにちがいない。

国際マンションは、外見こそ派手じゃないが建材が豊富だった時代に、それに見合うだけの値段で売られた建物だった。壁は厚く、ロビーもけばけばしくない。僕はロビーに並んだインタホンを押した。ここのロビーは二重扉になっており、簡単に建物の中には入れない。今買おうとすれば、一部屋に億クラスの値段がつくだろう。

「はい……」

男の声が答えた。

「早川法律事務所の佐久間です」

ガチャリと音をたてて、分厚いガラス扉のロックが外れた。ロビーの二番目の扉の錠は各室内から操作できるのだ。

「どうぞ。十階まで昇って下さい。エレベーターは真ん中のを使って」

インタホンの声からは、その持主の雰囲気を想像できない。

中央開発株式会社常務取締役であり、中央コンツェルンの次期総帥(そうすい)の部屋は、桁(けた)外れに豪華だった。五ＬＤＫか六ＬＤＫだろう。ドアを開け、靴を脱がずに上がったのは十八畳はあるリビング・ルームだった。そこにおかれたソファ・セットに二人の男と一人の女がかけて僕を待っていた。男の一人は課長で、女は津田智子だ。リビング・ルームの隅には、等身大の木像がおかれ、フロア・スタンドの照明が大川晃の顔を陰にしている。正面の長椅子に、大川と津田智子が並んですわり、向かいに課長がかけている。間におかれた、チーク材で作られたテーブルにコーヒー・カップがのっていた。

「初めまして……」

大川晃は立ち上がって手をさし出した。インフォメーション・バンクの細川が年は三十六といっていたが、それよりは若く見える。無地のベージュのスーツに赤系統のタイを結んでいた。童顔といってもいい丸顔だが、握手には力がこもっていた。僕が嫌いになるタイプの人間じゃない。支配者の雰囲気を、嫌味なく身につけている。どことい って高慢でもないのに、同世代の男達の中にあっても浮かび上がって見えるだろう。少し緊張しているようだ。津田智子は白のブレザーに白のスカートをはき、やはり人目を引くほどの美しさだ。彼女が緊張していることは明らかだった。

「大体の経緯は拝見しました」

大川は無駄なく、本題に入った。テーブルの上には、僕が作成した報告書のコピイもおかれていた。

「それで、お訊ねしたいのですが……」

「待って下さい」

僕は遮った。

「質問をうかがう前に、こちらも、訊いておきたいことがあるのです」

大川はまっすぐ僕を見つめた。津田智子が席を立った。

「どうぞ」

大川が答えた。

「幾つかあります。まず第一に、鳥井譲ことジョー・カセムは一体どういう人物なのでしょうか。大川さん、あるいは中央開発にとって、どういう意味を持っているのですか。そして、ジョー・カセムの失踪調査の依頼を、あなた御自身がなさらずに、津田さんがなさった理由も、おうかがいしたいですね」

「承知しました」

僕は息を吸いこんだ。やっと、明らかになるのだ。

「第一に、依頼については、下手な嘘をついたことを、お詫びします。智子さんと、彼女のお父上に、無理なお芝居を頼んだのは私です。そして、佐久間さんの尾行を、私の社の調査員に命じたのも私です。申し訳ありませんでした。さぞ、不愉快な思いをされたと思います」

津田智子がコーヒーを運んでくると、無言で僕の前におき、頭を下げた。

「ジョー・カセムの失踪調査は、私共にとって、非常にデリケートな問題でした。しかも緊急を要し、直接タッチすることは、できうる限り避けたかったのです」

一度言葉を切り、コーヒーをすすると大川はつづけた。

「私の自宅に、今日、おいでを願ったのもそのためです。鳥井譲の本名がジョー・カセムということ、そして彼の住居が麻布にあることも私共にはわかっておりました。しかし、私共が知りえなかった新たな事実を、佐久間さんが見つけ出すことを期待して、智子さんには何も知らぬように振舞っていただいたのです。お手間を取らせて、本当に申し訳なかったと思っています。さて、ジョー・カセムの正体についてお話しする前に、原油の輸入形態について、簡単に御説明しておきたいと思います。予備知識が必要になりますので」

オイル。

ジョー・カセム、森伸二、殺されたユリと藤井、そして内閣調査室を結ぶ線はオイルしかありえなかったのだ。

「普通、我が国が原油を輸入取引をする形態は二通り、長期契約と、〝スポット買い〟と呼ばれる当座取引があります。契約は、『D・D』、我々企業、即ち商社や石油会社が、産油国から直接買い付けを行なう方法。『G・G』、政府間協定により、契約がなされるもの。そして、メジャー、〝セブン・シスターズ〟と呼ばれる、欧米の巨大オイル会社から買い付ける方法の三種があります。セブン・シスターズは、アメリカ五社、〝エクソン〟や〝テキサコ〟〝モービル〟などと、ヨーロッパ二社、多国籍企業も含まれますが……〝ロイヤル・ダッチ・シェル〟〝B・P〟の七社の巨大企業です。

そして、今ひとつ、我々が〝スポット買い〟と呼んでいるものは、原油の需要が契約量を上回った場合、あるいは逆に余剰の原油がある場合、契約とは別に、〝スポット・マーケット〟と呼ばれる市場で、必要量を売買取引するのです。現在、産油国が石油の輸出を引き締めにかかっていることは御存知ですね。金さえ出せば、石油が買えた時代は終わりました。金だけではなく、輸入国は色々なものを提供しなければなりません。企業進出による経済・技術協力——日本もそれをやっています。しかし、これは日本にとって特別有利な条件ではありません。他の先進国であっても、こういった技術協力はできるからです。本当に彼ら産油国が石油と引き換えに欲しがっているもの、それは兵器です。日本には輸出が不可能です。従って、石油の需要量が日毎に増す日本の輸入業者は、必要な石油を確保するためにはどうしても〝スポット・マーケット〟を頼らざるをえなくなります」

「それはどこにあるのですか?」

僕は訊ねた。

「ヨーロッパです。ロッテルダム、それからロンドン。それらの市場で、石油のスポット価格の相場が立ちます。そこには、ブローカーまたはトレーダーと呼ばれる人間達がいて、必要な者に石油を売りつけます。ブローカーとトレーダーというのは性格が少し異なります。ブローカーというのは、言葉の通り、石油を売りたがっている者と買いたがっている者の間に立ち仲介をするのです。トレーダーは自分の資本で石油を買い、それを売るのです。彼らは、まず表には姿を見せません。電話や代理の者を使い、闇の中で契約をとり交わすのです。莫大な額のね。しかも、闇の中にいながらも、彼らが石油市場に対して持つ力は、決して軽視できません」

「さめないうちにどうぞ」

津田智子がコーヒーを勧めた。

「そして、そのトレーダーの中でも大物といわれる一人の男が、現在、日本にやってきています。彼についてわかっているのは、白人の男性であることだけで、本名も年齢も国籍も知る術はありません。ゲルマン民族ではないかという噂はあります。そのトレーダーが本来の彼自身の仕事を放棄して、日本にきた理由というのがジョー・カセムなのです」

石油市場に蠢(うごめ)く、強大な男達。そして今、東京の、あるいは日本のどこか別の土地の夜の中でその一人が暗躍をし始めている。彼はジョー・カセムの何を目的にしているのだろうか。僕は大川を見、そして津田智子を見た。初めて見たとき、クールに感じた、その美しい顔に、今、脅えのような表情が浮かんでいる。無理もない。これには殺人がからんでいるのだ。

「ジョー・カセムは中東の産油国、ラクールの人間でしたね。母親は日本人というハーフですが。大川さん御自身も今年、すでに二度ほどラクールにいかれた……」

　僕はいった。大川は驚いた。

「そこまで、御存知でしたか。そうです。私は将来、ラクールから石油を買い付けるために、あの国にいっていたのです。ラクールは小さな国ですが、石油資源は豊富だといわれています。ただ、中近東の政情不安定の中でつい最近、独立したというウィーク・ポイントがあります。あの国の政治状況は、イランとは全くちがった意味で、また、不安定です。ただし、ここにラクールにとって、近い将来、非常に重要な存在になるであろうと思われる、一人の人物がいます。いまだ、国際的な政治情報の中にも数多くその名を現してはいません。あるいは一生、現さずじまいになるかもしれません。彼の前身は、単なる砂漠の族長です。しかし、国民多くの信頼を得ています。教育のない彼は、民族の知恵をもって、国の将来を担おうとしています。しかし、彼はやがて、高い教育を受けた片腕を得ることになります。彼自身の息子を」

「ジョー・カセム？」

大川はゆっくり頷いた。

「カセムの母親が日本人であったのは、おおげさにいえば、運命のいたずらでした。すでに死亡していますが、カセムの母、鳥井道子は国際赤十字委員会のある委員の秘書として中東に渡り、そこでカセムの父と知り合ったのです。カセムを産んで、しばらく後、ラクールで彼女は亡くなりましたが、カセムは母に日本語も教わりました。やがて、彼が大学に進学する年齢になると、他の産油国の有力者の子弟がアメリカに留学していく代わりに、母親の国・日本にやってきました。私は、カセムの父親に密かに接触し、石油の買い付けの交渉を進める一方、ジョー・カセム自身にも興味を抱きました。社の調査員に命じて、カセムの写真を撮らせ、気づかれぬように、その私生活を観察していたのです。しかし、私がカセムの父親と交渉をはかっていることは、絶対に外部に洩れてはならないことでした。それほどラクールはいまだ幼く、不安定なのです。そして、ひと月前、ジョー・カセムが失踪しました。それは、先に話した大物トレーダーの来日と、ほぼ時期を同じくしていました。そのトレーダーの来日情報をキャッチしていた私の調査員も彼の動きをつかむことはできませんでした。わかったのは、トレーダーが藤井という男と、東京にやってくる以前から連絡を取り合っていたということだけでした。そのトレーダーは以前にも幾度か、日本にきたことがありました。ただし、そのときは他の商社が接触をしていたのです」

「昨夜、僕のところにも変な電話がありましたよ。ジョー・カセムの居所を教えてくれたなら百万円出すといった」

大川は息を吐いた。

「業界通ならば、今では、他の商社もジョー・カセムの行方を捜していることを知っています。あなたを知っていたということは、私の会社の内部にもスパイがいるのだ」

細川はどうやらそこまでは教えてくれなかったようだ。

「大川さんは、藤井も監視していましたね」

僕はいった。

「ええ。ですが残念ながら何の手がかりも得られないうちにこんな結果になりました」

「御存知ですか」

「知っています。夕刊を読みましたから」

僕は、まだ読んでいなかった、遅版の夕刊を大川から受け取った。藤井高という五十歳の男が、世田谷の自宅ガレージで、居直り強盗に昨日の晩刺殺された事件の記事がのっていた。犯人は自首したとあるだけで、名前と年齢の他は何も触れていなかった。勿論、ユリとの関係も書かれていない。警察は、ユリの死を殺人と断定したものの、人々が事件を早く忘れることを願っているのだ。

「どうやら、そのトレーダーは、東京でもずいぶん大きな力をふるえるようですよ」

僕はいった。

「どうしてです？」

そこで、僕は、森伸二の失踪と、それにからむユリの死。そして、殺された藤井がユリのパトロンであったことを話した。

「ところで、大川さんは麻布のジョー・カセムのマンションに、会社の誰かを調査にやられましたか」

「いえ、やっていません。ジョー・カセムの失踪を、今は彼の父に連絡すべきかどうか迷っています」

部屋の中に沈黙が淀んだ。僕は、大川の問いに答えるべく、口を開いた。

「警察が、ユリについての情報を藤井から得ようとした矢先に、彼は殺されたんです。それは森伸二の失踪とも関係があると思います。ユリから森伸二の失踪に関する情報を引き出す前に、彼女は殺された。おそらく僕のことを藤井に知らせたためでしょう。そして藤井も殺された。僕が訊きこんだ、藤井と関係のあった外国人というのは、そのトレーダーのことにちがいありません。そして二人の死に、そのトレーダーがからんでいる。二人の口から情報が洩れるのを恐れたんです。彼も、ジョー・カセムに目をつけたわけです。しかも、彼は、藤井とユリの殺人事件の捜査も阻みました」

「どういうことだ、それは？」

今まで黙っていた課長が初めて、口を開いた。僕はぬるくなってしまったコーヒーを飲み、煙草に火をつけた。

「今日、ユリの葬式が青山でありました。そこにいった帰り、僕の事件とユリの事件を担当している岩崎刑事が僕を車に押しこんだんです。その車には内閣調査室の副室長も乗っていました。梶本という男です。そして、彼自身の口から、捜査が単なる強盗殺人で打ち切られることを聞きました。自首してきた犯人が身代わりであることも梶本は知っていましたよ。それでも手が出せないほど、そのトレーダーは力を持っているようです。そしてまた、彼は大川さんが、津田さんを通じてされた、ジョー・カセムの失踪調査の依頼も知っていました。ジョー・カセムの現在の状態を知りたいから調査を続行してくれと頼まれましたよ。僕の事件の捜査に、内閣調査室が乗り出すことと引き換えにね」

「佐久間さんの事件?」

津田智子が僕を見て訊ねた。

「この何日間か、僕の命を狙っている人間がいるのです。二度、車に爆弾をしかけられ、三日ほど前、とうとう車を吹っ飛ばされてしまった。時限爆弾でした。幸い、誰も乗ってはいませんでしたがね」

「……」

津田智子は黙って、目を見開いた。

「それなのに、調査をずっとしていらしたんですか」

大川が訊ねた。

「ええ。他にすることもないので……」

しばらくは、誰も口を開かなかった。不意に大川がいった。

「軽井沢にいって下さい。私はどうしてもそのトレーダーの動きが気になるのです。殺人を犯してまで隠さなければならないことがあるとしたら、ジョー・カセムはひょっとして危険な状態にあるのではないでしょうか。ジョー・カセムはラクールにとって、必要な人間です。いや、日本にとっても重要な人間なのです。彼の安全は、これからの日本の資源確保にも重要な意味を帯びてくる筈です。これは中央グループにのみ、とどまることではありません。トレーダーは、ジョー・カセムを押さえようとしているにちがいありません。危険な仕事であることはわかっています。しかし、ジョー・カセムを捜し出せるのは、佐久間さん、あなたしかいない」

僕は黙っていた。

「私は何もいわん」

課長がポツリといった。僕は立ち上がり、カーテンをおろした窓に近づいた。カーテンを開けると、眼下に、間近に迫った大型台風の脅威におびやかされている東京の夜景が広がった。雨に濡れ、風に瞬く、光の渦。

「いきましょう。捜してみますよ。どのみち、森伸二の行方も長野にいかなければわかりません」

僕はいった。内閣調査室の男、梶本の薄い笑いが脳裏をよぎった。事情を知った今、僕は走狗では終わらない。とことん、事実を追いつめてやろう。ひょっとしたら、東京には戻ってこられないかもしれないが。

「私の車を使って下さい」

津田智子がいった。BMWの六三三だ。僕は頷きながら、沢辺が別れぎわに吐いたセリフを思い出していた。

「ツっぱるなら、ツっぱり通せよ、どこまでもな」

そしてこうもいった。

「気をつけろよ、コウ。ヒーローを気取っていると、ころんだ途端、代役にとってかわられるぜ……」

雨の中を、BMWの六三三は、従順に、僕の操作に従って走った。四谷のアパートの前につけ、ロックをしていると、建物の陰から若い、レインコートを着た男が進みでた。手に警察手帳を持っている。

「岩崎警部補からの伝言があります」

「何か？」

「香川県警からの報告です。大学生だった、秋川とその父親は二週間ほど前に、交通事故で死亡していました。崖から落下して、炎上したのですが、殺人の疑いがあるので、再捜査を依頼したそうです」

「そうですか……」

「最後になりましたが、もし、長野にいかれることがあれば、お気をつけてということです」

「どうも」

若い刑事はおそらく、何も知りはしないのだろう。ただ、任務で僕のアパートに張りこんでいるのだ。

僕は部屋に上がり、スポーツ・バッグに着替えや洗面道具を詰めこんだ。台風が、本格的に関東地方を襲う前、今夜のうちに軽井沢に向けて出発するつもりだった。悠紀に電話をして、そのことを伝えるには遅すぎる時間だ。もし、悠紀がやってきたときのことを考え、長野にいく旨をメモして、ドアに貼りつけた。部屋を出、錠をおろすと、突然、雨音が高くなったように聞こえた。

軽井沢――。

そこにいけば、謎はすべて解明するのか。二人の若者の失踪と、二人の男女の死。僕は激しさを増してきた雨の中をＢＭＷ六三三に歩み寄っていった。

時刻は、真夜中をすぎている。

第二部　長野

1

「大型で、非常に強い台風十九号は今日、午前零時現在、鹿児島の南約二百七十キロにあって毎時二十五キロの速さで北東に進んでいます。中心気圧は九百四十五ミリバール、中心付近の最大風速は五十メートル、中心から三百キロ以内では、風速三十メートル以上の暴風雨となっています。このまま進めば、今日、午前十時には九州上陸は避けられない見通しで、午後から関東地方にも強い影響がでそうです。気象庁では、近年にない大型台風による本土直撃のおそれありと見て、厳重な警戒を呼びかけています……」

雨でスリップしやすくなっている路面をミシュランはがっちりとつかんで放さなかった。カー・ラジオは台風情報を流している。

関越自動車道。

現在までの完成された最終点は群馬県の前橋だ。この高速道路は、東松山までが制限速度八十キロ、すぎれば百キロとなる。

群馬県の藤岡で、道は、高崎・前橋方面と、藤岡市方面の二手に分れる。

深夜、交通量は非常に少ない。平均時速百四十キロで僕は藤岡まで飛ばした。

分岐点を藤岡方面に向かい一キロで出口になる。県道を六キロほど走ると、国道二五四号線、通称「にこよん」と呼ばれる道にぶちあたる。

軽井沢に向かうには、国道十七、十八号を使うルートと二五四号から十八号に入るコースの二通りがある。しかし、交通量、信号の数を考えれば、夜間は二五四号の方が絶対に早い、と津田智子は教えてくれた。

関越自動車道を降りると、雨が激しくなった。水はけの悪いカーブを対向車が通過すると、銀色の水しぶきが光芒(こうぼう)に浮かぶ。

いきなり軽井沢に赴くのは、実際には無暴な行為かもしれない。シーズン・オフとはいえ、営業しているホテルは多く、別荘、ロッジの類いをすべて当たるのは不可能に近い。

ひとけの少ない別荘地で、失踪人調査を試るなら、自分が相手を発見するより先に、相手に自分の存在を知られる公算の方が大きかった。

それでも軽井沢に、僕を向かわせたのは何だったのだろうか。大川晃の切迫した依頼なのか、それとも内閣調査室の梶本が提示した「条件」のためか。どちらでもないことはわかっている。

僕が軽井沢に向かうのは、このジョー・カセムの失踪事件が、僕が手がけたうちで、これまでにない大きな規模の謎をはらんでいるからだった。その謎の巨大さが、僕をやみくもに駆りたてている。

あのとき、三田の大川晃のマンションで、雨の東京を見おろしたときに、僕の心はすでに決まっていたのだ。僕の命を、誰かがつけ狙っていることの恐怖よりも、謎を自分の手で解明したいという欲求の方が強かったのだ。

信号で停車すると、僕は持参したバッグの中から薄い革手袋を出してはめた。湿度の高さと、中央分離帯のない慣れない街道での運転で、掌がすべりやすくなってきていた。コーヒーを飲みたい欲求を煙草で抑えつづけているため、口がカラカラだ。

富岡で二五四号を外れ、十キロほど北上して十八号に入った。そこから、信越本線とほぼ平行に進む。

横川まで達したところで南に折れ、碓氷バイパスに入るつもりだった。

午前三時すぎ、僕は横川の国道沿いにある、終夜営業のドライブ・インに車を乗りいれた。小用とコーヒーのためだ。車を降りる前に、ハイネックのセーターの上にスウェードのスイング・トップを羽織る。ここまでくると、標高、緯度、ともにその差が、気温の差となって感じられる。まして、時計は一日のうちで最も冷えこむ時刻であることを示している。

電球でふち取られた看板の大きさとは正反対の、木造のみすぼらしいドライブ・インだった。長距離便のトラックの運転手らしい男達が、疲労に脂を浮かせた顔で、黙々と丼をつついている。セルフ・サービスの茶わんに、大きなヤカンから茶を汲むと、僕は指で、まず蕎麦を注文した。車から一歩でて冷えた外気にさらされると、無性に体の暖まるものが欲しくなったのだ。

午前四時、そういった男達の一人が腕時計に目をやり、のっそりと立ち上がると食堂の隅におかれたテレビのスイッチをいれた。放送時間外だが、NHKが台風情報を流していた。

画面に映ったのは、荒れている海だった。「鹿児島湾」というテロップが画面下にでて、カメラがパンすると、真っ黒な空をバックに、防水衣を着た男がマイクを手にカメラに向かっていた。

「台風十九号は、間もなく九州に上陸するものと思われ、現在、九州の南、鹿児島は激しい風と雨に見舞われております……」

男がいわなくとも、マイクを通して暴風雨のたてるノイズが充分、画面の前の者には伝わってくる。

「沖縄ではすでに亡くなった人三人、行方不明になった人十五人という被害を与えた台風十九号は、気象庁の観測によりますと、速度を増し、毎時約三十キロという速度で九州に向かっております。鹿児島市内では、午前三時四十分、瞬間最大風速、三十八・七メートルを記録しました……」

やがて画面には、各地に出された警報、注意報の一覧表が映った。

「通行止め、でるかな……」

石油ストーブに手をかざしていた男の一人がつぶやいた。革のジャケットに作業ズボンをはいている。茶をすすって、テレビを眺めていた別の男が、赤い目をこすって答えた。

「まだ、いいだろうが、このまま降りゃ、路肩のゆるむ県道もでてくるわな……」

大型台風は、強風と豪雨による被害を各地にもたらし始めている。彼ら長距離便の運転手にとっても、決して対岸の火事ではないようだ。

僕は、ぬるくなった茶を飲み干して立ち上がった。すすけた、ちゃちな食堂を、居心地よく感じ始めている神経は、これからの運転によい結果をもたらすとは考えられなかった。軽井沢に到着するまで、緊張を持続させておかねばならない。

BMW六三三に乗りこむと、スイング・トップを脱ぎ、首筋を動かす運動をした。後頭部から肩にかけて火照(ほて)っているようだ。エンジンを始動して、燃料計を見た。津田智子が、僕にキイを渡してくれたとき、フルを指していた針は、まだ中央ラインより上にあった。ここから軽井沢までのコースは、ガソリンを食う道のりである。開店したスタンドを見つけたら、ガソリンを補給しておく必要がある。予測のたたない調査では、燃料の確保は絶対だ。車のみならず、人間様にも、これはあてはまる。

気に入りのカセット・テープは車とともに灰になってしまっていた。グローブ・ボックスを開くと数本のカセット・テープがおかれていた。インデックスを見たところ、津田智子の音楽の趣味は、幾つか僕と一致するようだ。ボブ・ジェームスのアレンジしたサウンドをカー・ステレオにのせて、僕は発車した。

わずかに走ると、道が二手に分かれる。南側の道が、碓氷バイパスに通ずる道だ。かつては難所中の難所であった碓氷峠越えも、バイパスの開通により、比較的安全な道程となっている。数十を数えるカーブにはすべて番号が打たれていて、標識により表示されていた。峠を越えれば、南軽井沢である。そこから五キロ東に走れば、信越線中軽井沢駅、さらに五キロ弱で軽井沢駅だ。軽井沢駅から北上すれば、軽井沢のうちでも最も古く広い別荘地帯旧軽井沢がある。この旧軽井沢には、ロータリーから二手橋までの旧道を中心に旧軽井沢銀座と呼ばれる繁華街がある。シーズン・オフ中でも、営業している店舗を捜すならばここが最も可能性が高い。そしてまた、情報収集にも旧軽銀座に狙いを絞るほかなさそうだった。

午前五時、僕は中軽井沢に到着した。中軽井沢から北上すれば、星野温泉、塩壺温泉といった別荘地がつづいている。学生時代、星野温泉にある友人の別荘にきたことがあった。

雨に煙る空は灰色だった。東方が明るくなり始めてもいい時刻だが、東西どちらの空を見やっても明暗に差はない。灯りもひとけもない道が軽井沢方面につづいている。

ジョー・カセムが「軽井沢にいく」と喫茶店『ロータス』の女の子に洩らしていたとしても、新、旧、南、中、どの軽井沢を指しているかは不明である。

夜が明けるのを待ち、開店する、数少ない店やホテルで訊きこみを始めるほかはなかった。唯一の頼りは、ジョー・カセムの愛車、ロータス・ヨーロッパである。目立つ車だから、訪れる者の少ない、シーズン・オフの別荘地では覚えられている公算が大きかった。

僕は軽井沢を北に折れ、旧軽井沢方面に向かう道を取った。疲れが全身に浸透し始めている。商店街を望む地点に到着したら、車を止めて休息するつもりだった。

夏場は人や車で溢れる道が寂寞（せきばく）としてつづいている。ヘッド・ライトの光芒だけが暗緑にはさまれた、濡れた路面を照らし出す。

碓氷バイパスを越え、南軽井沢をすぎてからは、いき合う車は一台もなかった。

仕事柄、車内で長い時間をすごすのには慣れている。ただ、シートはこちらの方が高級でも、僕にはあの、慣れ親しんできた車の方がよかった。

さほど目立たない適当なスペースを旧軽井沢で見つけると、僕は車を止め、エンジンを切った。外はかなり冷えている筈だ。

シートを倒し、スイング・トップのファスナーを上げて目を閉じた。朝までの数時間を、こうしてすごすことになる。

午前十時、腕時計に内蔵されたブザーで、目が覚めた。

頭が重い。渇いた口を湿らし、シートを起こして、すっかり曇っていたウィンドウを掌でぬぐった。

朝らしい光はない。

ただ、雨はいつの間にか止んでいて、窓をおろすと、生暖かな風が吹きこんだ。

空は、真っ黒な雨雲におおわれている。

イグニッション・キイを回し、あまり御機嫌とはいえないエンジンをなだめながら、低速で繁華街を走った。ほとんどの店がシャッターをおろしている。

苦労して、その中で営業しているレストランを見つけ出した。駐車場に車をいれ、店内に入ると、スイング・トップに歯ブラシを忍ばせてトイレに向かう。

戻ってきて、あまり湧かない食欲に応じた朝食をオーダーした。この店も午後七時には閉店してしまうという。

旧軽井沢を中心に、まずガソリン・スタンドを当たってみるつもりだった。東京から、ロータス・ヨーロッパを走らせてきたなら、必ず給油をしている筈だ。旧軽のスタンドをしらみつぶしに当たり、収穫がなければ、中軽井沢、そして近辺へと調査の輪を広げてゆく。

それでも駄目なら、主だったホテル、営業している店舗の類いを片っぱしから当たる。雲をつかむような仕事だが、調査の大半はこんなものだ。

それを予期したからこそ、無理をして昨夜のうちに東京を発ったのだ。台風に調査を阻まれるおそれがある。

レストランをでると、僕は調査を開始した。こんな仕事は、むしろ梶本ならば、僕よりももっと短時間で高い効果を上げられる筈だ。

旧軽における収穫はゼロだった。しかし、僕はそれほど不運ではなかった。

中軽井沢のスタンドの従業員が、ロータス・ヨーロッパのことを覚えていたのだ。

「ええ。東京ナンバーでしたよ」

三十代の愛想のいいスタンド・マンがBMWを満タンにしながら答えた。

「友達かもしれない。運転していたのは若い奴でしたか」

「いやね、ロータスは二度きたんですよ。同じ車じゃないかと思うんですけど、運転していた人がちがうんでね」

僕はカセムの写真を見せた。

「この人もきました。この人が先だったな。あと三十二、三の人が運転してきたなあ。二日か三日、間をおいてるだけなんですよ。そうだ　この写真の人には道を訊かれたんだ」

興奮を抑えて訊ねた。

「で、どこの道ですか」

スタンド・マンは南軽井沢だと答えた。ジョー・カセムは南軽井沢にあるロッジを捜していたらしい。そのロッジの名を彼は、他のスタンド・マンに訊いて思い出した。

「大武山ロッジですよ。南軽井沢カントリー・クラブのずっと先です。山の中腹に、突き出すように建ってる、古いロッジです。でもおかしいですね。もしお友達なら、同じロータスってことじゃなかったのかな……」

僕は黙っていた。カセムのロータスを別の男が運転していたという可能性はあるのだ。

それは、現在、カセムのおかれた状態を暗示している。

スタンド・マンは、僕を見つめていた。

「そのあたりはロッジは多いの？」

僕は訊いた。

「いいえ、あそこまで離れてしまうと……。大武山ロッジはすぐわかります」

2

アスファルト舗装されたその道は、本来のドライブ・コースからかなり外れた、山の頂きへとつづいていた。大型車が降りてきたなら、すれちがうためには傍らの山林に平坦な余裕のあるカーブまでの後退を余儀なくされることはまちがいない、細い山道が、ゆるやかな弧を描きながらつづいている。ところどころ、崖から流れ落ちる雨水が、ゆるんだ地面から小石や砂利を道路に散らしていた。シーズン中ならばともかく、オフには営業をつづけることすら危ぶまれるような外れにあるロッジのようだ。それでも山のふもとから、ほぼ中腹に近いロッジまでの行程の間に四、五軒の別荘らしき無人の建物を、僕は見ていた。

舗装された道路は、大武山ロッジが終点だった。地肌がむき出しの山腹を背に、木造の三階建ての大きな山小屋が、スタンド・マンの言葉通り、そびえるように建っていた。戦前からの建物であることはまちがいない。その建物の二階にはサン・バルコニーと、ガラス扉を隔てて、ダイニングかカフェテラスと覚しい広い部屋が見て取れた。

登り切った終点が駐車場になっていて、左手に物置らしいコンクリート製の窓がない建物、そしてその隣にロッジが建っていた。

駐車場は、コンクリートの敷かれていない、むき出しの地面で、隔線の代わりに木の棒がうめこまれている。天候の状態と、慣れない山道走行のために点灯していたヘッド・ライトの光芒に、ブラウンのマークⅡグランデ、シルバー・グレイのセドリック、トヨタ製四輪駆動のランド・クルーザーらと並んで、モス・グリーンのロータス・ヨーロッパを僕は認めた。

品川ナンバー。

BMWを空きスペースにバックで突っこんだ。降りて時計をのぞくと、午後三時を回っている。僕は、津田智子から渡された写真を、もう一度確認して、ロッジの玄関に歩いていった。大武山ロッジは、僕の思惑とは反対に、シーズン・オフでも結構利用客がいるようだ。ランド・クルーザーのみが長野ナンバーで、あとの三台はすべて東京ナンバーである。

カウ・ベルのような青銅製のベルが、ポーチの扉に吊るされていて、音をたてた。僕はふと、自由が丘のイタリアン・レストランを思い出した。

一階の正面右手奥に、小さなフロント・カウンターがあり、その前にソファ・セットがおかれている。ささやかなロビーのようだ。板張りのフロアから、暖気に混じって、かすかにワックスの匂いが漂ってくる。見上げるとロビーの天井は二階まで吹き抜けになっていて、古めかしいシャンデリアが吊るされていた。全体に暗く、落ち着いていて、ロビーのソファには人影がない。

「いらっしゃいませ」

カウンターの奥にある扉が開き、六十歳ぐらいの茶の背広を着た男が現れた。髪は真っ白だが、よく手入れをしているらしくきちんとなでつけられ、身のこなしにも落ち着きが感じられる。低く、感情を交えない声音で、何を話されてもこちらの気持を昂ぶらせそうにない。素早く、僕の風体に視線を走らせた。

「お食事ですか」

僕はバッグを車の中においてきていた。

「温かいものが飲みたいのですが……」

僕は微笑んでいってみた。カウンターに両掌をぴったりとつけて、背中をそらしているような姿の、男の眼尻に笑い皺が寄った。

「どうぞ。カフェテラスは二階です」

「場合によっては泊めていただくかもしれません――」

「あとで、こちらの方にお申しつけ下さい」

男はカウンターの左側にある緋色のカーペットを敷いた階段を示して答えた。階段の方に歩み寄ると、男がひっそりと、背後の扉に姿を消した。

一階の天井が吹き抜けになっていない部分が食堂だった。建物内にロビーを見おろし、北側の全面ガラス窓に中軽井沢の方角を眺望できる四角形の吹き抜け部分を囲むような形だ。食堂とカフェテラスは建物の左手、右手は客室の扉が並ぶ廊下がつづいている。カフェテラスもまた無人だった。

スイング・トップを二人用の席の向かいにおき、僕は煙草に火をつけた。建物の中は静かだった。低い話し声も、咳の音も聞こえてこない。

太編みのフィッシャーマンズ・セーターを着て、紺のコーデュロイ・パンツをはいた、若い男が盆に水のグラスをのせて、僕の背後に立った。アメリカンを注文して、僕は訊ねた。

「食堂は開いているんですか」

二十ぐらいの若者は、一階と二階を結ぶ階段の踊り場を見おろした。年代物の、大きな振り子時計がかかっている。

「五時からです」

言葉少なに答えると、一階のフロントにいた男と同じように立ち去った。僕が歩くときは、きしみ声をあげる床板も、馴染みの従業員の重量はこらえないらしい。

運ばれてきたアメリカンは、僕には濃すぎた。水を差し、飲んでいると、フォグランプをつけた車が山道を登ってくるのが見えた。ランプの光は、かなり近いのだが、木立ちに見え隠れしながら、ロッジにいき着くには数分を要した。車は鮮やかなレモン・イエロゥのスカイラインだった。若い男女が降り立つとトランクからボストンバッグを取り出し、雨の中を走りこんできた。扉に付けられたベルの音は二階にも、はっきりと伝わってくる。どうやら、予約なしのカップルが宿を訪ねたらしく、部屋を求める若い男の声だけが僕の耳に届き、応対するフロント係の声は、まったく聞こえなかった。飛びこみのカップル——多分、彼らにとっては、今夜の宿が軽井沢の有名ホテルでなくとも構わないのだろう。

カップルはキイを受け取ると、階段を上がってきた。部屋は三階らしかった。通りすぎるとき、女の方がちらりと好奇心のこもった目を僕に向けた。悠紀を思わせる、学生っぽい雰囲気の娘だった。ブルー・ジーンにラップ・ジャケットを羽織っている。カップルが三階に姿を消すと、今度は二階の、つまり僕がいる階の廊下で、ドアを開閉する音がした。ゆっくりとした足音は複数のもので、すぐに今度は中年の男女がカフェテラスに姿を現した。男は、四十五、六でウィンドウ・ペインのジャケットにグレイのズボン、紺のハイネックのセーターを着ている。女の方は三十二、三で、グレイと赤を基調にした、ウールのスーツを着ている。二人は僕の存在を予期していなかったようだ。わずかにためらったように、男の歩みがゆっくりとしたものになり、何げない素振りを装って、僕の席からは最も遠い位置に腰をおろした。再び、どこからか現れた若者に、男が、ホットふたつ、と注文する声が聞こえた。

僕は視線を向けないように再び窓の方を振り返った。背後で、ダンヒルのライターが鳴る音がした。二人は無言だった。多分、僕の存在を意識しているのだろう。

「台風、くるのかしら、本当に」

女がいうのが聞こえた。

「さあ、な。どっちにしてもこちらの方まではやってこんさ」

どうやら夫婦ではないようだった。会話の間合いが、どことなくぎこちない。仕事柄、そういう点だけは気がつくのだ。

あと、最低二組は先客がいる筈だ。僕は思った。このカップルが車できているとしても、まさか二台ではやってきてはいないだろう。そうするとロータスを含めて、あと二台分の客が、このロッジには泊まっている。

夕食の時間まで粘れば、それを確かめられるにちがいない。

僕はもうしばらく、暴風雨とともに近づく黄昏(たそがれ)を眺めていることにした。やがて、コーヒーを飲み終えた男女が席を立つ気配があった。二人が廊下とその果てにある部屋に立ち去ると、再びロッジの中は静まり返った。数本の煙草を灰にして、僕は女が連れの男にいった言葉を思い返していた。台風はどこまでやってきているのか。そして、その疑問は、もうひとつの大きな疑問に変わってゆく。

ジョー・カセムはここに、このロッジにいるのか。あのロータス・ヨーロッパがまちがいなく、彼のものだとしても、彼がここにいるという証拠にはならない。

それを知るには、僕自身がこのロッジの泊まり客になるよりほかはなさそうだった。

フロントの男は、僕が車から取ってきたボストンバッグを見て、無言で宿泊カードをさし出した。書きこみながら、僕はよほど、カセムの写真を彼に見せ、訊ねようかとも思った。だが、カセムがこちらの見当のつかぬ人間とともにいるとするならば、それは控えるべきだった。待てば、必ずそれを確かめることができる。

一泊分の料金を前払いすることを求められ、僕は支払った。その額は、シーズン・オフの有名ホテル・チェーンのものと大して変わらぬものだった。引き換えに渡されたルーム・キイは三階の部屋のナンバーが打たれている。

「お客さんはたくさんいるんですか?」

書き終えたカードを男の方に押しやって僕は訊いた。職業欄には自由業と記した。

「いえ、現在のところ、お客様を含めて、六組の方々でいらっしゃいます。それでも、今時分は人手を少なくしておりますので、何かと御不自由をおかけすることになりますが、何卒、御勘弁下さい」

男はカフェテラスを訊ねられたときと同じように、背をまっすぐにそらせて答えた。

部屋は思ったほど狭くない、シングル・ルームだった。バス、トイレは付いているが、給湯時間は午前零時で打ち切られる旨の貼り紙が、バスルームの扉にあった。テレビもラジオもない。電話は内線専用で、外にかけるためには、ロビーやカフェテラスにある公衆電話を使うほかはなかった。

床は板張りで、くたびれたグレイのカーペットがその上に敷かれていた。部屋は廊下の左手、即ち南側に面していて、見えるのは荒涼とした山肌と、右手の駐車場、物置小屋だけだった。

間もなく、ダイニングが開く五時になろうとしていた。僕は、東京を発ったときから着ていた服を、セーターとコーデュロイのパンツに着替えた。

六組。

僕が見たのは、若いのと、中年のカップルだけだ。あと三組が残っている。車の台数で計算するならば、一組は、車を使わずにここまでやってきたことになる。ただし長野ナンバーのランド・クルーザーをロッジ側の車と考えてだ。

僕は時間を確かめ、ロビーに降りてゆくことにした。ロビーには大型テレビと公衆電話がおかれていた。台風情報を知りたかったのだ。梶本が僕に渡した紙片に書かれていた電話番号は、すでに頭に焼きつけてある。

エレベーターがないので、自然、二階のカフェテラスの前を通過して一階に降りてゆくことになる。カフェテラスは無人だった。だが一階のロビーには先客がいて、テレビに見入っていた。

年齢は五十歳か、その直前といったところだろう。その男は、明るいブルーのスラックスの脚を組み、ゴルフのときに着るような赤い、ウィンド・ブレーカーの襟もとからポロシャツをのぞかせている。右手と口をつないでいるパイプから吐き出される煙の匂いが強くロビーに漂っていて、ワックスの香りを打ち消していた。バルカン・ソブラニーだ。

階段のきしみに、男は、体をねじって僕を見た。

白いものの混じった髪をオール・バックにしている。どこか柔和な、考えを読み取らせない顔立ちは、ハンサムの部類に属するか。すぐにテレビに視線を戻した男の隣に、僕は腰をおろした。

「……十九号は九州上陸後、コースをやや東に変え、毎時約四十キロの速さで北東に進んでいます。中心気圧は九百五十ミリバール、中心付近の最大風速は四十五メートル、中心から半径三百キロメートル以内は風速二十五メートル以上と、やや弱まってはきているものの依然、強い勢力を保っています。また、十九号の前面にある巨大な雨雲帯は衰えず、関東以西全域で強い雨を降らせつづけています。気象庁の観測では、台風十九号がこのまま進めば、いったん、海上にでても、明日、午前には和歌山県紀伊半島に、再上陸するおそれがあり、その場合には、本州縦断の最悪のコースとなるため、厳重な警戒と注意を怠らないよう、呼びかけています。それでは警察庁がまとめた、台風十九号の影響による各地の被害状況です」

今日の日付の午後零時半現在による表が現れた。死者六となっている。やがてアナウンサーがいった。

「亡くなった人は、現在、九人に増えております。行方不明になった人も二十一人になっております……」

「土砂崩れが、起きんといいですがね」

男が突然、いった。僕は無言で男を見た。

「お車でいらしたんですか」

男は僕を見て訊ねた。

「ええ」

「そうですか。どうもここいらの道路は雨に弱そうでね。私は、ハイヤーを使って、このロッジまでやってきたんですが、くるときには、まさか大雨に降りこめられるとは思いもよりませんでしたよ」

人なつこさの漂う笑顔を浮かべて、男はいった。僕は訊ねた。

「東京からいらしたんですか」

「ええ、会社の仕事が……自分でやっている小さな会社なんですが、一区切りついたんで、山歩きでもしようと思って三日も前にぶらりとやってきたんですがね。どうも天候に恵まれなくて。それでなくともここいらの気候は変わりやすいんですが……」

「そうですか。僕も東京からです」

「お仕事ですか」

「いいえ、こっちも遊びです」

「そう。あなたもお一人ですか」

「そうです」

僕は頷いた。二人の会話とはかかわりなくテレビは、ニュースを送り出しつづけていたが、突然、僕の耳に聞いたことのある固有名詞が飛びこんできた。

「イラン国営放送が昨日夜、伝えたニュースによりますと、イランとイラクの間に位置する、ラクール共和国政府は、おととい十七日、戒厳令を敷きました。これは、ラクール国内におけるクーデター分子を制圧するためのものと見られ、外務省の発表によりますと、今のところ国内で戦闘行為は発生しておらず、ラクール国内に在住する日本人約百六十人にも、危険は及んでいないとのことです。現在の時点では、このクーデター制圧に関する、詳しい情報は入っておりません」

ラクールで戒厳令。僕はテレビの画面を見つめた。だが、情報の絶対量が不足しているのだろう。アナウンサーは、すでに他のニュースを読み上げていた。

「変だな……」

僕とともにラクールのニュースを聞いていた男がつぶやいた。

「何がですか」

訊かずにはいられずに、僕はいった。

「今のニュースですよ。ラクールで戒厳令が敷かれたのが事実だとしても、それを外務省が先に発表しないというのがおかしい。ともかくも産油国で、日本人もたくさんいっている筈なのだから、戒厳令発令のニュースは真っ先に発表してもいい筈じゃないですか。それを、隣国のイラン国営放送で知ったというのは解せないなあ」

確かに男のいうとおりだった。僕は頷いて、彼を見つめた。

「そういえば、不思議ですね」

「いや、仕事が貿易関係だものだから、ついこういうことには神経をとがらす癖がついてしまってて……。私、丸山と申します」

男は苦笑して名乗った。

「佐久間です」

僕も名乗り返した。

「佐久間さん。そう、佐久間さん」

丸山と名乗った男は、僕の名を反芻するようにくり返した。

何者なのだろう。僕だけではなく、すべての大武山ロッジの客に対して、このように人なつこく振舞っているのだろうか。自分で会社をやっているにしても、働き盛りの男が、何日も家族や仕事をほうり出していすわるほど、この大武山ロッジは魅力的には感じられない。パイプに缶から新たな葉を詰めこむ丸山を見つめて、僕は思った。

そして、ラクール。

大川晃は、ラクールの、この政変を予期していたのではないだろうか。「近い将来ラクールにとって非常に重要な存在になるであろうと思われる一人の人物」の息子が、僕の捜す、ジョー・カセムだと、彼はいった。カセムの父親は、どちら側の人間なのだろうか？　制圧する方か、される方か。

「ちょっと失礼します」

僕はいって立ち上がった。ニュースが放送開始になったのは、ダイニングが開く、午後五時だが、我々の頭上を通って、ダイニングに向かった客は一人もいなかった。

僕はロビーの隅にある、公衆電話に歩み寄った。ポケットの中には、そのつもりで十円硬貨が十数枚、詰まっている。

僕がまず回したのは、早川法律事務所の調査課の外線番号だった。中継係の山根さんが応答した。

「佐久間です。課長は？」

「外出されてます」

「未確認ですが、対象は大武山ロッジにいます。そう伝えて下さい」

僕は早口でそれだけいうと、大武山ロッジの代表電話番号をいった。そして僕に連絡を取ろうとする場合には、慎重を期すよう要請するキイ・ワードを告げて電話を切った。キイ・ワードは、調査の過程で、第三者を通して、事務所から調査士に連絡を取ろうとする場合、事務所の方から調査士の身分がばれることを防ぐための暗号である。調査二課は、山根さんに「奥さんによろしく」と伝える方法を取っている。ちなみに、山根さんには奥さんはいない。確か年齢の離れた妹がいるだけだ。

次に連絡を試みたのは、大川晃のオフィスだった。これも直通番号である。五時を少し回っただけだが、大川晃はでなかった。そして三田の自宅へ。これも応答する者はない。

これらの番号は、手帳を見てかけた。

最後に回したのが、内閣調査室の副室長、梶本が教えた番号だった。二度、呼び出したのち、相手が受話器を取った。

はい、と答えたのち沈黙している。

「佐久間です」

「少し、お待ち下さい」

男の声がいって、受話器の中で中継音が幾つかつづいた。

「梶本です」

落ち着いた声が流れ出した。その間にも、十円硬貨はたてつづけに落ちていた。

「今、軽井沢の南にある大武山ロッジにいます」

「見つかりましたか？」

「未確認ですが、手がかりはあるようですね」

僕は、わざと回りくどいいい方をした。

「それよりも、ラクールのニュースを聞きましたよ」

梶本は感情のこもらぬ言葉を返したまま、それきりあとを継がなかった。

「そう……」

僕は息を吸いこんで、訊ねた。

「彼の父親はどちら側の人間なのです？」

「どちら側？　ああ、そう。今は苦しい立場にはいませんよ。御心配なく。戒厳令が敷かれたのは一昨日です。すでにクーデターは成功したのです」

「何ですって」

僕は、声を抑えねばならなかった。梶本は淡々とつづけた。

「彼の父親は反政府側の幹部でした。即ち、現政府のリーダーの一人ということになりますか」

「そのニュースを押さえていたんですか」

受話器は少しの間沈黙した。

「海外情報は、私の管轄ではありませんから、そんなことはできませんよ。それより……」

あくまでも涼しげに梶本はいった。

「悪い知らせがあります。藤井の家に押し入ったと自首してきた青年ですが、拘置所で自殺しました。それから、あなたの事件の犯人ですがどうやら自殺した有村の線が濃厚ですね。二週間前に交通事故死したという、あなたが扱った秋川親子、あれも他殺でした。今、有村の身近にいた人間で、代わりに恨みを晴らしたがっている者を洗っています。明日には、はっきりした御返事をさし上げられると思いますよ」

「そうですか……」

長野にきている現在、命を狙われていたことなど、はるか遠い過去のことのように思われた。だが、犯人はつかまっていない。

「努力を期待します。それでは――」

電話は切れた。十数枚いれた十円硬貨は二枚戻ってきたきりだった。

3

観音開きになる出入口の向こうでは、無人のバルコニーにおかれた白塗りの木製ベンチが雨に濡れていた。その先は黒々とした樹海であり、ときおり風で見え隠れする山裾では、幾つかの光が瞬いていた。食堂にいるのは、僕と丸山と名乗った中年の男の二人だけだ。メニューに記された料理の数はすべて合わせても十にも満たない。味は期待しない方がよいようだ。僕はカセムの姿を見出すことができるまでここで粘るつもりだった。

食堂が開いているのは夜十時までだった。カセムがこの大武山ロッジに泊まっているならば、必ずこの食堂に夕食をとりに現れるにちがいない。

内閣調査室の梶本が僕に期待するという努力はこんなことなのだろうか。僕はぼんやりと窓を眺めながら思った。彼らが自分達の力でジョー・カセムを捜し出すことができないというのは、どうも信じられない話だ。何か別の狙いがあるにちがいない。

そして、この大武山ロッジ。一体、何のために、ジョー・カセムと彼をとりまく人間達は、ここにやってきたのか。大川晃の話に登場した、謎のトレーダー。殺された藤井高は、彼の命令で森伸二を捜し、雇ったのにちがいない。その目的は何だったのか。藤井高は東京の自宅で死体となって発見されたが、森伸二は見つかっていない。その仕事の真の目的を隠すために、藤井もユリも殺されてしまったのだと、僕は考える。とすれば、彼らを殺すようにさし向けたのは、謎のトレーダーということになる。

森伸二も、ジョー・カセムの近くにいる。

クーデターが起きた産油国、ラクールの新政府幹部の息子が失踪していて、それに大物のオイル・トレーダーが関係している。彼らはなぜか、軽井沢を選び、実際は軽井沢からも離れた大武山ロッジに——。そこまで考えたときに気づいた。

大物トレーダーはどこにいるのだ？　ジョー・カセムと一緒にここにいるのだろうか。それとも……。

僕は、森伸二が雇われ、その後突然失踪したわけがわかったような気がした。なぜ、藤井とユリが殺されなければならなかったのか。その理由もわかった。

二人の容貌が似ていることが答えだ。

替え玉。

まちがいない。トレーダーは、森伸二をジョー・カセムの替え玉にするつもりで、軽井沢に連れ出したのだ。彼らにとって、東京以外の土地ならどこでもよかったのではないだろうか。東京ならば、ジョー・カセムにしろ、森伸二にしろ、知り合いの人間がいるために、替え玉がばれる可能性がある。東京でさえなければよかった。しかし、何のために、替え玉を必要としたのか。誰の目をくらます必要があったのだ。

僕は窓から目をそらした。

四人がけのテーブルが十組足らずしかおかれていない食堂で、丸山は、僕のすわるテーブルの向かいに腰をおろし、ビールを飲んでいた。僕には、興味を失ったようだ。窓外の光景に目をこらしている。

僕は、彼に勧められたビールのグラスを干すと、カツレツ定食を注文した。

「私も、同じものを……」

丸山がいい、昼間カフェテラスにいた若者が無言で頷くと立ち去った。

電話を終えた僕と、丸山がロビーから食堂に席を移してから、二人の間には会話らしい会話は、交わされていなかった。

料理が運ばれてくるまでの間に、食堂は新たな人間を迎えていた。昼間、僕より少し遅れてやってきて、投宿した若いカップルだ。彼らは、僕のとはひとつ隔てた、やはり窓ぎわのテーブルに腰をおろした。

客の少ない食堂や喫茶店では、却って他の客を意識してしまうものだ。昼間と同じいでたちで現れた二人の男女は、それでも低い声で話し合っている。ときおり「学校の何とか」という言葉が女の子の方の口から洩れているのが聞こえた。丸山と男の子がちょうど背中合わせで、僕と女の子が二人をはさんで向かい合っている。低い話し声には、屈託のない笑いも混じっていた。僕は、置き手紙しか残してこなかった、悠紀のことを思い出した。

「恋人が恋しいですか」

丸山が不意にいった。僕の想いを見通しているかのようで、少ししゃくに障るいい方だった。僕はあいまいに微笑してみせた。

「若いから無理もない。どうして一緒にいらっしゃらなかったのですか」

「風邪をひいてしまって……」

あたりさわりのないいい訳をした。いないと否定することによって、僕の他の部分、たとえば仕事のことや何かを、詮索されることを避けたかったのだ。

「そうか。それはいかんですねえ。残念でしたね」

微笑して、彼は僕を見つめた。

料理が運ばれ、食事をしている間に、カフェテラスにきた中年のカップルが現れ、我々とは正反対の壁ぎわに腰をおろした。僕はなるべくゆっくりと食事をするつもりだった。食事を終えたら、コーヒーでも頼んで粘ろうと思っていた。

丸山は、僕とは逆の意思を示した。食事を、卑しくは感じられないが、テキパキといった速度で終えた。彼が食べ終わったとき、僕はまだ半分もすましてはいなかった。

「お先に失礼させてもらいますよ。何しろ煙草を吸いたくとも、ここでパイプを吹かしたのでは皆さんの迷惑になる」

そういって、丸山は立ち上がった。

「明日には発たれるのですか」

彼が問い、僕は首を振った。

「いえ、もう少し、いようかと思います」

「そうですか、それでは、おやすみなさい」

丸山は口元に笑みを残して自分の伝票にサインすると立ち去った。彼が立ち去るとすぐ、奥の中年カップルに料理を運び終えた若者が現れ、残された食器を片付けた。

キッチンは、食堂の入口の右手奥にあるらしかった。何本かおかれた鉢植えの樹の向こうにカウンターが見える。僕は食べながら、若者がその鉢植えの陰に姿を消すのを見送った。

これで食堂の客は年齢こそちがうが、二組のカップルと僕だけになった。僕はなるべくゆっくりと食べたが、それにしてもフル・コースでもないので三十分とはかからなかった。どうやら若者達は、少しでも早く二人きりになりたいようだった。若い方のカップルが去ると、僕は食器を下げてもらい、コーヒーを注文した。食堂の人間には奇異に映るかもしれないが、夕食をとるための短い時間、それも一晩に一度しかやってこない、他のロッジの客には、僕の粘りはそうとは気づかれない筈だ。

中年の男女はこちらの予想外に、食堂にいつづけていた。自分以外にも腰をすえている人間がいることは驚きだった。階段の踊り場にかけられた時計が七時を告げる鐘を打ったときには、僕は一度、ロビーに後退しようかと考え始めていた。ロビーにいても、食堂に新たな客が現れたことは知ることができる。

決心して、腰を上げようとした矢先二人が立ち上がった。僕は、そのままで視線を窓に向けた。真っ暗な空を果てにおく窓が、鏡の代わりになってくれる。そして、彼らが部屋には引き揚げず、無人のロビーに降りてゆくのが見えた。食堂での彼らの会話は、ほとんど聞こえなかった。二人とも、昼間同様、緊張している様子だった。人目を忍ぶカップルであることがそうさせているのか。

僕は息を吐いて、椅子の背にもたれ、煙草に火をつけた。椅子は木製で、高くまっすぐな背もたれがついている。

そのままの姿勢で、僕はさっきまでの考えのつづきを検討することにした。トレーダーが目をくらます必要があった人物もまた、この長野にきているのか。本来、森伸二を替え玉に仕立てるだけならば、彼をカセムの代わりに自宅にでもおいておけば事は足りる。知り合いと接触することをなるべく避け、その存在のみを周囲の人間に印象づければよいのだ。

だが替え玉に仕立てるといっても、国籍もちがう、単に容貌と年齢が近いというだけの人間の話だ。そう簡単にいくものではない。どうしたって訓練が必要になる。その訓練に軽井沢を選んだというのか。

僕の思考は、最初の疑問に帰った。

この大武山ロッジ、近くに控える軽井沢という観光地を選んだ理由である。

先刻までの考えのような、東京以外の土地ならばどこでもいいというのはどう見てもあてはまらない。なぜならば、一カ月前、カセムはいきつけの喫茶店『ロータス』の人間に「軽井沢にいってくる」といい残してでかけている。つまり、彼は自分の意思でこちらに向かったのだ。誘拐され、連れてこられたのではない。そこには、彼自身、軽井沢に向かうだけの理由があったのだ。

僕はそれを知る努力をすべきではなかったのだろうか？

七時半、新たな男が食堂に現れた。年齢は三十五、六。やせていて、表情のない、陰気ともいえる顔つきだった。黒のスラックスに、白っぽい色のジャンパーを着ていて、グリーンのチェックのシャツが、ファスナーを開いた胸もとから見えた。男は入口に近いテーブルに腰をおろし、僕の方を見やった。同宿の客に向けるには、鋭すぎるといってよい視線だった。どこか、投げやりな雰囲気を漂わせているが、それは相手を痛めつけようという直前にヤクザが見せるものと似通っている。それがなければ、張りこんでいる刑事のようにも見えた。

男はビールを一本飲み、すぐに食事を始めた。窓の鏡を使って観察できる人間が現れたことは、僕をこの苦痛からわずかでも救ってくれる。食事を楽しんでいる様子ではなかったが、これは味と一人きりでいることを考え合わせれば、無理もない。

食事を終えると、男はもう一度鋭い視線をこちらに向け、立ち上がった。僕は彼の方を振り返った。鏡を通してではなく、彼を見た。食事を楽しそうに進めていなかった割に、料理はきれいに平らげていた。彼が何者にせよ、まぎれもなく仕事でこのロッジに泊まっているにちがいない。僕は思った。

男は階段の方へ立ち去った。僕がそれを見送り、向き直ると、階下で扉に付けられたベルが鳴った。

「いらっしゃいませ、お泊まりですか……」

夜になると、フロント係は元気になるらしい。妖怪のような男だ。彼の声がロビーに響き渡り、二階にいる僕の耳にも届いた。

新来の客はハイヤーかタクシーできたようだ。再び、ベルが鳴り、聞き覚えのない男の声がしたのだ。

「堂島（どうじま）さん、えらい降りだ。気をつけないと明日は通行がきついよ。普通の乗用車じゃ」

周囲に気がねをしない地元の人間のいい方だった。堂島というのは、フロントの男の名らしい。彼の声が答えた。

「落石でてるかね……」

「今のところは小石や砂利だがね。崖が弱いからな、この山は」

「車でみえたお客さんに、一応、話しておこう」

「そうした方がいいな。大武山ロッジさん、今夜まだ予約入ってるかい」

「いや、お客さんは、今日はもうないよ。お帰りの方もいらっしゃらないようだし……」

「そう。じゃ引き揚げますわ。急がねえと、ふもとまで降りれなくなるでね。ほんじゃ、おやすみなさい」

「御苦労さん……」

再びベルが鳴った。登ってきた車の音は、雨音にかき消されて聞こえなかった。新来者の姿は、カフェテラスかロビーに移らなければ見ることができない。そろそろ、後退の潮時だった。僕は、煙草をポケットに詰めて立ち上がった。

階段に足音が聞こえた。二人の男が三階から降りてきたのだ。食堂に入ってくる彼らと、僕はすれちがった。一人は、三十二、三のがっしりとした男だった。紺のスーツにネクタイをしめている。もう一人は、茶のニット・スラックスにシャツとカーディガンを着けた若者だった。浅黒く、彫りの深い顔をしているが、疲れたような表情が浮かんでいた。

すれちがった彼らは、今まで僕がすわっていたテーブルに腰をおろした。二人とも、無言で、申し合わせたように窓の方を向いている。

見つけたぞ——僕は食堂の出口で立ち止まり、振り返った。やはりここに泊まっていたのだ。

「失礼」

背後から耳元にささやかれた。振り向くとエルボウ・パッチの付いたカントリー・ジャケットを着た、背の高い男が立っていた。二十八か九といったところか。あの男の連れだ——直感的に思った。あの男というのは、さっきまで一人で食事をしていた鋭い目の男だ。似たような雰囲気を持っている。

背の高い、カントリー・ジャケットを着た若い男は、カセムと覚しき若者と連れの男がすわるテーブルからひとつおいた席に腰をおろした。

話しかける様子はなかった。でていきぎわ、僕はもう一度、彼らを見た。仲間だとすれば、ボディ・ガードのようだ。だが、仲間ではないとすれば……。一体、何組のグループがジョー・カセムを追っているのだろう。

僕は、カセムの居所と引き換えに百万円を支払うといった電話の男を思い出した。

あの若者と一緒にいる男は何者なのだろうか。そして、僕は、はっきりと確認しなければならない。あの若者が、ジョー・カセムなのか、それとも森伸二なのかを。

ロビーにつづく階段に向かうと、その夜最後の新来の客が昇ってくるところだった。

青と白のチェックの上着に、ジーンをはき木綿の柔らかい白い帽子をかぶっている。長い髪が肩にかけていた大きめのショルダー・バッグを、踊り場で持ちかえ、帽子を取った。長い髪が肩に落ちかかり、彼女は僕を見つめた。意志の強さを表わす、固く結んだ唇。化粧気のない素顔は青白かった。二十の半ばを越えていることは確かだ。そこで立ち止った彼女は僕を見上げた。

ふっと溜息をつくと、その唇から笑みがこぼれる。

「今晩は」

彼女がいったので、僕も同じ言葉を返した。

「すごい雨だわ。せっかくの一人旅がだいなしよ」

「東京からですか」

「ええ、そう。あなたも?」

「そうです」

僕は彼女のところまで降りてゆくと答えた。ジーンの裾が濡れている。

「お腹ぺこぺこよ。もうすませたんですか」

「残念ですが……」

「そう。じゃ飢え死にしないうちに、私もすませてくるわ」

いきすぎかけて、彼女は振り返った。

「滝田(たきた)です」

「……佐久間です、よろしく」

小さく頷いてみせると、階段を昇っていった。

六組が七組に増えたわけだ。カフェテラスにきた、中年のカップル、僕の直後にやってきて、投宿した若いカップル、丸山と名乗った男、カセムらしき若者とその連れ、僕、やはり食堂に前後して現れた二人の男は連れということになる。堂島というフロントの男は、訊ねられて、僕に「六組」と答えたのだ。そして、滝田というあの女性。十一人の客のうち、何人がカセムの失踪に関係しているのだろうか。だが、肝心のトレーダーはいまだ、姿を現してはいない。白人の男性――大川はそういった。僕が見た客はすべて東洋人ばかりである。まだ僕の知らぬ客がいるのだろうか。

ロビーでは、フロント・カウンターに中年のカップルが立ち、堂島と低い声で話を交わしていた。つけられたテレビから、台風情報が流れている。

「あ、お客様……」

カウンターの内側で堂島が僕を呼んだ。

「先程は申し遅れましたが、私、当ロッジの支配人で堂島と申します。実は、只今こちらのお客様にもお話ししておりましたのですが、この雨で、当ロッジと山のふもとを結びます道路事情が大変悪くなってしまっているようなのです。つきましては、一体、どれほど御滞在の御予定なのか、おうかがいいたしたいと思いまして」

宿泊者カードに記入したときは、一泊分の料金しか払わなかったが、その先をどうするのか知りたいのだろう。

「道路事情が悪いというと……」

「落石、それにこのあたりは地盤があまり強くないので土砂崩れの可能性もあります。お客様方の乗用車では、そうなりますとちょっと……」

「どうします？」

女が連れの男の顔をのぞきこんだ。

「仕方があるまい。他にいくアテはないしね。もし、そうなった場合、つまり道路が閉鎖されてしまったときは、どうするんですか」

「はい。幸い、このロッジには四輪駆動のランド・クルーザーがございますので、お客様だけは、ふもとにお連れすることができます。従いまして、お客様に危険が及ぶようなことはございませんが、ただ御自分の車を、取りにこられるのは、道路が復旧してから、ということになります」

「我々は、それでも構いませんよ」

男はきっぱりといった。

「どのみち、今から下山するのは、この雨に山道だ。ぞっとしないね」

「お客様は？」

堂島は僕を見た。

「僕も同じですね。なりゆきに任せることにします。台風がこの先、進路を変えることを願って……」

「それは見こみ薄だな」

男は僕の方を見ていった。どこか尊大なもののいい方だった。

「最新の情報によると、明日の本州縦断は避けられん見通しだそうだ」

僕は微笑していった。

「このロッジが流されてしまうこともないでしょう」

「こんな事態は、私が支配人になって以来、初めてです」

堂島がいった。男は皮肉っぽく笑った。

「そうかね。いい思い出になることだろうね、何もかも」

僕は男を見た。彼は何をいいたいのだろうか。どこか投げやりな雰囲気が、男にはあった。彼もまた、カセムを追う者の一人なのだろうか。

「佐久間です」

「これはどうも。野木沢（のぎざわ）と申します」

女の紹介はしなかった。

「ところで、他のお客さんにも、この話は？……」

僕はいった。

「私が後ほど、お部屋の方にうかがっていたします」

堂島が答えた。

「そう……」

野木沢が小さく頷き、それきり一同は沈黙した。やがて、野木沢はもう一度頷いた。

「それじゃ、私らはこれで失礼しますよ」

僕にもその方が都合がよかった。今、食堂にいる若者が、カセムなのか否かを、どうやって確認するか考えねばならなかったのだ。

4

一度も会ったことのない人間を、写真でそれと確認するのは、決して簡単ではない。それは、意外と理解されない事実である。特に女性の場合、髪型や化粧の仕方で容貌が激変するケースが多々あるのだ。失踪人調査の仕事の過程でも、十代の女の子を目的の人物と、なかなか確認できず、写真をこちらで写して依頼人に判断させた場合があった。もしも、森伸二の容貌に関する話を『オーヴァー・ザ・ナイト』の久美から聞いていなければ、あの若者を、僕は即座に、ジョー・カセムと断定していたろう。だが今はできない。人間がごまかすことができないのは、容貌よりも、むしろ体型である。背丈や骨格は変えられないのだ。背を高く見せることはある程度できても、低く見せることは不可能だ。

太っている者をやせて見せることも同じである。即ち、小から大への変装はできても(極端は不可能だが)、その反対はできない。

僕は、写真を含めて、森伸二に関するデータを収集しておかなかったことを後悔した。『オーヴァー・ザ・ナイト』に森伸二が出した履歴書の写真は、古くしかも汚れていて、何の役にも立たないのだ。こうなっては、『オーヴァー・ザ・ナイト』に電話をかけて、直接、二人の姉妹に何か手がかりになることを訊ねるしかない。僕は時計をのぞいた。午後八時をすぎている。

それに大川晃にもう一度、連絡を試みるつもりだった。ラクール共和国で発生したクーデターと、大川晃の中央開発がどう関係しているかも知りたい。そして、できれば、あの若者をジョー・カセムと確認できるような彼の部下を、こちらにさし向けて貰おう。

僕はロビーの隅の公衆電話に歩みかけた。

そのとき、突然、すべての灯りが消えた。

真っ暗になったのだ。都会生活者である僕にとって、本当の闇なんてものを経験する機会など、ついぞ訪れたことはない。全身が痺れたように、一歩も足を進めることはできなかった。

黄色味がかった、シャンデリアが放つ光でとらえた、落ち着いたロビーのたたずまいは、ただ、残像として網膜にあった。ポケットのライターを探り、炎をつけた。すると、背後から一条の光線が僕の足もとを照らし出した。振り向くと、堂島が大型の懐中電灯を手にしている。

「しばらく、お待ちを」

堂島はそういって、カウンターからでてくると、ロビーを横切った。ポーチの扉を押して、外にでてゆく。

僕はライターの炎で、ソファを捜し、腰をおろした。ロッジの中は静かだった。悲鳴をあげたり、あわてて飛び出してくる者はいない。

腰をおろして一、二分たったころ、駐車場の方角から単調な機械音がし始め、次いですぐに灯りがともった。

ずぶ濡れの堂島が戻ってきていった。

「自家発電に切り換えました。御迷惑をおかけいたしました」

「いや、御心配なく」

答えて、熱くなっていたライターをポケットに戻して立ち上がった。停電は、さほど問題ではない。問題なのは——。

公衆電話に十円硬貨を投入し、受話器を耳にあてた。危ぶんだ通りになっていた。受話器からは何の音もしない。僕は受話器をもとに戻した。

電灯線だけではなく、電話線も切れたのだ。

「おそらく土砂崩れが中腹で起きて、それで電柱が倒されたのだと思います」

堂島が、ハンカチで顔をぬぐいながらいった。

「明日、すぐにでもロッジの者をランド・クルーザーで下山させて、復旧作業の要請をします。それまで御不便を、御容赦下さい」

「そうなると、ここまでの山道も危ないですね」

「ええ、明日になれば詳しいことがわかると思いますが……、いや、今すぐいかせましょう。その方がいい」

「どうしました？」

食堂の給仕をしていた青年が階段の踊り場から首をのぞかせた。

「あ、明雄(あきお)君、ちょうどよかった。君、すまないが、ふもとまでいってきてくれないか……」

堂島は青年にいった。

「いいですよ」

「今、食堂には何人のお客さんがいらっしゃる？」

「四人です」

カセムらしき若者とその連れ、プロらしい男、それに滝田というあの女性だ。

「じゃあそちらの方は、キッチンの大場さんにお願いしてくれ」

「わかりました」

明雄と呼ばれた若者は、いったん食堂に戻ると、すぐに駆け降りてきた。

「土砂崩れがあったんじゃないかと思うんだ。電話と電灯が切れてしまった。ふもとに降りたら、電話でいいから、そのことを電力会社に伝えてくれ。それと、もしやっているスタンドがあれば、軽油を買ってきて欲しいんだ。もっともドラム缶ででも持ってきてもらわなきゃ無理なんだが……」

「いつものスタンドがやってれば、何とか持ってきて貰うように頼んでみましょう」

「よろしく頼む」

堂島は昼間見せていた、静かな物腰とはうってかわったテキパキとした口調でいった。

カウンターの内側からキイを取って、明雄に渡す。明雄は、

「いってきます」

といい残して、ベルの付いた扉を押した。

堂島は僕の方を見やると、すまなそうな笑みを浮かべた。僕があいまいに頷くと、彼は煙草を取り出した。火をさし出してやりながら、僕は訊いた。

「人手が、そうないみたいですね」

「ええ、どうも……。今夜のようにたくさんのお客様が、今のシーズンにいらっしゃることは少ないので。実は、現在、私を含めて五名ほどしか、このロッジの従業員はいないんです。あの明雄君と私以外は、皆、女の人でして。キッチンと清掃の女性が三人いるきりなんです」

「そうですか」

堂島は、踊り場の振り子時計を見上げた。

「食堂にいらっしゃるお客様に事情を説明申し上げなきゃなりません。お車でいらしているお客様がほとんどなので」

「どうぞ……」

煙草を消すと、堂島は二階に昇っていった。

堂島が食堂の方に立ち去るとすぐ、若いカップルが階段を降りてきた。どうやら、堂島とはすれちがわなかったらしい。無人のカウンターをのぞき、若い男の方が僕に声をかけてきた。

「どうしたんでしょうか……」

「どうやら、土砂崩れで電柱が倒されたらしいんです。自家発電に切り換えたと、支配人がいってましたよ」

「嫌だ、道路大丈夫かしら。ねえ、ジロウ」

学生っぽい、ジーンとラップ・ジャケットの女の子が、男の子の腕をつかんでいった。

「実は、僕も車なんだけど、そのことでもマネージャーがあなた方に話をすると思うんだ」

「お車、何です？」

ジロウという若者は車が好きらしい。すぐに訊ねてきた。無理もない。駐車場にロータスやBMWが止まっているのを見たのだ。彼もジーンにスニーカーという姿だった。日によく焼けていて、髪は短く、スポーツマンらしいがっちりした体格だ。背も、百七十五センチの僕と同じくらいある。

「BM」

僕がいうと、ジロウの顔にうらやましそうな表情が浮かんだ。

「あの六三三ですか。走るでしょう。あれ」

「借り物なんだよ、走らせたいけど、無茶ができなくて」

僕は笑って答えた。

「お一人でいらしたんですか？　東京から？」

女の子が訊ねた。

「そう」

答えて、何となく三人で腰かけた。

「君達は？　学生？」

「そうです。名古屋からきたんです。交代で運転して……学校は今、学祭で休みなんです」

ジロウが答えた。

「僕はコウっていうんだ。公（おおやけ）の公って書く名前」

「ジロウです。この子はアッペ」

煙草をくわえると、今度は、ジロウが火をつけてくれた。退屈していたのか、仲良くしたいらしい。

「ありがと。いつまでこっちにいるんだい？」

「どうしようかなって、今話してたんです。学校は、あと二日ぐらい休めるんですけど。彼女の予定もあるし、わかるでしょ……」

ジロウはニヤッと笑った。おそらく、お互い、親には内緒で旅行にでたのだろう。クラブの合宿とか何とか、ごまかして。

「僕にも覚えがあるよ。でも学生じゃなくなったら、女の子を連れ出す口実にも不自由するようになっちゃった」

そういうと、アッペという女の子がキャッキャと笑った。口の大きい、明るい感じの子だ。

しばらくそこで煙草を吸っていたが、堂島は降りてこなかった。

「上にいってみようか、支配人も食堂のお客さんに話をしにいってるから」

二人が頷き、僕達は立ち上がった。すると、ベルがかすかに鳴った。強い風がときおり、吹き出したようだ。重い扉がそれで揺れるのだ。

食堂では、堂島が三組の客に、手短に事情を説明している最中だった。四人の男女は無言で話を聞いている。気づいたのは、カセムらしき若者の連れ、三十二、三のスーツを着た男の面に浮かんだ厳しい表情だった。監視者か、ボディ・ガードのような、あのカントリー・ジャケットの男は無関心そうに、窓外を見やっている。

彼の前からは、すでに食器が下げられ、コーヒー・カップがおかれているのみだ。

「……従いまして、事態の悪化を防ぎますためには、お客様の御理解をいただけるよう、お願いいたします。じきに、下にやりました者が戻って参りますので、詳しいことは、その者から聞きまして、御説明いたします」

堂島は、背後に立った僕達に気づき、振り返ると軽く頭を下げた。

「当ロッジといたしましては、お客様の安全を最優先させていただく所存です」

従業員五人の、ロッジの所存とは、ずいぶん時代がかった、物言いだった。それがおかしかったのか、アッペがくすりと笑った。彼女の笑い声に、僕は悠紀を思い出した。電話をかけてやらないので、心配しているにちがいない。

席にすわっている四人を見渡すと、カセムらしき若者と目が合った。連れの男が不安そうに窓外に目を向けているのに比べ、彼は、ぼんやりと視線を宙に迷わせていたのだ。僕達は一瞬、見つめ合った。だが、意志を感じさせない目を、若者はしていた。声をかけるべきだろうか。

そのとき、連れの男が、不意に立ち上がった。ガタリという椅子の音が響き、床がきしんだ。男は、堂島を見て、

「電話も使えないんだな」

と念を押した。

「申し訳ございません」

「じゃ、いこうか。部屋に戻ろう」

若者は促されて、立ち上がった。男の意のままに従わされているような雰囲気が、若者にはあった。

二人は、立っている我々の前を通りすぎて階段に向かった。僕は、衝動的にそのあと

を追った。

三階につづく階段の途中、食堂からは聞こえにくい位置から声をかけた。

「あの、すいませんが」

二人は立ち止まり、踊り場に立つ僕を見おろした。

「そちらの彼、僕の知り合いに似てるんだ。ちがうかな？　Ｊ大の……」

「いくんだ」

スーツの男が何もなかったように、若者を促した。若者は、返事もせずに踵を返した。

僕の言葉はまったく無視されたのだ。一瞬、怒りが頭をもたげた。ここまで追っかけてきたのだ、簡単に黙殺されてたまるか。

追いかけて、階段を昇ろうとしたとき、背後から肩をつかまれた。

カントリー・ジャケットの男だ。何の表情も浮かべていないのは変わらない。セーターの、僕の肩をつかんだまま、男はゆっくりと喋った。

「お前が、何者だか知らんが、やめろ」

「何をだ？」

ムカッ腹のまま、僕はいい返した。

「何でもだ。あの若いのには触るんじゃない」

「あんたこそ何者なのだ。余計なお世話じゃないか？」

男は、僕の肩にかけた手を外した。そして、その手で左腕の腕時計のベルトに触れた。何もする仕草が思い浮かばないのでそうしたとでもいうように。それから、僕の視線から目をそらし、優しく僕を押しやった。

階段を昇ってゆく男の背に何かいってやろうと、僕は口を開いた。だが何もでなかった。無理に出そうとすれば、罵(ののし)ってしまいそうだった。

煙草に火をつけて階段を降りてゆくと、ジロウとアッペが待ち構えていた。

「ふもとに向かったロッジの人が戻ってきましたよ」

僕達は、ロビーに再び降りた。そこでは、厳しい顔つきの堂島と、明雄という若者が立って話をしていた。明雄はずぶ濡れだった。

「どうでした」

「それが、やはり土砂崩れでした」

堂島が答えると、あとを引き継ぐように明雄がいった。

「ここから三キロ下った、急カーブがすっかりうまってるんです。夜はちょっと危ないんで引き返したんです。明るくなれば、ランド・クルーザーなら、何とか越せるとは思うんですが……」

「ヤバイなあ――」

ジロウがいった。僕は訊いた。

「下の街では気づいているかな」

「それは、勿論です。食料品の運搬や、クリーニングの配達もありますし、電話が不通になれば、すぐに気づくでしょう」

堂島が答えた。

「この山には、他に人が住んでいますか？」

堂島が、明雄の方を見た。

「道路がうまってしまった場所から上には、このロッジだけなんですよね」

「電力会社もすぐに気づくでしょうが、台風がきてますし、そうなると復旧にはちょっと時間がかかりそうですね」

「どうしよう、ジロウ」

アッペが泣き出しそうな声でいった。

「御心配なく、明日にでも、お客様はふもとにお連れしますから」

堂島がすぐにいった。若い男女の顔は、今では青ざめている。

「どうされました、皆さん」

声に全員が振り返った。パイプを手にした丸山が降りてきていた。

堂島が、仲間に加わった丸山に事情を説明した。事実上、このロッジは孤立してしまったのだ、と。

「ふむ、そりゃいかんですな」

丸山は落ち着き払っている。

「だが、自衛隊や警察が何とかしてくれるのではないですか」

「勿論、そうしてくれます。二人とも、元気を出せよ」

僕は若いカップルを勇気づけてやった。ものみな径しく見える、このロッジにあって、彼らと、滝田という新来の女性だけが、僕には信用できそうに思えた。

「ええ……」

ジロウが弱々しい笑みを浮かべた。おそらく、彼にとっては、自分のことよりも、思わぬ災難に巻きこまれた恋人の身が心配だったのだろう。

「ともかく朝を待とう。明るくなれば、こっちのものさ」

僕がいった。皆が頷く。

丸山が意味ありげに僕を見た。この男も落ち着いてはいるが気の許せる相手じゃない。ひょっとすると、カセムの麻布のマンションを訪ねてきた重役タイプの男というのは、彼かもしれない。

「起きてこられたんですか、わざわざ」

僕は訊ねた。「おやすみ」をいって立ち去った彼だが、服装に変化はない。

「いや、まだ寝てはいませんでしたから……。それに、一度、停電したでしょう。一応、理由を確かめておきたいと思いまして……」

僕は時計を見た。

午後十時半。

ロッジの客は、今夜の間はどこにもいくことができない。とすれば、あの若者の正体を突きとめるのに、焦る必要はないわけだ。

「公さん、お部屋は何階ですか」

アッペを抱きかかえるようにしてソファにすわっていたジロウがいった。

「僕は三階」

「僕達もそうなんです」

「二階には、私の他は……」

丸山が堂島に訊ねた。

「あと、お二組です」

一組は、野木沢のカップルだ。昼間、カフェテラスに、そこから彼らがやってきたのを、僕は見ている。

「一人は私です」

いつの間にか、滝田と名乗ったあの女性がそばまできていた。

「若い女性とは嬉しいですな。もっとも、不心得な真似はいたしませんから、御心配なく。ところで、こんな状況ですから、名乗らせていただきますよ。丸山です」

「滝田です。滝田昌代と申します」

ジロウとアッペも名乗った。

「あなたもお一人で？」

「ええ」

「お車ですかな」

「いいえ、中軽井沢の駅からタクシーで参りました」

「お車でないお客様は、こちらと丸山様のお二人だけなんです。実は」

カウンターの内側に戻って話を聞いていた堂島がいった。

「そうですか、東京からおみえで？」

「はい」

滝田昌代は頷いた。

「とんだ災難ですな」

「いいえ、いい経験になると思っていますわ。わたしは」

「しっかりしていらっしゃる」

丸山は微笑んだ。

得体の知れないこの男の会話にはつかみどころがない。部屋に引き揚げようと立ったとき、ジロウがいった。

「公さん、よろしかったら、僕達の部屋にいらっしゃいませんか？　アッペが寂しがっちゃってるんで……」

「二人だけの方がいいんじゃない？」

「いえ……」

アッペが力のない笑みを浮かべていった。

疲労が体の中に、再び淀み始めているような気分だったが、どうせしばらくは眠れまい。

「いいよ」

「トランプなんかもありますし……」

僕は滝田昌代の方を見た。

「いかがです？」

「いいえ、ごめんなさい。疲れているのかしら。お腹がいっぱいになったら眠くなってしまったわ」

「私も、以下同文といったところです。それでは、今一度、おやすみなさい」

二階で、二人に別れを告げたあと、僕は誘われるままに、ジロウ達の部屋に遊びにいった。ジロウの提案で、ページ・ワンをして、しばらく遊び、雑談を交わした。ジロウは二十三、大学の歯学部の学生で、アッペは三つ下の女子大生。二人は結婚もある程度考えてつきあっているという。

僕は自分の仕事の話は一切しなかった。請われて、東京の自宅の電話番号も彼らに教え、機会があれば、東京か名古屋で、飲みにいくことを約束した。

午前二時すぎ、お互いにおやすみなさいをいい合い、二人の部屋を僕がでたときには、三人とも、明るい気持になっていた。朝が訪れれば、すべてがうまくゆくと思い始めていたのだ。

5

目覚めたとき、室内は真っ暗だった。南側の窓にはカーテンがおろされていたが、そのすき間から流れこむ光は弱い。僕は、外さずに眠った腕時計を見た。午前六時半。三時間とちょっとしか眠っていないのだ。

夜は明けている筈だが、暗いのは、おそらく台風が依然、接近をつづけているためだろう。

やけに寒い。僕は毛布と布団をはぐって、裸足でベッドを降りた。パジャマ代わりに着て寝ていたTシャツの上にセーターをかぶって、窓の下にすえつけられたヒーターに近づいた。

スイッチは暖気運転を指しているが、温風はでていない。

僕は手早く、コーデュロイのパンツをはき、部屋をでた。

廊下も暗く、冷えこんでいる。並んだ部屋の扉の向こうからは、何の物音も聞こえない。まだ、誰も起きてはいないようだ。

二階に降りてみた。

カフェテラスも食堂も無人だった。暗く、静かである。

おかしい。食堂のキッチンは、朝食の用意のために、人が働いていなければいけない。それなのに何の物音もしない。

僕はカフェテラスの窓から外を見た。風が激しさを増している。雨は止んでいたが、木々が、枝ではなく幹を揺すっている。昨夜、最後に聞いた台風情報では、少なくとも今日、日中に台風十九号は本州を縦断してゆく筈だ。

雨が止み、風だけが吹いているのも、その予兆だろうか。空は、鉛色で分厚い、質感のある雲が、ほんの目の上ぐらいまで低くたれこめている。

ロビーにつづく階段は、照明が切ってあるので、危険なほど暗かった。踊り場にかけられた振り子時計の時を刻む音だけが高い。

静けさに、ロビーも無人であることを予想していた僕は、窓から入る薄明りに、幾つかの人影を見出して、驚いた。

「お早うございます。暗くしておいて申し訳ございませんでした」

人影のひとつが動いて、僕にいった。逆光でよく見えなかったが、堂島の声だった。

「どうしたんですか、暖房も切れてしまったようですが……」

近づいて、僕は訊いた。人影は、堂島と、明雄という若者、それに野木沢と連れの女だった。

堂島は、一瞬、沈黙して僕を見た。僕は、彼らの顔を見渡した。明雄や野木沢は、不機嫌な顔つきをしている。特に、野木沢は、はっきりと憤りの色を面に浮かべていた。

「何かあったんですか」

「お客様、お車を御覧になってみて下さい」

堂島が妙に抑えた声音でいった。僕は彼を見返した。昨日と同じで、茶の背広を着け、白髪をきちんとなでつけている。背筋をまっすぐにのばして、丁寧にいったが、口調には、どこかトゲがあった。

僕はそれ以上問い返さずに、黙って頷くと、ロビーの扉に歩み寄った。ベルの吊られた扉には内側からさしこみ錠が、かけられていた。それを解くと、吹きつける風で扉が揺れ、ベルが鳴った。

かまわずそれを押して外にでた。

止んでいたと思ったのは錯覚だった。細かい、霧のような雨が、顔や、外に露出していた肌を濡らした。

外は、ロッジの中より明るく、駐車場に並んで止められた車が見えた。まず目に入ったのは、ジロウの、レモン・イエロゥのスカイラインだった。

そして、僕は、明雄や野木沢がなぜ、あんな顔つきをしていたのかわかった。スカイライン、セドリック、マークⅡ、ＢＭＷ、ロータス・ヨーロッパ・ランド・クルーザーと並んだ車は、すべてが、タイヤをパンクさせられていた。それも御丁寧に、各車四本のタイヤが四本ともパンクさせられているのだ。

僕は自分が乗ってきた、ＢＭＷのタイヤをじっくり観察した。それから他の車も見比べた。多分、千枚通しのようなものを使ったのだろう。ランド・クルーザーのタイヤなどはひと突きでは足りず、三、四カ所突かれている。

誰が、何の目的でこんな真似をしたかは知らないが、我々に車を使用させないのが望みなら、その者の望みは充分、かなえられている。スペア・タイヤは、各車一本。パンクしたタイヤを装着したまま、濡れてスリップしやすい山道を走る者はいまい。

僕は、自分の健康を考えて、ロビーに戻ることにした。引き返しながら、はっきりとわかったのは、これで大武山ロッジは、ふもとの人間がそうしようと試みぬ限り、外界との連絡をまったく遮断されてしまったということだった。

「一切、連絡の方法はないのかね」

野木沢が訊ねた。

一時間ほどたった、食堂である。すべての宿泊客が顔ぶれを揃えていた。堂島と明雄が一部屋、一部屋、訪ねて、客を食堂に集めたのだ。

人目を意識していた野木沢と連れの女が、今では中央のテーブルにかけ、隣にジロウ、アッペのカップル、反対側にカセムらしい若者とその連れが、そして、一席おいて、例の二人組の男達――片方は昨夜、僕に奇妙な警告をした奴だ――がすわり、奥に丸山、滝田昌代、僕が、それぞれ孤立してすわっていた。

野木沢の前には、困惑した表情を浮かべた堂島が立ち、背後に明雄が寄りそっていた。

僕は一人一人の顔を見渡した。誰かがやったのだ。深夜、おそらくは誰も気づかぬ間に、部屋を抜け出し、駐車場の車のタイヤを突き刺して回った者は、この中にいる。その目的が、僕らをここに釘づけにすることならば、それは一体、何のためだったのだろう。

昨夜、僕は、あの若者に声をかけた。二組のグループは、僕がジョー・カセムに何らかの形でからんでいることを知ったわけだ。彼らが望もうと、望むまいと、僕は彼らの鼻先にいるし、消えることもない。

今のところ、どちらのグループも僕の動きを歓迎してはいないようだ。カントリー・

ジャケットの男は、はっきりと警告もしてきた。一体、あの二人組は、何のために若者にへばりついているのか。彼らの目的がジョー・カセムならば、あの若者は、本物のジョー・カセムなのだろうか。

こうして、全員が顔を揃えていても、お互いに口をきく者はなかった。

「はい……今のところは。暖房を切らせていただきましたのも、電灯の方に燃料を回したいと存じまして……」

「車が、駄目ならば、歩いていってみたらどうでしょう」

ジロウが提案した。

「幸い、台風も、まだそうひどくはないし、二時間もあれば、下山できるでしょう。誰かが歩いて下に降り、ふもとに協力を頼めばいいんだ」

「はあ、それは私も一番に考えましたが……」

堂島はいい淀んだ。

「じゃあ、どうして実行に移さなかった?」

野木沢が鋭くいった。

「地すべりの危険があるので……。この何日かの雨で山の斜面が思ったよりひどくゆるんでいることが道路の欠損でわかったものですから……」

「しかし、舗装された道路を、なるべく選んで歩いてゆくなら、大丈夫でしょう。もし、何だったら、僕がいきますよ」

ジロウは、あくまでも自分の提案を捨て難いようだった。

「いや、それならば、私共が参ります……」

堂島はあわてたようにいった。食堂は、気まずい沈黙におおわれた。

カセムらしき若者とその連れは、無言で堂島を見ている。二人組の男は、自分達のおかれた境遇にはまったく関心を持っていないようだった。

もし、彼らが監視者ならば——僕は思った。この事態の展開は、彼らにとって、仕事をしやすくしたにすぎない。自分達の標的が知らぬ間に、姿をくらますことが困難になったのだ。足を奪われたのだから。

もっとも、足を奪われたのは、彼らとて同様である。しかし、それに対しての反応は、皆無といってよかった。

標的の二人は、二人の男をどう思っているのだろうか。その、自分達に関する存在に、気づいているのかどうか。

気づいているにきまっている。昨夜の、僕に対して与えられた警告は、階段を昇っていた彼らの耳にも、はっきり届いた筈だ。にもかかわらず無視しているのは、表面上よそよそしい態度を装っているものの、実は同一グループだからではないだろうか。だとすれば、ボディ・ガードである。たとえば、僕のような人間から、カセムを遠ざけておくための。

丸山がパイプを口から離し、突然いった。

「ロッジのランド・クルーザーのタイヤを何とか修理できないのかね？　たとえば、他の車のスペア・タイヤをはめるとか……。それにパンクしたタイヤを応急修理する薬品もあるっていう話だが」

「それは、まず考えましたが……」

明雄が答えた。あまり喋るのは、得意ではないようだ。

「スペア・タイヤの交換は無理なんです。種類がちがうので。それに、パンクしたタイヤを応急修理する薬ですが、何カ所も刺されたり、切り裂かれたりした場合は、役に立ちません」

「全く、誰が、あんな馬鹿げた真似をしたんだ」

野木沢が、憤りを抑えきれないように怒鳴った。隣の女がピクッと体をすくめた。

「このロッジの人間だということは確かなんだ。自分の命にも関わるようないたずらをしおって」

「いたずらじゃないかもしれん」

窓の方を見つめ、煙草を吸っていた、あのカントリー・ジャケットの男が、ぼそりといった。

「何っ、どういう意味だ」

野木沢が聞きとがめた。

「別に……」

「もういい、よせ大平(おおひら)」

年長の、ジャンパーを着た男が、カントリー・ジャケットの男に低くいった。

「あの、大平様、何か御存知で？」

堂島がいった。

「いや、別にこの男は何も知らんのです。何しろ、我々も車をやられたんでね」

ジャンパーの男は屈託のない口調でいった。

「さようですか、坪田(つぼた)様」

大平と坪田。これで二人組の名もわかったわけだ。

気まずい沈黙が再び、食堂に淀んだ。

「どうするんですか、このままここにいても仕方がないですよ」

焦れたように、ジロウが沈黙を破った。

「台風はまだ、近づいているんですか」

アッペが誰にともなく訊ねた。

「ああ、きているよ。夕方には、長野も暴風雨圏に入ると、ラジオでいっておった」

野木沢が不機嫌さを隠さずに答えた。

「いってもらうしかないようだね」

堂島が低く、明雄にいった。明雄は無言で頷いた。彼の顔からは、いきたがっているとも、いないとも、わからない。

「息子さんですか」

丸山が、堂島に訊ねた。

「いえ、ちがいます」

堂島は狼狽したように答えた。明雄は目を見開いて、丸山を見つめた。

「ほう、若いのになかなか。こんなところで大変ですな」

「そんなことはありません」

明雄は口ごもって答えた。

僕は二人に突然、興味を覚えた。この二人、親類でないとすれば何なのか。単なる雇用関係とも思えない。『パープル』のママのことをちらりと思った。あるいは、恋人同士か……。

「食料や何かは大丈夫ですか。どうも、お話をうかがっていると、まるで遭難にでもあったような気分になるんですが」

僕は快活にいった。ジロウとアッペ、それに滝田昌代が、笑いをつられた。

「はい、食べ物は、何とか。あと三日間ぐらいは大丈夫です。台風は、どうせ、今夜中には通りすぎてしまいますし。ただ、私共が心配いたしておりますのは、燃料でございます。自家発電に、燃料を使用しておりますが、これは非常用で、さほど用意してございませんので」

「タンクか何かですか」

ジロウが訊ねた。

「いいえ、あの、駐車場のわきの倉庫に缶にいれておいてございます」

「あと、どれぐらいもちそうですか」

僕は訊ねた。

「明朝までは、何とか。食事の御用意の方は、プロパンガスですから、これは心配ございません」

「暖房にもオイルを使っているわけですね」

「はい、ボイラーが、倉庫のわきにございまして」

おそらく、倉庫とロッジの建物の両方に隣接してあるのだろう。

「じゃあ、ロッジの方に、救援を求めるのをお願いするとして……」

丸山が立ち上がった。

「他に、何か、ありますかな?」

彼が一番落ち着いている——というよりはのんびりしているようにすら見える。

「いえ、もうございません」

堂島が頭を下げた。

宿泊客達は、それぞれによそよそしい態度を取りながら食堂からでていった。ある者は部屋に帰り、ある者はロビーに降りていったようだ。

食堂には、僕と堂島、明雄が残った。

「堂島さん、昨夜、おやすみになるときはロビーの扉には錠をおろしたんですか」

やっと腰をおろすことができて、小声で話し合っていた二人に、僕は声をかけた。

「え、はい、勿論です」

「誰かが、もし、あそこから出れば、当然ベルの音がした筈ですよね」

「はい。ですが、確かに昨夜は、どなたもお出にならなかったと思います。ベルの音がすれば、一階でやすんでおります私には聞こえますから」

「すると、やった人間はロビーからは出なかったのかな」

「実は、佐久間様、これは、皆様には誤解をお招きするといけないので申し上げなかったのですが、ロビー以外からも、外には出られるのです」

「どこからですか」

「佐久間様が今、お泊まりになっているお部屋もそうですが、南側に窓がございますね」

「あの山肌に面した？」

「はい。廊下の左手のお部屋は、皆、あちら側に面しております。それで、二階の左手のお部屋の窓は、山の斜面に大変に近いのです。ですから……」

「窓から出入りできる？」

堂島は頷いた。だが、すぐにあわてたように加えた。

「でも、廊下の突きあたりにございます、非常階段からも、外には出られます」

「二階の廊下の左手の部屋には、誰か泊まっていますか？」

「二階のお客様は、皆様、左手のお部屋です」

僕は息を吐いた。二階の宿泊客といえば、野木沢にその連れ、丸山と、滝田昌代だ。

「それと、もうひとつうかがいたいんですが……」

僕はカセムとその連れが何という名で泊まっているのか訊ねた。知り合いに似ていると嘘をついたのだ。

「鳥井様の御兄弟ですか」

「兄弟？　じゃ人ちがいかな」

僕は、とっさに答えた。彼らは鳥井という名を使っている。だが、それは、カセムを確認する術にはならない。たとえ、あの若者が森伸二を仕立てたダミーとしても、鳥井譲の名を使うだろう。

「それでは、準備がありますので、失礼します」

堂島は、詮索する僕に警戒心を抱いたようだった。明雄を促して立ち上がる。

僕は軽く頷いて、二人を見送った。

空は、一向に明るくなる気配がなかった。

いや、ますます、暗く重い雲がのしかかるようだ。

正体不明の人間が多すぎる。こう考える僕ですら、他の者にとっては、その一人かもしれない。

僕は掌で、テーブルを一度、ぴしゃりと叩いて立ち上がった。

次の瞬間、轟音とともに、僕は床に投げ出された。窓ガラスが、けたたましい音とともに砕け散る。建物が揺れ、女の声の凄まじい悲鳴があがった。

爆発が起きた。床に倒れて、まず思ったのはそのことだった。

6

何が一体、爆発したのだろう。床から起き上がると、僕は、階下につづく階段を降りかけた。

ロビーはひどい有様だった。フロント・カウンターがなくなっている。そして、奥の、堂島が寝起きしていた部屋があったところから、黒い煙が上がり、凄まじい勢いで炎が噴き出していた。

ロビーの窓ガラスはすべて割れ、飛散している。中央にジロウが倒れ、アッペがそのそばで悲鳴をあげつづけていた。

堂島が、二人の向こうで、床に膝をつき、立ち上がろうとしていた。

何が起きたのかわからないようだ。炎の方角を見つめている。ロビーの光景は、シャンデリアの灯りを失ったため、その炎によって照らし出されていた。

階段の途中から、ガラスや漆喰が、ワックスで磨きこんだ床をうめていた。

僕はそれらを一気に飛び越え、堂島に駆け寄った。

幸い、煙は、吹き飛んでしまった窓から外に流れ出している。

「堂島さん、消火器はっ」

僕は怒鳴った。

「あ、明雄君が……」

「消火器を、堂島さん」

爆発の衝撃を、まともに受けていない者で、一階に最も早く辿り着いたのが僕だった。

堂島が指し示した、赤電話の下に収納された消火器に駆け寄った。

金属製の箱にいれられたそれは、容易に引き出せなかった。僕は、その箱を二度蹴り、無理やり引きずり出した。

つかみ上げた途端、その重さによろめいた。ノズルをあわてて捜していると、

「貸すんだ」

僕の手から消火器をもぎとった者がいた。

坪田だった。逆さにして床に、一、二度叩きつけるとノズルから白煙がほとばしった。そのまま坪田は煙が噴き出す方角に、突き進んでいく。その白いジャンパーの背が、黒煙に見え隠れしている。

「あっちにも、もう一台……」

堂島が、体を起こして踊り場を指した。

僕は階段を駆け上がり、それを引き出した。抱えて、建物の燃えている方角に走った。足音が背後でつづいたが、振り向かなかった。部屋に戻っていた客達が、飛び出してきたにちがいない。

倒れていたテレビを跨ぎ越え、坪田のわきに駆け寄った。

「外に回れ、外からかけるんだ。小屋の燃料に引火すると、また爆発するっ」

坪田が叫び、僕は無言で走った。

小屋の壁に、穴が開き、小屋とロッジの間には、ちぎれた金属パイプがぶらさがって

いる。

僕は坪田がしたように消火器を地面に叩きつけ、消化泡を、ロッジの方に向けた。地面に飛び散ったボイラーの燃料がしみ、そこから小さな炎が上がっている。それらの上に霧雨が降り、炎のせいでそこだけ明るい。ロッジの壁にできた穴は地獄の入口のように見えた。

「こっちは大丈夫だ、燃えてるのは板っ切れや紙だからなっ。小屋に火をいれるなよ」

坪田の声が、僕の手もとから吐き出される消火泡の向こうから聞こえた。

顔が熱く、僕は、炎の穴からそむけた。その拍子に、小屋に開いた穴の奥にあるものに気づいた。

それは、すでに、ものだった。かつて、人間であったもの。爆発のショックのせいか、嫌悪も嘔吐(おうと)も、もよおさなかったが、実に悲惨な姿になっている、明雄だった。あお向けに倒れているが、衣服でしかそれと確認できない。

僕は再び、焼けているロッジの壁に目を戻した。開いた穴は、二メートル四方ぐらい。湿った空気のため、おとなしくなった煙は低く這っている。従って、穴の上から、メチャクチャになったロビーの様子が見えた。

「大丈夫か」

野木沢が、二階からおろしてきたらしい消火器を抱えて、駆け寄ってきた。

数分後、すべての炎が消えた。

僕は空になった消火器を地面に投げ出し、開いた穴から、ロッジの中に踏みこんだ。

穴の奥は、小部屋だったところだ。金属パイプでできたベッドが、ひっくり返り布団綿が飛び散っている。消火泡で真っ白になった床に、あらゆるものが飛散していた。もっとも、真っ白か黒焦げで、形状でしかそれが何であるか、判断できない。

坪田が空になった消火器を壁に立てかけようとしていた。

爆発はロッジの建物と小屋の間、おそらくボイラーで起きたのだ。それにしても、ロッジ側の損壊の方がひどかった。

「よかった、火が消えて」

僕は坪田と目が合うといった。何者だか知らないが、彼の取った行動は機敏で勇敢なものだった。

だが坪田は無言で、ジャンパーのファスナーを引き上げた。僕は、そこにあるものに気づいた。一瞬後、それはジャンパーの内側に隠れたが、見まちがいようのないものだった。僕が気づいたのを、坪田も知ったようだ。

が、何もいわずに背を向けた。

彼が隠したのは、ベルトにさしこんだ拳銃の銃把（じゅうは）だった。

爆発に気づき、部屋を飛び出したときに、携帯してきたにちがいない。

ロビーには、再びすべての人間が集まっていた。振り返ると、野木沢が小屋のコンクリートの壁の穴をのぞきこんでいた。踵を返して、こちらを向いたとき、吐きそうな顔色をしていた。

ジロウが、起こされたソファに横たえられ、野木沢の連れの女と、滝田昌代、アッぺがのぞきこんでいた。

堂島は、丸山に支えられるようにして立っていた。顔色が真っ白で、銀髪がたれ下がった額に血のにじんだ傷があった。

数メートル彼らから離れたところに鳥井兄弟が立ち、背後から見おろすように、あの大平が踊り場に立っている。

大平は坪田と素早く視線を交わした。そこまで見てとると、僕はソファに歩み寄った。

「怪我は?」

滝田昌代とアッぺが振り返った。アッぺの頬に幾筋もの切り傷がつき、血が流れているが、彼女はそれに気づいてはいなかった。

涙と血で目もとがぐしょぐしょだ。

「大丈夫、少し切ってるけど、脳震盪(のうしんとう)を起こしているぐらいだと思うわ」

滝田昌代が、血まみれのハンカチを手にして答えた。僕が彼女を見ると、彼女はいった。

「私、看護婦をやっていたんです」

「そいつはよかった」

丸山が嘆息した。

見おろすと、ジロウは、血の気のなくなった顔で、目を閉じ、浅い呼吸をしている。

「気を失っているわけじゃないんだね」

問うと、滝田昌代は小さく頷いた。

「この方が、カウンターの一番近くにいらしたんです。テレビのスイッチを入れようとしたときに、あれが起こって……」

堂島がいった。

「一体何が起きたんだ」

野木沢が訊いた。

「わかりません。明雄君に、下にいく前にボイラーの燃料を見てくれと、頼んだんですが……」

ハッと言葉を切った。

「あの……」

「亡くなりました」

僕は短くいった。

堂島は目を見開き、穴の方角を見た。唇が震え出した。

「かけた方がいい」

丸山が倒れていた別のソファを起こした。

「ガラスの破片に気をつけて……。これ以上怪我をするとつまらんから」

「ボイラーが爆発したのか」

野木沢がいった。

「わかりません。火はいれてなかった筈ですが……」

堂島は穴を見つめていたが、やがて顔をそむけ、がっくりと両手で顔を包んだ。

僕は皆から離れ、もう一度、穴をくぐった。くぐるとき、ひっくり返ったベッドの下から、消火液にまみれていない毛布を一枚、引き出した。

ここはロッジだ。人を泊めるのが商売なのだから毛布の一枚、二枚にはこだわらないだろう。

コンクリートに開いた穴から、毛布を小屋の床に広げた。爆発で吹き飛ばされ、小屋の中に転げこんだのだ。彼には、何が起きたか知る暇はなかったにちがいない。

小屋に背を向け、なくなってしまったボイラーの破片に、目を落としていると、丸山がスラックスのポケットに手を入れて近づいてきた。

「ひどいことだ」

僕は無言で頷いた。

「佐久間さん、実はあんたに話があったんだ……」

僕は彼を見た。

「こんなところでは話せないから、あとで、部屋の方にでもうかがおう。何号室かね」

僕は彼の問いに答えた。彼が自分の正体を明かしてくれるというのなら、その機会は逃すまい。

突風が吹き、パイプの切れはしが壁に当たって、カランと音をたてた。残っていたガラスの破片が窓枠から落ちる、ガシャン、ガシャンという音も、ロビーの方角から、たてつづけに聞こえた。

気づかないうちに雨も風も、激しさを一段と増していた。いつか、霧雨が本物の雨に変わっている。激しい風が吹き上げる間隔が、徐々に短くなってきているようだ。

僕は、かがんであたりに散らばった金属片ひとつひとつに目をやった。

ボイラーの釜やパイプの破片ではない、別の何かを捜していたのだ。

それが何であるかは、僕にもわからなかった。だが、見つければ、はっきりする筈だ。

ねじくれ、焼け焦げた小さな短片をいちいち、指で突いた。

捜している間中、毛布の下にあるもののことを思うと、酸っぱいものが喉もとにこみ上げた。

やがて、僕はそれを見つけた。それは、僕が小屋の中に広げた毛布のはしの中から、のぞいていた。

僕はそれを拾い上げた。白い塗料を塗ってあったと思われる、ブリキの板の破片だ。「6」という数字が、ひしゃげた板をのばすと現れた。

僕はそれをポケットにおさめた。そのブリキの切れはしは、ボイラーの爆発が、事故ではなく、しかけられた爆弾によって起きたものであることを、証明していた。

時限爆弾。

遠いものと思っていた、東京での事件を思い出した。誰かが、僕の命を狙っている。

その者は、獄中自殺をした有村という過激派の恨みを晴らすために、四国で、秋川という親子を殺し、僕の車に爆弾をしかけ、吹き飛ばした。

だが、そいつがここにやってきているのならば、なぜ、ボイラーなんかに爆弾をしかけたのか。

部屋でも車でもしかけることはできた筈だ。

そう考えて、ロビーに戻りかけた僕は、不意に足を止めた。理由がわかったのだ。

車をパンクさせたのも、そいつの仕業にちがいない。

東京で、そいつは二度も僕に不意打ちをかけ、失敗した。だが、今回、どうやってかは知らないが、長野に僕がきているのを知ったそいつは、警察にも、誰にも邪魔されない、ここで、ゆっくりと僕を、嬲り殺しにするつもりなのだ。

ボイラーにしかけた爆弾は、その予告にちがいない。

そいつにとっては、他人が巻きぞえになることなど、何の問題でもないのだ。あるいは、自分自身の命を失うことすら、問題にしていないのかもしれない。標的を——この僕を射止めさえすれば、それでいいのだ。どんな犠牲も、いとわない。

僕が気づいたのは、その、恐ろしい事実だった。


爆発、そして火災。死人も怪我人もでた。

だが、サイレンは鳴らない。

救急車も、パトカーもやってこないし、死者は毛布をかけられて、横たわっているだけだ。

ジロウを三階の部屋に運び上げ、アッペだけを傍らに残して、客達は皆、比較的損壊の少なかった食堂に集まった。

「こうなっては一刻も早く、ふもとに救援を頼まなければならん」

野木沢がいって、一同の顔を見回した。

「だが、どうやってそうします?」

鳥井兄弟の名で泊まっている二人の年かさの方の男が口を開いた。がっしりとした体つきだが、顔色は悪く、スポーツマンタイプには見えない。中軽井沢のスタンドに、あとからロータスで現れたのはこの男にちがいないと僕は思った。

彼が、公衆の面前で口をきくのは、これが初めてだった。

「歩いていくのだな。いくのなら今のうちだ」

彼の後ろの椅子に、脚を組んでかけている大平がいった。ものうげな、自分にはその意志がまったくないといった調子だ。

「滝田さんとおっしゃいましたな。あの若者の怪我はどうです？　放っておいてもよいのですか？」

「放っておいてよいということはありません」

滝田昌代は答えた。彼女には動揺した様子はあまり見られなかった。職業柄、慣れているといっても、目前で爆発が起き、死者まででたのだ。だが、意志の強さを感じさせる目つきで、はっきりと野木沢を見すえ、いった。

「病院で精密検査を受ける必要があります。どれぐらいひどい衝撃を受けたのか、それによってあとになってからでも目や耳に、障害をきたすことはありますから」

「しばらくは安静が必要なんですね」

丸山がいい、彼女は頷いた。

堂島は椅子にかけているものの、両肘をテーブルにおき、ぐったりとしていた。明雄の死は、彼にひどいショックを与えたようだ。

「堂島さん、一番近くの、人が住んでいるところまでどのくらいありますか」

「さあ、四、五キロだと思います」

「じゃあ、なるべく早く仕度して下山しましょう」

こうなっては仕方がない、僕は思った。仕事もあるが、もし僕の命を狙う者がこの宿泊客の中にまぎれこんでいるのなら、僕を含めて、これ以上犠牲者がでぬうちに手を打たなければならない。

僕は立ち上がった。たとえ、他に誰もいかなくとも僕はいくつもりだった。この中で、僕が一番若く、体力も充分ある。

「私も、参ります」

堂島が力なくいった。彼のすわるテーブルには五十前後の女性が三人、落ち着かなげにすわっている。清掃と、食事の用意をする従業員の婦人達だ。脅え、それぞれでぼそぼそと会話を交わしている。

「あんたは残った方がいい。まだ体が本物じゃないからね」

丸山がいった。

「しかし、私がいかなくては道が……」

堂島が、力のない声で抗議をしかけたとき、坪田の声が皆を制した。

「全員、ここに、このままでいるんだ」

坪田と大平が立ち上がっていた。二人とも手に拳銃を握り、銃口を僕の方に向けている。

7

一瞬、撃たれるのかと思い、腹筋が収縮した。が、すぐに銃口は僕をそれ、丸山や野木沢、鳥井兄弟といった他の宿泊客にも向けられた。

「どういうことだ？」

丸山が眉をひそめて訊ねた。

「やむをえん。このロッジを俺達の手に渡してもらう。あなた方宿泊客を含めて」

坪田が、一語一語、はっきりと区切るように喋った。大平は、威嚇（いかく）するように銃を動かすだけだ。

「やむをえん、とはどういうことだ。それに貴様ら、何者だ」

鳥井の兄の方が、腰を浮かして叫んだ。

「動くな。あんた、鳥井と名乗っているが、本当はちがう筈だ。あんたには、俺達が何者で、何を目的としているか、わかっているんじゃないか……」

大平が答えた。この男もまた、カントリー・ジャケットの内側に拳銃を隠し持っていたにちがいない。

「何っ」

いわれた男は、瞠目(どうもく)した。

「それから、そこの若いの、あんたもだな」

坪田が僕の方を見ていった。

「何のことですか」

僕はとぼけた。

「ふざけちゃいかん。何者だか知らんが、東京から、ジョー・カセムを追っかけてきている。そうじゃないか？」

僕は黙って、見つめ返した。

「乗っ取るというのかね」

丸山がいった。

「そうだ」

「それで君らは一体、何者だ？　私には何のことか見当もつかん」

丸山が返答している間、僕は他の客を見回した。野木沢は、下を向き、目を裂けんばかりに見開いている。テーブルの上にのった手が、固く拳を作っていた。

ジョー・カセムらしき若者は、唇をきつくかみしめ、自分の連れと、二人の銃を持った男を見比べている。彼は一言も口をきかない。

「見当がつかん方があんたにとってもいい」

「車を壊したのも君らの仕業かね」

「ちがう。おかげでこんな羽目になったわけだ」

丸山と坪田の問答はつづいていた。

堂島はあっけにとられ、滝田昌代が、真っ青になっていた。今まで動じなかった彼女もここにきて、恐怖を感じたようだ。

「あんた達の目的は？」

僕はいった。

「ジョー・カセムだ」

大平が一歩踏み出して、銃を持ち上げると、堂島の横にすわっていたおばさん達が、

「ひえっ」と声をあげてのけぞった。

「殺す気かっ」

カセムらしき若者の連れの男が声をあげた。若者の顔は蒼白だった。

「殺しちゃ何にもならんだろう」

坪田が薄笑いを浮かべた。

「俺達は、お前らがここで、何をするのか見極めた上で、ジョー・カセムの身柄をいただくつもりだった。有名なトレーダーとかの面も、じっくり拝見してな。だが、アクシデントが起きちまった。このままでは、お前ら獲物に逃げられてしまわんとも限らんからな。だから、やむをえんというわけだ」

「貴様達はフリー・ランサーなのか」

「そういうことだ。今は雇い主がいる。その到着をここで待つつもりだったが、そうもいかんようだ」

「だが、彼を拉致してもどこへもいけんぞ、このままじゃ」

「歩いてゆくさ。この若いのがいってたろう」

坪田は言葉を切って、僕を見た。

「名前、何ていうんだ」

「佐久間」

「仕事は何だ」

僕は答えた。坪田は眉をひそめた。

「法律事務所の失踪人調査？　ずいぶん、奇妙な奴がからんでいるもんだな。身分証明書か何か持っているか」

僕は、スラックスのヒップ・ポケットに手をやった。

途端に、銃声が坪田の背後で響いた。

ガタッという音をたてて、カセムの連れの男が床に転がった。左手を抱え、歯をくいしばっている。

「次は頭を撃つからな」

大平が低い声でいい、かがんでもう一挺の銃を床から拾い上げた。小型のオートマチックだった。坪田と大平が手にしているのは、銃身が四インチぐらいのリボルバーだ。警官が持つのと同じくらいの大きさだ。

「そうか、当然、持っているものと考えるべきだったな」

坪田が振り向き、抑えた声音でいった。それから、僕のさし出した身分証をあらためた。

「あんたは持ってないだろうな」

「持っているわけがないよ」

僕は答えた。

「貴様、名前は?」

大平が、銃口で、倒れた男に立つよう指示しながら訊ねた。

「……」

「いった方がいい。こいつは、すぐに撃つんだ」

坪田がいい、男は答えた。

「む、室町(むろまち)だ」

くいしばった歯の間から押し出すようにいう。

「そうか、室町。次の質問にも答えろ。お前と、ジョー・カセムはここで何をしているんだ。一カ月も前からここに泊まっていることはわかっているんだ。俺達も三週間近く、お前らを見張っていたんだからな」

室町がためらい、大平の銃口が室町の頭を狙った。

「答えろ」

「待っていた」

「何を？」

「クーデターだ。ラクールの」

「フン、やはりそういうことか。昨日のニュースで、クーデターが発生したことは俺達もわかっている。ということは、お前は、もうすぐボスと落ち合うわけだな」

室町は小さく頷いた。

「ここにトレーダーがくるというのか、例の？」

大平も訊ね、室町は再び頷いた。

「奴の目的も同じか、え？」

坪田は、室町にいった。

「な、何のことだ」

「決まってるじゃないか。このジョー・カセムを、お前ら誘拐してきたんだろ？　ラクール新政府との取引の切り札にするために」

そういうことだったのか。ジョー・カセムをとりまく者達は皆、ラクール共和国におこりかけていたクーデターの匂いを嗅ぎつけ、彼を人質にして、オイル買い付けの切り札にするつもりだったのだ。それに気づいて、内閣調査室が動いていたのだ。

とすれば、大川晃の目的もまた……。

「佐久間、お前の番だ。誰の依頼で捜していたんだ。ずいぶん、遅まきの登場だったが？」

「いわなきゃ撃つ？」

坪田は頷いた。

「中央開発」

「というより、大川晃だな。奴は、ジョー・カセムの親父と親しい筈だ。それにしちゃ、ずいぶん、若僧をよこしたものだ」

いったん、言葉を切って、坪田は全員にいい渡した。

「皆さん、自分の身分を証明するものをテーブルの上に出して貰おう」

丸山や野木沢が出した財布を、坪田と大平があらためていると階段で足音がした。

アッペが、階段の途中で立ちすくんで、銃を手にした二人を見ていた。右手を口もとにやっている。

「お嬢さん、彼の具合がよくなったら下に連れてきて貰えんかね」

坪田がいい、アッペは首をがくがく頷かせて階段を駆け昇った。それを見送った坪田は大平に目で合図した。

大平は、階段を昇っていった。

僕はこみ上げてくる恐怖を、懸命に抑えていた。背筋が、すうっとのび、全身が冷えこむようだ。

二人は、このロッジの人間を皆殺しにする気かもしれない。誘拐や、ジョー・カセムに関するその他の話を、皆の前で平気で喋りすぎていた。

「ほう、あんた東日通商の人か。本名は野木沢さんとはいわんらしいが、まあそれはいい。だがそうなるとあんたもメンバーの一人だな」

野木沢の名刺を見た坪田がおかしそうな口調でいった。野木沢は目を閉じ、額に汗を浮かべている。彼も、自分の運命に気づいたようだ。震える声で、いった。

「お前達は、よ、傭兵だな。ど、どこだ」

「まあ、そういったところだ。だが、雇い主は誰でもよかろう」

東日通商といえば、大手の商社のひとつだ。

ジョー・カセムは、オイルにからむすべての業者の標的だったのだ。わかっているのは、この二人組が、どうやらトレーダーとは別のグループに属しているということだけだ。

「坪田さん」

僕はいった。

「何だ?」

「あなた、さっき、僕と一緒に、懸命な消火活動をしましたよね、なぜです?」

「事態の悪化を避けたかった。それだけだ。トラブルをでかくして、警察なんかの邪魔をいれたくなかったんでな」

「それはおかしい。火災がひどくなり、このロッジが全焼しても、連絡がつけられない以上、何もあんた達の障害にはならなかった筈じゃないですか」

坪田は、野木沢の名刺から上目遣いで僕を見た。

「頭がいいな。そう、俺が一番気にくわなかったのは、警察じゃない。この爆発をしでかした奴だ。こいつは、事故じゃない。玄人(くろうと)の俺には、すぐにわかった。だから、そいつには、何かの目的があった筈だ。車をパンクさせたことにせよな。だから、火災もそうだがそいつの目論見にはまるわけにはゆかなかったんだ」

「それで一生懸命、消火した？」

「そうだ。火事をひどくして、そいつが何かをしかけるチャンスを作らないようにな」

「この中に、その人間がいると思っているわけですね」

「そうだ。案外、お前かもしれんな」

坪田は答えて、丸山の財布を手に取った。

僕は腕時計に目を落とした。午後一時だ。

台風がくるならば、数時間のうちに、このロッジも暴風雨圏に巻きこまれる。それまでに、彼らは、宿泊客を処分して、ジョー・カセムを連れ、ここから逃げ出す気にちがいない。

「あんたも貿易会社の人間のようだが〝カセム狩り〟のメンバーの一人かね」

皮肉っぽい目つきで、財布を返しながら坪田が丸山に問いを放った。

「私には、何のことだかわからんね」

「まあいいだろう」

階段に足音がして、ジロウを支えたアッペと、後ろについた大平が降りてきた。

「この二人は、本物の学生のようだ」

大平がいうと、坪田が答えた。

「とすりゃ、とんだとばっちりだな。じゃお嬢さんも見せていただこうか」

滝田昌代の前に移動した。

「お前達、プロならどうだ？　幾らのギャラでこの仕事を請け負っている？」

野木沢の声だった。坪田は、丸山に向けたのと、同じまなざしを彼に向けた。

「それがあんたに何の関係があるんだ？」

「倍で、どうだ？」

「買収か？」

「私は東日通商を代表して、ジョー・カセム君とコンタクトを取るためにここにきていたのだ。君らの雇い主がどこだかは知らんが……」

「やめておくんだな」

坪田は落ち着いて答えた。

「俺達のようなプロは、日本では少ない。金で動くそこらのヤクザとはちがうんだ。今、あんたに、いや、あんたの会社に金を貰って寝返れば、次からの仕事がなくなる」

野木沢は肩を落とした。

「ちょっと訊きたいんだ」

僕はいった。

坪田は無言でそれを許した。

「野木沢さんとおっしゃいましたね、それにあんた達、どうやってこのロッジを突きとめたんです？　二組とも、大分前から、鳥井君がここにいたことを知っていたようだけど」

「どうしてそんなことが知りたい」

坪田が、滝田昌代に財布を返していった。

彼女の身もとには疑問を感じなかったようだ。

「鳥井君――即ち、ジョー・カセムは一カ月ほど前に、軽井沢にでかけるといいのこして、失踪している。彼の行方を突きとめるのが、そんなに簡単だったとは、僕には思えないのだけれど」

「いったろ、俺達はプロだ」

大平が、壁によりかかって答えた。

「待て、この若僧は、何か別のことをいいたいらしいぞ」

坪田が、制した。

視線のはしで、室町の面がさっと緊張するのを認めながら、僕はつづけた。

「僕の調査では、ジョー・カセムは自分の意志で軽井沢に向かっている。けれども、一カ月もの間、全く音信不通というのは解せない。つまり、途中で、誘拐された――とすれば、本人が、悠々とこんなロッジに泊まっているのは、おかしくないかな」

坪田が背筋をのばし、目を細めた。

「何がいいたい？」

「だから、どうやってここを突きとめたかを知りたいんですよ」

「調べたんだ」

「どこで？」

「それに答える前に、野木沢さん、あんたに訊いてみよう。あんたは、どこでここを突きとめた？　え？」

坪田は銃口を野木沢に向けた。

「答えられんな、それには」

「そうか、じゃあ、あんたの連れに訊くぞ。東日通商の社長室の彼女に……」

「やめて」

女が身をすくめた。

「待て、彼女は何も知らん」

「じゃあ、答えるんだ」

野木沢の額に、じっとりと脂汗がにじんでいた。

「ラクール大使館だ。あそこに情報源がいた」

「何という名だ」

「ハリド」

坪田が鼻先で笑った。

「フン、あの野郎。あちこちで儲けたようだな」

「あんた達も、その人物から聞いた？」

僕が訊ねると、坪田は頷いた。

「もっとも、もう生きちゃいない。事故に遭って死んじまったよ」

「私も、それは知っている。お前らがやったのか」

野木沢がいった。

「俺達が？　いやちがうな。ハリドのような野郎は、まだ使える。だから、消しゃしない。あいつは、ラクールの秘密警察だったが、金には目がなかった」

「そのハリドの任務は、ジョー・カセムを監視することだった？」

僕の問いに、坪田は頷いた。

「僕は、ラクール大使館を通じて、ジョー・カセムを捜すことはしなかった。別の方法でここを突きとめたんだ」

大川晃が、ラクール大使館に問い合わすことをしなかったのか。あるいは、彼が反政府勢力のカセムの父親と連絡のあるのを知る、他の大使館員が教えようとしなかったのか。いずれにしても、大川晃には、ハリドの情報は流れていなかったことになる。

「御苦労だったな。だが、どうやら俺達は、ガセネタをつかまされていたようだ」

坪田が僕を見つめていった。拳銃を傍らのテーブルの上におき、煙草を取り出す。

「どういうことだ？」

大平が訊いた。

「お前は、見張ってろ。いいか、俺達は、例のトレーダーに一杯、喰わされたんだ。ここにいる小僧は偽者だ。奴は、ハリドを使って、〝カセム狩り〟を始めた連中に、ガセネタを流した。ラクールでクーデターが起きるという情報に、もし、成功した場合、新政府とのコンタクトを取る切り札として、ジョー・カセムの行方を、皆が捜し始めると読んでいた奴は、本物のジョー・カセムを押さえ、偽者を用意しておいたんだ」

「あんた達は、クーデターが成功するまでは、ジョー・カセムには触らないつもりでいた。だから、一カ月もの間、監視していたんだな」

「そういうことさ。ところが、トレーダーの野郎は、とっくにジョー・カセムを別の場所で押さえていたんだ。おい、室町。お前とこの小僧は、エサだな。俺達や、この野木沢をここに釘づけにしておくための」

「俺は知らんぞ」

「とぼけるな。ジョー・カセムなんて小僧は、写真でしか確認しようがないのを知ってて、替え玉を仕立てたんだな」

坪田は拳銃をすくい上げ、煙草を捨てた。

撃鉄を起こして、室町の額に狙いをつける。

「いうんだ。本物のジョー・カセムはどこにいる?」

「俺は知らん、本当に」

「じゃあ、死ぬか」

坪田の目が、すうっと細まった。

銃声が轟き、坪田の目が広がった。ゆっくりと、テーブルの上にのけぞる。僕は、彼のジャンパーの背に、血の染みが広がってゆくのを、信じられぬ思いで見つめていた。

射たれたのは坪田の方だった。

大平は、素早く反応していた。彼は壁ぎわから飛びすさり、階段に向けて二発、拳銃を発射した。

「危ないっ」

銃声とあいまって、誰かが叫び、僕は頭から、床に突っこんだ。

タンタンタンという、連続した発射音が階段の方角から響き、誰かの体が、転げ落ちる、ドサッという音がつづいた。

僕はそのまま、身をふせていた。やがて、

「全員、起きてもいいぞ」

という声を聞き、顔を上げた。

自動小銃を手にした男を従えて、ライフルを持った大男が踊り場に立っていた。ツナギのような戦闘服を着ている。彼の足もとに、大平が倒れていた。

8

「遅かったじゃないかっ」

最初に声をあげたのは、野木沢だった。床から起き上がり、階段の上に立っていった。

「道路がうまっちまっていたもんだからね。時間がかかったんだ。約束通り、ぎりぎりまで様子を見るということだったし」

ライフルを肩から外した戦闘服の男は、階段を昇りながら答えた。

この男達も、プロだ、東日通商が雇った——。

カセムを追う者は、皆、私設の戦闘部隊を、長野に送りこんできている。

「どけえっ」

いきなり、戦闘服の男が野木沢の体を突き飛ばして叫んだ。

「な、何っ」

テーブルの上に倒れていた筈の坪田が、寝返りをうち、拳銃をたてつづけに発射した。

室町と、その連れの若者が、次々に床に吹き飛ばされる。

つづいて、銃口を野木沢の方に向けかけたとき、戦闘服の男がライフルを発射した。テーブルの上から空中に飛ばされた坪田の額に、血しぶきを放つ穴が開いていた。床に落ちた坪田の体が、海老のようにのけぞり、動きを止めた。

僕は、坪田の前に跪いた。

背後で嘔吐の声がした。

おばさん連中とアッペだった。堂島は、目を固くつぶっている。

ジロウは、呆然として、室町と若者の方を見ていた。丸山は、パイプを手にしたまま、動きを止めている。

「何てことだっ」

野木沢が呻くようにいった。

「全員動くな。動くとこいつと同じ目に遭う」

戦闘服の男は警告して、坪田の死体に歩み寄り、拳銃を拾い上げた。

がっしりとした、日本人離れをした体格をしている。顎に、濃い無精ヒゲがのびていて、口もとに白っぽい傷跡があった。よく見ると、体格だけでなく、顔つきも日本人とはちがっている。色が浅黒く、唇が厚い。黒人の血が混じっているようだ。年齢は、四十そこそこだろう。

自動小銃を手にした男が、室町のわきにかがみこんで脈をとった。

立ち上がると、首を振った。赤い髪をした白人の男だった。この男も二メートル近い大男で、年も同じくらいだ。彼が英語で、

「死んでいる」

といった。

ライフルの男が、英語で悪態をついた。ブーツの先で、坪田の頭を上に向け、いった。

「こいつは知ってる。昔、自衛隊にいた野郎だ。クラスとしちゃあ、悪くない。雇い主は誰だか知らんが、一流どころだろう」

「二流は、お前達だっ」

野木沢が、床に膝をついて怒鳴った。突き飛ばされたおかげで、テーブルの下に飛びこまされていたのだ。

「二人の口をふさがれてしまったじゃないか。本物のジョー・カセムが、どこにいるのか、これじゃ訊き出せん」

「こっちは生きてるわ」

野木沢の連れの女が叫んだ。若者の横にかがんでいる。

「あんた、看護婦だったな」

野木沢が振り返ると、滝田昌代が走り寄った。僕もそれにつづいた。

室町の方は、一目で死んでいるとわかった。目を見開いていたし、ワイシャツの左胸

が真っ赤だった。

若者は、右の胸を撃たれていた。やはり、大量に出血していたが、浅い息をしていた。目を閉じたり、開いたりしている。

滝田昌代が手首を握り、脈を取った。僕はその傍らに跪き、いった。

「森伸二君だねっ」

焦点を失っていた目が、僕の方を向いた。

「森伸二君だねっ、君を捜していたんだ」

色のまったくない唇が、わなないた。首がかすかに動き、肯定する。

「どくんだ」

野木沢の声がして、誰かの手が、僕の肩をつかんだ。僕は、それを振り払ってつづけた。

「僕は『ナイト』の姉妹に頼まれたんだ。ひろ子さんと、久美ちゃんだ」

唇が、何かをつぶやいた。『ナイト』といったようだ。

「本物のジョー・カセムはどこにいる?」

野木沢の声が、頭上から降ってきた。

森伸二の視線がうつろった。

「君は藤井に頼まれて、偽者のカセムをここで演じたんだね」

森伸二は、わずかに頷いた。そして、

「い、痛い」

とつぶやいた。

「大丈夫だ。もうすぐ医者がくる」

僕は嘘をついた。つきたくはなかったが、滝田昌代の顔に浮かんでいる、絶望の表情を見て、いわざるをえなかった。

「本物は——本物はどこだ」

再び声が降ってきた。

「知らない」

「嘘をつくな、いうんだっ」

野木沢が、森伸二の襟をつかんだ。その顔が苦痛にゆがんだ。

「やめろっ、彼は何も知らないんだ」

僕はその手を、振りほどいた。

「本当に、知ら、ない、室町、さんが……」

森伸二がつぶやいた。一語一語、喋るたびに出血がひどくなるようだ。

「これ以上、喋らせちゃ駄目です」

滝田昌代が低く、切迫した口調でいった。

「喋らせるんだ。どうせ、助からない」

野木沢がはっきりといった。森伸二の耳にもそれが届いたようだ。目が広がった。

「何てことを……」

野木沢の連れの女が絶句した。

「金井君、これはとても重要な」

野木沢がいいかけたが、僕は最後までいわせなかった。振り返ると、思いきり、その顔を殴った。

次の一撃を加えるチャンスはなかった。床に倒れた野木沢を狙ったとき、ライフルの台尻が、右肩の付け根に振りおろされたのだ。

僕は床に転がった。右腕が痺れて、動かせない。数歩退って、戦闘服の男がライフルを構えた。

「おかしな真似はやめろ」

僕は銃口をのぞきこんだ。A・R社が開発しコルト社が生産した、米軍の制式ライフルだ。

野木沢が、裂けた唇に手を当てて立ち上がった。僕には目もくれず、滝田昌代を押しのけるようにして、森伸二のわきに跪いた。

「いいか、本物は――おい、おい」

野木沢は滝田昌代を振り返った。

「意識を失ったわ。もう、二度と戻らないでしょう」

すべての感情を押し殺したような目で、野木沢を見返して彼女はいった。両手についた血を、淡々とハンカチでぬぐっている。ハンカチをちらりと見おろし、再び野木沢を見た。

野木沢は、彼女から目をそらした。

「大丈夫かね」

丸山が僕の左腕を引いて、起こしてくれた。

「無茶なことをする」

僕は、土色に変わってしまっている森伸二の顔を見やった。猛烈な怒りが、腹の底からこみ上げてきた。

「あんた達は、何人殺せば気がすむんだ。たかが石油なんかのために、殺し合いをしやがって――」

「おい」

混血の大男が警告するように、一歩踏み出した。

「よせ」

野木沢が止め、手近の椅子にどっかりと腰をおろした。

疲れたように、片手を裂けた唇に当てて、息を吐いた。

丸山に勧められて、僕も腰をおろした。煙草を取り出そうとしたが、右腕が思うように動かせない。それを察したのか、代わりに丸山が取り出し、くわえさせてくれた。

「どうなることかと思ったが、状況は変わらんようだね」

ライターの炎をさし出し、周囲を見回して彼はいった。

戦闘服を着た、二人の大男は、銃を掲げて我々を監視している。

「もっと悪化したんじゃないですか」

僕は左手で、唇から煙草を離していった。

「その通りだ」

野木沢が、床から目を上げていった。

「本物のジョー・カセムの居所がわからなくなってしまった。あんたが教えなきゃ、この若者を、てっきりそうだと思いこむところだったんだ」

「どうする」

黒人の血が混じっているらしいライフルを抱えた男が、銃把を床におろしていった。

両切りの煙草を胸ポケットから出してくわえ、ジッポで火をつける。

「それを今、考えているんだ」

野木沢が答えると、赤髪の白人が英語で問いかけた。ライフルの男が英語で短く答えると、白人は自動小銃を構え直し、入口わきの壁によりかかった。

「一体、何なんです？　これは……」

堂島が低い声で、誰にともなく訊ねた。

「何でもいい、死にたくなければ黙っていることだ」

ライフルの男が答えた。煙をうまそうに吐き出す。死んだ大平や坪田に比べると、この男達は、まるで現役兵士のようだ。事実、どこかの軍隊にいるのかもしれない。坪田や大平は、日本人だということで、どこかそう思いきれないところがあったが、この男達はちがう。

それを証明しているのが、あっさり殺された二人の死体だ。坪田が室町と森伸二を射ったのは、最後までプロに徹しようとしたためなのに。

五人死んだわけだ。

「ボイラーに爆弾をしかけたのもあんた達の仕業か」

僕は訊いた。

黒人の血が混じった大男は、煙草をブーツの先で踏み消すと、眉をひそめた。

「爆弾、何のことだ？　ああ下に開いてるどでかい穴のことか」

「あんた達は、あそこから忍びこんだのだろう」

「そうだよ、坊や。俺達は、今日まで待機してたんだ。この野木沢さんから連絡を待ってな」

「電話が切れたんだ。台風のせいでな」

考えこんでいた野木沢が、不機嫌そうにいった。

「あんたの考えが甘かったんだよ、野木沢さん。この二人組を雇ったのが、どこかは知らないが、そこもしかるべき手は打ってたってわけだ。おたくの会社が俺達を雇うことに決めたとき、あんたは、そこまでする必要はないといったらしいが、そいつは考えちがいだったたってわけだ」

「もういい、黙っててくれ、中尉」

野木沢が疲れたように額に手を当てて答えた。いかにやり手の商社マンでも、目の前の殺し合いには、少し参っているようだ。瀕死の森伸二から、あれほど冷酷に、本物の居場所を訊き出そうとしたのに、だ。

「中尉? 君は軍隊にいたのか?」

丸山が、弄んでいたパイプから視線を上げていった。

大男は、じっと丸山を見つめ返した。やがていった。

「ああ。ベトナムの泥の中を這いずり回っていたんだ」

そして一歩踏み出した。背後のジロウとアッペが、はっと身を固くするのがわかった。

だが、彼がしたのは、足もとの坪田の死体の両目を閉じさせてやることだった。

　それをすますと、元の位置に戻って、ライフルを構え直した。

「おい、野木沢さん、このままだと本格的に台風がやってくるぜ。どうするんだ、え？」

「わかった。死体を片付けよう」

「何だと？」

　中尉と呼ばれた男は訊き返した。

「死体を片付けるんだ。このまま連絡がつかなければ、この偽者達の後ろにいる奴が、必ず様子を見にくる筈だ。死んだ室町という男もここで落ち合うといっていた。そいつをつかまえて、本物の居所を吐かせればいい」

「あんた、正気か？　それまでに他の奴がきたらどうする気だ」

「支配人に何とかごまかしてもらうほかはないな。いいか、室町とかいうこの死んだ男は拳銃を持ってた。偽者を連れて、ここにいたからには、囮になる覚悟だったのだろう」

　僕の方を振り向いて、つづけた。

「君は確か、本物のジョー・カセムも軽井沢に向かったといったな」

「そう」

「じゃあ、遠くないところにいる筈だ」

そして急に目を細めた。

「君の雇い主は、中央開発だったな。中央開発の大川は、カセムの親父を通じて、もう交渉を始めているのか、どうだ？」

「知らない。僕はただ、ジョー・カセムを捜すことだけを依頼されたんだ」

「なるほど。だが、奴も、ジョー・カセムの居所がつかめんうちは、親父の方に連絡を取らんだろう」

「どうするんだ、片付けるのか？」

〝中尉〟がいらだったようにいった。

「俺は証人を全部、始末する方がいいと思うがね」

「待て、今のこの状態が、本物を押さえている例のトレーダーに筒抜けになっていれば……誰かここを監視していたような人間はいたか？」

息が詰まるような一瞬だった。

「いや、いなかったようだ」

〝中尉〟が答えた。

「じゃ、今しばらくはまずい。どうせ、明日の夜明けまでは、誰もやってこれまい。もしくる者がいれば、そいつこそが、この偽者の背後にいた奴だ。そいつを押さえてから、証人は……」

つづく言葉を彼は飲みこんだ。

「わかったよ、じゃ、死体を片付けよう、ピート……」

白人を呼び、英語で話しかけた。

「下の倉庫にでもいれて、隠しておけ」

野木沢がいうと〝中尉〟が頷いてそれを通訳した。ピートは、自動小銃を〝中尉〟に放り、まったくの無表情で、坪田の死体を担ぎ上げた。

背後で、再び嘔吐の声がした。誰かが、また吐き気をもよおしたのだろう。無理もない。僕自身は、すでに麻痺していた。

頭上の灯りが瞬いて、暗くなった。

「発電機に燃料を補給しないと……」

堂島が小さな声でつぶやいた。

「よし、俺が一緒にいく」

〝中尉〟は、戻ってきたピートに居残るよういい渡して、堂島を促した。

二人が階下に消えると、アッペが泣き声でジロウに話しかけた。

「私達、どうなっちゃうの」

答えは返らなかった。ジロウも自分達を突然襲った運命に呆然としているのだ。

僕は滝田昌代を見た。彼女は、風雨の吹きこむ、破れた窓ごしに、暗い空を眺めていた。不思議に、落ち着いている。

麻痺が失せると、右肩がひどく痛み始めた。明日になれば、腕を持ち上げることすら難しくなるな——そう思って気づいた。

明日までに、何かが起こらなければ、僕にとって腕が上がらないことなど大した問題ではなくなっている。

生きてはいないのだから。

9

「台風十九号は、今日午前十時二十分ごろ、和歌山県の白浜付近に上陸しました。そのままスピードを上げ、予想された通り、本州縦断の最悪コースを取り、昼すぎから中部、関東地方を暴風雨圏に巻きこんでいます。東京地方では、朝方小休止した風雨が昼前から、激しい吹き降りになり、午後一時に、最大瞬間風速三十九・四メートルを記録しました。

気象庁の観測によりますと、台風十九号が長野県に最も近づくのは夕方で、夜半まで強い風雨がつづくとのことです。尚、台風十九号は、午後一時現在、中心付近の気圧は九百六十ミリバール、中心付近の最大風速は四十メートル、中心から三百キロ以内では風速二十五メートル以上の暴風雨が吹き荒れるという、強い勢力を保っております。関東、中部各県では、出水や山崩れの警戒を怠らぬよう、強く呼びかけております。このあとの台風情報に、御注意下さい」

木製の窓枠にはまった窓ガラスがカタカタと、小きざみに音をたてている。

二階の客室の二部屋に、我々は監禁されていた。僕と同じ部屋にいるのは、堂島と三人のホテル従業員のおばさんだ。滝田昌代と丸山、それにジロウとアッペの四人は向かいの部屋にいれられている。

堂島が、すわっていたツインのベッドの片方からのろのろと立ち上がり、トランジスタ・ラジオのスイッチを切った。

目の下にどす黒い隈が浮かんでいる。

おばさん連中は、いずれも五十代で、脅えきっているのか、言葉を口にする人はいない。

夕方になれば、食事の用意をさせると、野木沢はいっていた。

廊下には、自動小銃を持ったピートが立ち、部屋の外にでた者は即座に射殺する、と〝中尉〟は、我々に警告を与えていた。

野木沢と、金井という女、それに〝中尉〟は室町と森伸二の部屋を捜索している。それにしても、野木沢と、彼の商社にとって、ジョー・カセムの身柄を押さえることが、これほどの違法行為と危険を犯すだけの価値のある結果を生むのだろうか。

ラクール共和国で起きたクーデターが、その価値を決定するならば、それは一体、どれほどの利権を〝カセム狩り〟の勝利者にもたらすのだろう。おそらく、途方もない巨額の利益が勝利者にはころがりこむにちがいない。

トレーダー以外の組織の人間にとっては、ジョー・カセムを〝救ってやった〟という貸しが、新生ラクールの首脳に対してできるのだ。

ラクールの油田から産出するオイルは、すべて勝利者の組織を通じて、金に換えられてゆくにちがいない。

とするならば、幾つかの人命を犠牲にしても、それに見合うということなのか。

何としても、殺されるものか。生きのびてやる、きっと。

「佐久間様……」

堂島の声に僕は面を上げた。

「これはどういうことなのですか？　一体、なぜこんなことが起きたのでしょうか」

堂島の低い声は、かすかに震えを帯びていた。

「ジョー・カセムという、ラクール共和国からやってきた留学生を巡って起きている事件なんですよ。ラクールは産油国だし、今やクーデターが起こり、新政権が誕生しようとしている。その新政権の有力者の息子が、ジョー・カセムなんです」

「それが、どうして当ロッジと……」

「あの、殺されてしまった鳥井兄弟と名乗った二人組がここにやってきたのは、いつごろですか」

「さあ、宿泊カードが皆、燃えてしまったので、はっきりとは申せませんが、お兄さん——室町さんとおっしゃった、あの方は、あとからいらしたのです。それが、四週間ほど前ですが」

「すると、あの若者の方が先に？」

「いらっしゃる二日ほど前に、別の方々と」

「どんな人物と？」

「外国人の方と、もう一人別の日本人の方のお二人と御一緒に」

「外国人？」

「はい。銀髪で、サングラスをかけられた、大層、恰幅のよろしい方でした。お年は結構お召しだったと思います」

「三人とも、今駐車場に止まっている外車で？」

「いえ、そのときは、お三方とも、別の車でいらっしゃいました。多分、ベンツだったと思います」

「じゃあ、あのロータスは？」

「室町とおっしゃられた方がお一人で運転していらっしゃいました。室町様といれ代わりに、おふた方はお帰りになりました」

替え玉作戦の確実を期すために、本物のジョー・カセムの愛車をここまで運んできたのだ。これで、中軽井沢のガソリン・スタンドで訊きこんだ話の辻褄が合う。

最初に森伸二とこのロッジに現れた外国人こそ、例のトレーダーにちがいない。すべての黒幕で、この一連の事件の演出者だ。おそらく、彼は〝カセム狩り〟に参加する他の企業が次々と尖兵をこの大武山ロッジに送りこむことを予想していたのだろう。

「じゃあ、野木沢や坪田がここにきたのはいつごろです？」

「それから一週間ぐらいのうちでしょうか。あい次いでいらっしゃいました」

ラクール大使館のハリドという男を通じて、トレーダーがまき散らしたエサに喰いついたのだ。

ハリドは事故で死んだ、と坪田はいっていた。おそらく作戦の完璧を期すために、トレーダーの組織が消したのだ。藤井、ユリ、そして、藤井を殺した強盗犯も同じ理由で消されたにちがいない。

何とかして、ここを脱出するのだ。今は、そうして、内閣調査室の梶本に連絡を取るしかない。

僕は部屋の中を見回した。何でもいい、何か——。

「堂島さん、この部屋は?」

「二階には客室が全部で八室ございます。隣合った部屋は、二階も三階も交互に、シングルとツインで、こちら側の部屋で、使われていないのは、ここだけです」

「すると右隣——つまり食堂よりの部屋は」

「丸山様で、反対側が滝田様です。そして、丸山様のお部屋の向こうが……」

野木沢とその連れの部屋ということだ。

僕は、南側——廊下とは反対側の窓に歩み寄った。

爆発の直前、食堂で堂島がいった通り、山肌の斜面が、つい手の届くところまで接近している。この窓からなら外にでられる。

爆弾をしかけた人物が二階の宿泊客で、しかも野木沢でないとするなら、可能性の残るのは二人しかいない。

丸山か、滝田昌代だ。

爆発の後で、丸山は、僕に何か告げることがあると、いってきた。それが何であったのか、今は知る機会がない。

不意にドアが押し開けられた。

小声で何か喋り始めていたおばさん連中が口をつぐんだ。

〝中尉〟だった。

「マネージャー、きてもらおうか。少し訊きたいことがあるんだ」

堂島の喉が、動いた。だが、何もいわずに彼は戸口に歩み寄った。

おそらく野木沢が、森伸二と室町がこのロッジに宿泊した過程を訊き出そうというのだろう。

扉が閉まり、足音が廊下を遠ざかった。ぐずぐずしてはいられない。堂島は訊問で、この二階の窓から出入りできるという事実を喋るかもしれない。

野木沢にしたところで、爆弾をしかけ、車のタイヤをパンクさせたのが何者か、知りたいにちがいない。

僕は窓に歩み寄った。

古びた落とし錠を外す。

「どうするんですか、あなた……」

おばさん連中のうちで、最も年かさの人がいった。青いワンピースの制服に、エプロンをかけている。

「助けを呼ぶんです」

「見つかれば、殺されてしまいますよ」

「でもチャンスは今しかないんです」

僕はいい捨てて、窓を押し開いた。かすかにきしみながら窓は外に向かって広がった。

開けた瞬間、雨と風がどっと部屋に降りこみ、ドアが気圧の変化でガタリと鳴った。

廊下の見張りが気づくか。

一瞬、息がとまった。

何も起こらぬうちに、僕は右足を、窓枠にかけた。右手は、全くといっていいくらい使いものにならない。力が入らないのだ。ひょっとすると、骨にヒビが入ったのかもしれない。

もし、チャンスがあれば、〝中尉〟には、きっとこのお礼をしてやる。

僕は腕時計を見た。

午後三時四十分。空は真っ黒で、凄まじい風が頬に、首筋に、雨を叩きつける。

暴風雨は、間もなくピークを迎える。僕にとっては、今や唯一の好条件だ。

追跡されても、発見される可能性がわずかでも低くなる。

肩から落ちるように、斜面に飛び降りた。

頭が部屋の外にでた途端、耳朶をかすめる風の唸りで、台風の力が思った以上に激しいのを知った。

そして、僕が着地したのは、見てくれとはまったく逆で、グズグズになった地面だった。

立てようとした脚が、地面にのめり、痛む方の肩を下に倒れる羽目になった。

口中にこみ上がる呻きを抑えて、もう一度立ち上がった。

風上に向けては目を開けていられないほど、猛烈な横殴りの雨だ。

顔と髪が濡れそぼってしまうと、ようやく息がつけるようになった。僕はあたりを見回した。

両側に窓がつづいている。

大急ぎでこの場を離れなければならないのはわかっていたが、その前にどうしても知りたいことがあった。

両隣の部屋の窓の下に、這って進み、それぞれの地面を調べた。

そこに、まぎれもない証拠がある。

降りつづく雨で、水分をたっぷり含んだ斜面は、人間一人の体重を、くっきりとくぼみに残していた。

僕は、その部屋の窓をのぞいた。誰が泊まっていた部屋かは、わかっている。

今は無人の、その部屋の主は監禁されているのだ。

昨夜、この窓からこっそりと抜け出し、駐車場におかれたすべての車のタイヤをパンクさせ、ボイラーに爆弾をしかけた人物だ。

その人物にとって、坪田や、〝中尉〟の乗っ取りは、予想しえぬ出来事だったにちがいない。

彼の目標は、僕の生命なのだから。

どうやって知ったのか、先回りしてこのロッジに現れ、僕のやってくるのを待ち受けていたのだ。

何という卑劣な男、何という非情な人物なのだ。あそこまで落ち着き、おためごかしの同情の言葉までかけておきながら、その実、しかけた爆弾で一人の人間の命を奪った男。

足跡がついていたのは、丸山の部屋の窓の下だった。

よく見ると、足跡は、僕らが監禁されていた部屋の窓の下も通り、斜面が固い平地に接するところまでつづいていた。

絶対に許すものか、どんなことをしても裁きを受けさせてやる。

僕は、ロッジの壁に背をもたせかけて、二階を仰いだ。

食堂かカフェテラスで堂島への訊問が行なわれているとしたら、駐車場を横切って道路に走りこむまでの過程が、最も危険だった。

道路に走りこめば、約五十メートルで、急カーブであり、そこから先は林の陰になって、二階の窓からは見えない。

そこまで、見つからずに走り抜けるか？

もし発見されれば、〝中尉〟は躊躇なくライフルを発射するにちがいない。

それから僕は、駐車場の方向を、うかがった。こうして建物に背を向けて、へばりついていても、ピートが南側の窓をのぞけば、僕の姿は丸見えだ。蜂の巣にされる。

今こそ、早朝ランニングの効果を試す、絶好の機会じゃないか。

僕は決して愉快じゃない気持で考えた。爆弾に脅えて通報した朝が、遠い日のことのように思える。そして、今、背中に飛んでくるかもしれぬ鉛玉に脅えて走る。

〝中尉〟とピートが、どういう移動手段を用いたかは知らないが、新しい車は止まっていなかった。乗り物は、おそらく、他の宿泊客に気づかれぬよう、ロッジからは見えぬ位置に、隠してあるのだろう。無論、ランド・クルーザーにちがいない。

顔をぬぐおうと右手を不意に動かしたため、とんでもない激痛が右肩に走った。左手で、顎から滴(したた)り落ちる雨をぬぐった。

沢辺の奴、今の僕がツっぱっていないとは、口を引き裂いても、いわせない。

もう一度、駐車場とロッジの正面をうかがった。すぐ目の前には、穴の開いた壁とピートが死体を隠した小屋がある。ボイラーがかつてあった場所を走り抜けていくのが最短距離のようだ。

散らばっているパイプの破片に足をひっかけて転倒、などというぶざまな羽目にだけは、おちいりたくない。

大きく息を吸いこんで、大股で歩き出した。スタートの合図が振られるわけじゃないのに、僕は何かを待っているような気分だった。

そして、ロッジの真正面にまででたとき、走り出した。全力で走った。

道路を目ざして、向きを変えた途端、雨と風が僕を真正面から迎えた。両眼を、何十メートルも先に向けるのは不可能だ。足もとの、ほんの数メートル先を見つめながら走った。

叫び声が、銃声が恐ろしかった。だが、何も聞こえない。たとえ、それらがあったとしても、聞こえなかったろう。

風が、凄まじい唸りを両耳でたてている。

砂利の地面ではなく、固くて平らなアスファルトを踏んだとき、右足のふくらはぎに何かがぶつかった。

立ち止まり、振り返ることはできない。砂利がはねたのだ——そんな考えが頭に浮かんだ。

僕がはねたのか。

道路で何かが弾けた。それは、ほんの目前で、パシッと鋭い音をたてた。

次の瞬間、僕はロッジからの安全地帯に走りこんでいた。そのまま、走りつづけた。

狙撃されている。まちがいない。砂利をはねたのは銃弾だ。

下り坂になっている山道を、必死に走り降りた。

ふたつ目のカーブを体を倒すようにして曲がったとき、雨に煙っている視界に白いものが浮かんだ。

走り寄って、それが何であるかわかった。

無人のランド・クルーザーだった。道路の左端に、〝中尉〟達が乗り捨てたのだ。

運転席のドアを引いた。ロックはされていない。ドアを開け、イグニッション・キイを捜す。

絶望と恐怖が呻きとあって、喉もとまでこみ上げた。キイは刺さっていない。

テレビや映画のように回線をつなぐことができれば……。

そのとき、自動小銃の銃声が響き、ランド・クルーザーのサイド・ウィンドウが砕けた。

ピートだ。

ひとつ目のカーブのガードレールから身を乗り出すようにして、自動小銃の銃口を、僕の方に向けていた。

目測で、ピートと僕の間隔は約二十メートル。彼が腰だめにしていた自動小銃を構え直すのを見届けず、僕は、ランド・クルーザーのわきのガードレールを飛び越えた。

急角度の、白樺や、ダケカンバのはえた斜面を、転げ、起きては駆け降りる。

すぐに銃弾が飛ばなかったのは、自分達の車を傷つけたくなかったからだろう。

斜面の切れ目は、およそ二メートルほどの高さの直角のコンクリート壁で、下がまた道路。

僕はカーブひとつ分を、まっすぐに降りたのだ。躊躇なく、道路に飛び降りた。反射的に、膝を曲げ、バネを利かした。

脚をクジいたら最後だ——そんな思いが頭をよぎった。

再び道路を横切り、低いハードルを飛び越すように、ガードレールを越え、斜面を駆けおりる。

樹木が盾となってくれるのを必死で祈っていた。

銃声が再び耳をつき、ガードレールに当たるカーンという音が聞こえた。ピートは、まっすぐに僕の後を追ってきているのだ。

木々の間を縫い、斜面を下り、道路に飛び降りる。そして、道路を渡り、ガードレールを飛び越し、再び、斜面へ。

幾つそうして山肌を垂直に下ったかは、わからない。

斜面を下っているときは、まだ安心だった。背中を林が守ってくれる。

道路にでたときが恐ろしい。完全に、標的として孤立しているのだ。

だが、自動小銃という命中率の低いピートの武器の欠点と、射手の足もとの不安定さが僕に幸いした。

しかし、それも終わりにきた。六つ目か、七つ目のガードレールを飛び越えたとき、僕は安全地帯である筈の、林のある斜面がそこにないのを知った。

丈の低い木々のはえた斜面が、およそ、二メートルほどつづき、そこから絶壁になっていた。コンクリートの垂直な壁面が道路につづいている。高さは、十メートル近くある。飛び降りることはできない。まちがいなく骨折するか、クジいてしまう。

僕は一瞬の判断で、幅の狭い斜面を、道路に沿って走った。身を低くして、走る。

今では、上の斜面を駆け降りてくるピートの目には、横に移動する射的場の標的のような立場におかれている。

斜面は、沼のように水気を含み、足を奪った。それでも僕は何とか、そのカーブを駆け抜けた。ガードレールを越え、道路に戻る。視野が狭まるような恐怖を感じながら。

次の斜面は——道路からガードレールを見たとき、そこが終点なのを知った。そこには、斜面なんてなかった。完全に、きりたった崖になっている。

目前の道路で弾丸が跳ね、僕は体を地面に投げ出した、投げ出しながら、首だけをねじまげると、カーブの弧の先端から身を乗り出し、ガードレールに片足をのせたピートが、僕に照準をすえていた。

死ぬ——そう思ったとき、ピートの背後で、コンクリートの壁がもり上がった。

それは土砂降りの雨と強風の中で見る、幻覚のような光景だった。垂直に立っている筈の壁面——崖がゆっくりと倒れかかってくると同時に、堰を切ったように、信じられぬほどの質量感を持った濁流の柱がコンクリートの壁面の割れ目から噴出するのだ。

僕の目が最後にとらえたのは、ピートの背に襲いかかる、土砂と水流だった。次の瞬間、それらが、ガードレールも道路も、そしてピートも飲みこみ、茶色の奔流となって、すべてを押し流す。

僕の視界も、それらに閉ざされ、僕は巨大な力が僕自身の体を地から持ち上げ、動かすのを感じただけだった。

小さいころ、両親に夏の海水浴に連れていかれたときのことを思い出した。浜辺に、もり上がって打ち寄せる波が、軽い子供の体を巻きこみ、ほんろうする。

水面下を波の動きに合わせて、転がされた——僕の体は、回転しながら道路の上を押し流されていく。息を止めていても鼻孔や耳に、容赦なく泥水が流入してくるのがわかった。目など、とても開けてはいられない。重いものが全身にのしかかっているようで、指一本動かせないのだ。

流れはやがて緩慢になり、止まった。しばらくは、僕は体を動かすことができなかった。闇の中に、閉じこめられていた。

　そのうち、首筋を伝って、チョロチョロと水が流れているのに気づいた。

　水が流れているということは、僕の体は地中にうまってはいないのだ。僕は息を詰めたまま、体を起こそうとした。

　全身に、粘りつくような重みを感じる。自分の体が、今、地表に対して、あお向けなのかうつぶせになっているのかすら、わからない。

　脚が、拘束から解かれた。僕は次に左手を動かした。首をもたげると、強い雨が顔を打った。しかし、その瞬間ほど、雨に恵みを感じたことはなかった。

　立ち上がり、咳こんだ。口をぬぐいながら、あたりを見回した。

　カーブひとつ分の段差が山道から消えている。

　道路も、ガードレールも、新しくできた斜面にうずもれていた。

　雨の中に立ちつくして、呆然と僕はそれを見つめた。

　保護壁の役目を果たしていたコンクリートのかけらや、土と水の重さに折られ、つぶされた木の枝が、ところどころに突き出している。

　再び僕は、膝まで地面にうまっていた。新しい濁流が、上方からどんどん流れてくるのだ。

　降りつづく雨でゆるんだ地盤に叩きつけた豪雨が、人間の体重を支えきれなくなった山肌に、地崩れを呼んだのだ。そして、それが僕の命を救った。

ピートの姿はどこにも見えなかった。

高さ十メートルに及ぶ崖が崩れたとき、ピートはその真下になってしまったのだ。

僕は瞬きした。

顔面の泥を洗い落とす、雨とはちがう、何か別の熱いものが、目から溢れていた。

しばらく僕はそうして、動かなかった。やがて、ぬかるみから脚を抜くと、ゆっくりと歩き出した。

涙が止まるまで、かなりの距離を僕は歩いて降りた。

そして、あるひとつのカーブを越えたとき、山道を登ってくる、二台のランド・クルーザーが、目に飛びこんできた。

それらは、僕の姿に気づくと、次々に停車した。上向きのヘッド・ライトとフォグランプの光芒の中で、泥まみれの僕は、まるで地底人間のように運転者の目に、映ったろう。

二台のランド・クルーザーから四人の人間が飛び降りた。

トレンチ・コートの襟を立てて、傘もささずに、僕に駆け寄ってくる先頭の男に気づいたとき、自分の有様と彼との取り合わせに、僕は思わず、笑い出していた。

先頭に立っていたのは、梶本だった。

なかなか笑いやむことはできなかった。なぜだか知らないが、腹の中から何かが突き上げ、意志とは関わりなくつづくのだ。涙も流していたにちがいない。

そんな僕を、傍らに立った梶本は真剣に見つめていた。

きちんととかしていた髪が豪雨に濡れ、へばりつき、髪先から水が滴り落ちている。

やがて彼は、僕の腕をつかみ、ランド・クルーザーへと誘った。

「シートが汚れますよ」

僕の放った第一声がそれだった。

梶本は、東京で見せたのと変わらぬ、クールな微笑でそれに答えた。

「構わん、かけなさい。それから衣服を脱いで、この毛布を巻きつけるんだ」

車の中は、張りつめていた全身の力が抜けるほど暖かかった。

「いったん、ふもとに戻せ」

驚いたように振り返って後部座席を見ているジャンパー姿の運転手に、彼は命じた。

「待った、待って下さい」

僕がいうと、梶本は黙って僕をのぞきこんだ。

次の瞬間僕は咳の発作に襲われて、言葉をつげなくなった。暖気に包まれた途端、知らぬうちに飲みこんでいた泥水を、喉の奥に感じたのだ。

息を再びつけるようになると、梶本がさし出した毛布を、僕は、濡れた衣服の上に巻きつけた。

次に梶本は、〝峰〟をコートのポケットから取り出し、自分で火をつけて、僕の唇にくわえさせてくれた。

「ありがとう」

暖気で乾いた泥がへばりついた指で、僕は煙草を唇から離した。

「ロッジには、十一人の人間がいます。ただし、それとは別に五人の遺体もある」

「何ですと？」

ハンカチで顔をぬぐっていた梶本は、その端整な顔立ちをひそめた。

「爆発が一回と、撃ち合いがあったんです」

僕は言葉を切って、梶本を見つめた。

「どうして、ここへ？」

「電話が不通になったからです」

「それだけで？」

「ロッジに異常事態が発生したと、信ずるに足る情報があるのです」

「どういうことですか」

僕が見つめると、梶本は目をそらした。

「それより先に、お話をうかがいましょう」

「いいでしょう。御想像の通り、ロッジが乗っ取られたんです。その前に、しかけられた爆弾で、ロッジの従業員が一人死にましたがね」

僕は手短に、ロッジで起こった出来事を説明した。その間、ランド・クルーザーは、アイドリングしたまま、その場にとどまっていた。

雨は容赦なく降りつづいている。

「梶本さん」

僕は説明を終えると、訊ねた。

「あなたは、ジョー・カセムを追っている連中が、長野に尖兵を送りこんでくることを知っていたんですか」

「予想はしていました」

梶本はゆっくり頷いた。

「その坪田と大平のコンビのことは知りませんが、東日通商が米軍崩れの戦闘屋を雇いいれたことは知っていました」

「なぜ、事前に手を打たなかったのですか」

「佐久間さん……」

梶本の表情が一瞬、苦しげなものに変わった。が、すぐにもとに戻った。

「ジョー・カセムの居所を探り出し、安全な状態で保護したかったのです」

「梶本さん、これ以上犠牲者を増やしたくなければ、急いで手を打って下さい。ピートが戻ってこないのに不安を持った〝中尉〟は生き証人の人々の口をふさごうとするかもしれない」

「わかっています」

梶本はゆっくりと頷いた。

「最悪の場合を想定した手段があります。どうやらそれを使うほかないでしょう」

「ただし、やみくもにロッジを制圧しようとするのは危険ですよ。〝中尉〟は人質を盾に取るかもしれない」

「何かよい手がありますか？」

梶本は、僕の顔をのぞきこんだ。

僕は、梶本に、ロッジの状況を説明している間、どうしたらロッジの人間を救い出せるか、必死に考えていた。そして、ひとつだけ、思いついたことがあった。

その方法を使うならば、梶本の目的である、本物のジョー・カセムの保護も可能になるのだ。

今、警官隊をロッジに送りこめば、銃撃戦になることは目に見えている。そうなれば、人質に死傷者もでるだろうし、本物のジョー・カセムを握っているトレーダーは、絶対に姿を現すことはあるまい。

僕は梶本にそう話した。梶本は頷いた。

「佐久間さん、ここにいる人間で、現場を知っているのはあなただけだ。どうすればいいのですか」

僕は、梶本を見返した。

「その前に、煙草をもう一本いただけませんか」

梶本がさし出した煙草をくわえると、前部助手席にすわっていた三十五、六のスーツを着た男がライターの炎をさし出した。彼は、僕が説明をしている間、黙って聞きいり、それが終わった後では、ランド・クルーザーに取り付けられた無線で、どこかと連絡を取り合っていた。

ライターをポケットにおさめた男は、梶本に短く、

「待機させてあります」と告げた。

「じゃあ、佐久間さん……」

「引き返して下さい」

僕はいった。

「何ですと？」

「僕をおいて、このまま引き返すんです」

僕は彼らに計画を説明した。話し終えたとき、助手席の男は即座に反対した。

「それは危険すぎる」

「でも、これしかないでしょう」

梶本は無言で考えこんでいた。

「時間は、あまり残されていないんだ、梶本さん」

僕はいった。

「本当に、いいんですか、佐久間さん」

梶本は僕を見つめた。

「戻った途端、あなたは射殺されるかもしれない」

「わかっています。でも、今ロッジにいる人質を救うには、僕が戻るしかないんです」

梶本は、何かをいいかけたが、言葉を飲みこんだ。そして一度、咳ばらいをした。

「わかりました、お任せします。それからお知らせしておくことがあります。あなたの命を狙った人間がわかりましたよ」

「わかっています。丸山という男でしょう」

「丸山？」

梶本はあっけにとられたようだった。

「いえ、ちがいます。彼を疑っていたんですか」

「ええ。あのロッジにいる人間の中に、僕を狙った奴がいるなら、彼しか考えられません」

「丸山は私の部下です」

梶本は短くいった。

「何ですって」

「彼は、先にあのロッジに送りこんでいた、私の部下なんです」

「じゃあ、何のために、僕に依頼なんかしたんですか。あなたはとっくに大武山ロッジのことを知っていたとでも」

「いい訳は聞き苦しいと思います。しかし、私は最初から、例のトレーダーに狙いを絞っていました。奴は、日本の政治家にもコネクションがあります。奴を叩き、ジョー・カセムの身柄を無事に手にいれるためには、あなたに彼らの目をとらえるための囮になっていただくしかなかったのです。丸山は、短波無線器を持っており、夜間それを使って密かに連絡を送ってきていました。無線器は、倉庫に隠してあるのだと、彼はいっていました」

「それが〝中尉〟に見つからなくてよかった。もし見つかれば、彼は所有者を知るためには、どんな手段も用いたでしょう」

「丸山からの定時連絡がないので、我々が動いたのです。あなたがあの大武山ロッジに辿り着いたときには、我々も長野にやってきていたのです。いつでも行動を起こせるようにね」

「では昨日の電話は？」

「私は、この山のふもとにいました」

「全部、知っていたんですね」

僕は湧き上がってくる怒りを抑えていった。梶本は悲しげに頷いた。

「ロッジにいる若者が囮であったことをのぞけば……」

「いいでしょう。もし、すべてがうまくいって、本物のジョー・カセムを保護できたあかつきには覚悟しておいて下さい」

「わかりました。あなたを狙っていた人物は、確かに大武山ロッジにいますよ」

「誰です」

「滝田昌代という、元看護婦です。彼女は獄死した有村とは、同じセクトで、かつ愛人関係だったのです。彼女が雇った私立探偵を、岩崎警部補が、あなたのアパートの近くで逮捕しました。その探偵は、あなたのオフィスにもスパイを送りこんでいたのです。山根という、連絡係を買収して、あなたの行方を逐一、滝田昌代に報告していたんです」

「山根さんが……」

僕は絶句した。

「無論、あなたの命を狙っている人間の手先にされていたとは、彼も、その私立探偵も知らなかったようです。二人は友人同士だし、滝田昌代が若い女性であることから、別の理由で、あなたの行方を追っかけていると思ったんですな」

僕は、再び笑い出したいような気持になっていた。探偵が、探偵に追っかけられていたのだ。プロにかかれば、僕の居所などすぐに割れてしまう。こちらは、一度も身を隠そうとはしなかったのだ。いない間に車に爆弾をしかけることなど、僕の生活サイクルを知った犯人にとってはわけのないことだったにちがいない。

ただ、驚くのは、仕事先の長野まで僕を追ってきた彼女の執念だった。

「あなたが、恋人あてに、長野にいくとドアに貼り紙を残した。それを知った滝田昌代はすぐにあなたを追って長野に向かったんです。それから、あなたが事務所にいれた電話のおかげで正確な居場所を突きとめ、乗りこんだというわけです。だから、すぐに大武山ロッジに現れることができたんですな。昨夜遅く、我々がそれを突きとめ、あなたにお知らせしようとしたときは、すでに電話が不通になっていた。ですから、丸山に教えさせようとしたんです」

丸山が僕に話したいことがある、といったのは、そのことだったのだ。

僕は大きく息を吐いた。会ったこともなかった人間が、僕を殺すためにこれだけの努力をしているとは、信じたくなかった。

それにしても、女性の依頼人には、だまされやすいものだ。僕を尾行し、逐一、その行先を滝田昌代に報告していた私立探偵も、きっと、最初、僕が津田智子にだまされていたのと同じように、欺(あざむ)かれていたにちがいない。僕の爆殺未遂事件が、二課長のおかげで、一切、新聞に報道されなかったことが、滝田昌代には幸いしたのだ。

「気が変わりましたか」

黙りこんでいた僕に、梶本がいった。

僕は彼を見返していった。

「相手がわかっていれば、手の打ちようがあるでしょう。それにしても、残念なのは、丸山氏がもっと早く、松井貿易の社員であるという名乗りを上げてくれなかったことですね」

梶本は微笑んだ。その顔からは彼が東京で見せ、さっきまで浮かべていたようなクールさは失せていた。

「あなたのことを、無謀だと止めるのが、ひょっとしたら私の責任かもしれないのですが……」

「勇気があるといったらどうですか。その方が、僕も気持が救われる」

梶本は、一瞬、奇妙な目つきをした。少なくとも、彼は僕がしようとしていることに、反対はしていないのだが。

「下手をすれば、心中ですな、佐久間さんと」

「そういうことです。政府高官と心中できればいいんじゃないですか」

「私が高官に見えますか」

「万一僕があなたをのすようなことがあれば、わかることですよ」

「かもしれませんな」

一瞬、破顔したが、僕が外にでるべくランド・クルーザーのドアを開くと、真剣な表情に戻っていった。

「成功を祈りますよ」

「不思議だな、僕も同じ気持だ。だって、成功の鍵の半分は、あなたが握っているのだから……」

僕はいい、後ろを振り返らず歩き出した。

冷気と風と雨が、再び全身を包み、つかみ、叩いた。乾きかけて、ゴワゴワになっていた衣服や髪が再び、重く、滴(しずく)を落とす濡れ雑巾に戻るのに、五分と必要ではなかった。

二台のランド・クルーザーを見出したカーブまで引き返して、振り返った。

梶本の乗っている車がパッシングし、ターンすべく後退した。

僕はそれに手を振って、再び、山道を辿りつづけた。

11

僕はまさに間一髪のところで、間に合った。

僕がロッジの扉を押し、無残に散らかったロビーに転げこんだとき、〝中尉〟と野木沢は人質全員を食堂に再び集めて、対策を検討していたのだ。

転げこんだという形容は決して、おおげさではない。全身、泥まみれでズブ濡れ、しかも危険な山登りで、僕は実際、へとへとに疲れきっていた。右肩だけが熱をもち、右腕は、指一本、動かすことができない。

腕時計は使いものにならなくなっていたが、夜が間近にやってきている時刻であることは確かだった。もし、これ以上闇が濃くなれば、とても危険で、登りつづけられぬ状況だったのだ。

まさに、ぎりぎりの状態だった。

野木沢と〝中尉〟が階段を駆け降りてきた。

〝中尉〟は僕を見ると、すぐにライフルを構えた。

「ピートはどうした？」

「山、山崩れが起きたんだ」

僕は息も絶え絶えの状態でいった。

「で、奴は？」

「地すべりに、飲まれて……」

「貴様……」

引き金に指がかかった。冷えきっていた全身だったが、まだこれ以上冷たくなるとは、僕は思っていなかった。だが、事実は、そうなった。

「待て、中尉」

野木沢は押しとどめた。僕が殴った唇が、腫れていた。

「どうして、戻ってきたんだ」

「外は、すごい嵐だ。これ以上、山を降りたくとも、いつまた地すべりが起きるかわからないし、暗くなってきて、このまま外にいれば、確実に死ぬと思ったんだ」

「ここに戻ってきても、死ぬのは一緒だ。ピートは俺の相棒だった」

「戻ってくるしかなかった。だから、撃たないでくれ……」

「ムシのいいことを……。頭を吹っ飛ばしてやる」

「よすんだ、中尉。彼を殺してもピートは戻らん」

「この場で、あんたに指図を受けようとは思わん。こうなったら、こいつも、他の奴らも皆殺しにしちまった方がいい」

「それでは、本物のジョー・カセムを連れていった連中がやってきたときにどうする」

「マネージャーだけを生かしておけばいいんだ。大体、あんた、こうなった以上、どのみち、皆殺しにしなきゃならんてことがわからないのか。俺達は、すでに二人殺しているんだ。他にも死体が三つある。もし、ふもとから警察が先にやってきたらどう説明するんだ。あんたの大事な、東日通商って大企業がこんな事件にからんでいることが、あっという間に世間に広がるんだ。あんた自身だって無事にはすまんぜ」

「中尉、君のいいたいことはわかる。だが、この場は、夜が明けるまで待つんだ。確証はない。だが、きっとそれまでに、トレーダーの一味が動く筈だ。奴らだって、ロッジが不通になっていると知れば、不安を感じているにちがいない。幸い、ここはロッジだから、ふもとの警察だって、急には動かん。孤立しても、充分やっていけるとわかるからな。もし電話がつながれば、支配人にうまくごまかさせればいい。明日の朝までだ」

「……」

「じゃあ、この野郎だけでも殺す」

〝中尉〟の殺意に、野木沢も言葉を失い、青ざめた顔を僕に向けた。

「やめてっ」

女の声が階上から響いた。野木沢の連れの金井という女だ。落ち着いた、キャリア・ウーマンを思わせる女だったが、今はすっかり取り乱していた。

「野木沢さん、やめさせて下さい。ひどすぎます。これじゃ、あんまり……」

「中尉……」

銃口は、ずっと僕をにらんでいた。このときほど、死を間近に感じたことはなかった。やがて、その銃口が下がり、僕の胃を狙い、それから下半身に移った。

「じゃあ、せめて逃げられないように、膝でも撃ち砕いておくかい……」

「やめろ、中尉、同じことだ」

「わかったよ」

〝中尉〟は吐き捨てるようにいうと、銃口をおろした。そして、いまいましげに、僕を見つめた。

「明日になったら、貴様を一番最初に殺してやるからな。覚えておけ」

台尻がいきなり顎に飛んできた。僕は立ち上がりかけていた床に、思いきり叩きつけられた。

口を開くと、血と一緒に、前歯がこぼれた。

左肘を床について、もう一度立ち上がろうとした。途端、背中を向けていた〝中尉〟

が振り返った。こめかみに、重いブーツの先が飛んでくる。避けようと、体をのけぞらしたが、避けきれなかった。

「中尉っ」

誰かが、叫ぶのが聞こえた。だが、僕の左側頭部で爆発が起き、次いで、僕は真っ暗な世界に叩きこまれた。

寝るには明るすぎる、これじゃあ眠れないじゃないか――そう思って目を開いた。物すごい激痛が頭の芯にあって、バスドラとシンバルの合奏をしている。思わず、呻いたようだ。

「佐久間さん、佐久間さん」

誰かが肩を揺すったので、もう一度、閉じた目を開いた。

ジロウだった。蒼白の顔のところどころについた傷跡が痛ましい。アッペが、彼の肩の後ろからのぞきこんでいた。

「大丈夫ですか」

笑ってみせたつもりだったが、彼らの目にはどう映ったことか。

吐き気がゆっくりとこみ上げてきた。それをこらえて、僕は体を起こした。

ツインのベッドの片方に僕は寝かされていた。部屋にはすべての人質がいれられ、ドアが開け放たれている。

南側の窓を見やった。真っ暗だが、どうやら三階のようだ。

「ここは?」

「僕達の部屋です」

ジロウが答えた。僕が寝かされていたベッドに、ジロウとアッペが腰かけ、もうひとつに丸山、堂島、そして滝田昌代がかけていた。

「今、食事の用意をしています」

堂島が短く、低い声でいった。

「今度、また誰かが逃げようとしたら、残った人質を、殺すそうだよ」

丸山がパイプを口から離していった。その顔の表情からは、何も汲み取れない。

「奴らは、全員の部屋の荷物を調べたよ」

「それで?」

「奴らが捜している人物に関しては、何も手に入らんかったようだね」

「お喋りはやめろ」

開いていたドアから〝中尉〟が姿を見せていった。

「彼女に、この若者の具合を見てもらってやっていいかね」

丸山が、滝田昌代を指していった。

「必要ない」

〝中尉〟はにべもなくいい捨てると、ベッド上からは見えない位置に姿をおいた。僕としても、その方がありがたかった。この先、何が起ころうと、彼女にだけは治療してもらいたくない。

僕は、そっと顎に触ってみた。腫れているようだ。舌先で口の中を探ると、飛び上がるような痛みで、二本が折れ一本がグラグラになっていることがわかった。

僕は無言で、ジロウの腕を取り、時計をのぞいた。午後七時二十分。

外では台風が荒れ狂っているにちがいない。嵐がおさまるとき、果たして謎のトレーダーはロッジに姿を現すだろうか。

もし現さなければ、僕は折った二本の歯を無駄にしたことになる。

今のところ、僕が外部に救援を求めたという疑いはまったく持たれていないようだ。当たり前ではある。そうしていたら、のこのこ戻ってくる筈がないのだから。

やがて野木沢が現れ、食事の仕度が整ったと知らせた。誰一人、食欲のあるという者はいないだろうが、彼としては精一杯、紳士的に振舞おうとしているようだ。明日になれば、証人を全員射殺しなければならぬ羽目になることを懸命に考えまいとしているにちがいない。

実際、その場に及んで彼が反対したなら〝中尉〟は彼をも殺してしまうだろう。

相棒を失ったせいか、〝中尉〟も前ほど落ち着きを保ってはいなかった。

誰もほとんど手をつけぬままに食事が終わり、我々は部屋に戻された。その間、言葉を発する者はいなかった。野木沢も、連れの女もそして〝中尉〟も何もいわなかった。すべての者が、長い夜が始まるのだということを、わかっていた。

部屋に戻ってからも、手洗いに立つ者以外は、ほとんど身じろぎをしない。ジロウとアッペがただ、手を結んでいる。

泣く者もいない。

呆然と、ただ力を失っているのだ。

僕は滝田昌代を見守っていた。今、彼女はどんな気持だろう。

愛人を自殺に追いやった密告者の親子を殺し、その間接的な手助けをしたと思われる失踪人調査士を長野まで追い詰め、こんな事件に巻きこまれたのだ。

あるいは、自分が死ぬ前に僕の死を確認できる、という希望によって、彼女は朝までこの沈黙に、耐えつづけることができるかもしれない。

今は、まったく無表情で、窓ガラスを通し闇を見つめている。

おそらく彼女の望みがかなえられることはない。

二階のカフェテラスから嵐の吹き荒れる、夜の山を見おろしている野木沢の目に、このロッジに忍び寄ろうとしている奇襲攻撃隊の姿が映らなければ。

梶本が用意した、最悪の事態への備えとは、よく訓練され、実弾使用許可を得ている自衛隊の特殊部隊である。

彼らは、この風と雨の陰に密やかに隠れ、ロッジに新しい事態が訪れるのを待っているのだ。彼らを動かした梶本が、本人の言葉通り、平役人であるわけがなかった。

新しい事態——それは梶本と僕が山道に止められたランド・クルーザーの中で練り上げた計画でもある。

計画が、万一失敗することがあれば、僕の頭に〝中尉〟のライフルの弾が撃ちこまれるのはまちがいない。

朝までが勝負なのだ。

この台風の中をついて、梶本と彼の部下は今必死で、本物のジョー・カセムとトレーダーがどこにひそんでいるか突きとめようとしている。もし、彼らが突きとめ、朝までにここへ、ジョー・カセムを連れこむことができれば作戦の成功は固い。

だが、どうやって突きとめ、そして、どんな手段を用いてここへ向かわせるのだ。抜け目のない、すべての黒幕、トレーダーがのこのことジョー・カセムを連れて、敵が待ち伏せているロッジにやってくるものか。むしろ、室町と森伸二は〝捨て石〟であった可能性の方が高いのだ。

本物のジョー・カセムがつかまらなければ……梶本に残された手はひとつしかない。

夜の進むのは遅かった。

僕は再び、滝田昌代を見つめた。さっき、丸山は、〝中尉〟達が全員の部屋を調べたといった。

彼女がボイラーに爆弾をしかけた犯人なら、部屋の荷物からふたつ目の爆弾は発見されなかったのだろうか。

発見されなかったにちがいない。こうしてこの部屋にすわっている以上は、そうとしか考えられない。

〝中尉〟や野木沢は爆弾犯人として、彼女に疑いをかけてはいないのだから。

とすると彼女はもう爆弾を持っていないのか？

ひとつしか持ってこなかったとは考え難い。なぜなら、ひとつしかないのなら、それを使って僕の必殺を期す筈だ。だが、実際は予告にしか使っていない。それで明雄という若者が死んだとしても、それは彼女の目的ではなかったのだ。

であるならば——僕は、慄然(りつぜん)として、思わず体を浮かせた。

僕は、恐ろしい可能性を見落としていた。

ここに来て、彼女の落ち着き、それは〝中尉〟の手にかかって僕が死ぬことを知っての落ち着きなんかじゃない。彼女自身が、自分の手で殺せることを確信しているからだ。

即ち、爆弾は、すでにしかけられているのだ。このロッジのどこかで——そしてそれが最初のもののような、偽装爆弾にせよ、時限爆弾にせよ、確実に僕を殺せるしかけになっているにちがいない。

滝田昌代から視線を外すには努力がいった。今日は、体のいろんな部分が動かしづらい日だが、眼球を動かすことすら大変だった。

背を、ベッドのヘッド・ボードにもたせ、目を閉じて懸命に考えた。

時限爆弾である筈はない。

彼女には、いつ、どこにしかけたら、僕を殺せるか予測のつかない状況である。

身につけているにちがいない。あるいは、僕を道連れに自爆する気か。彼女は、僕が彼女の正体に気づいてはいないと信じている。

僕は目をゆっくりと開いた。彼女が今身につけているのは、昨夜と同じ服装に、ショルダー・バッグだ。ショルダー・バッグといっても〝ハマトラ〟ファッションの女の子がさげるようなお上品で、小さな奴じゃない。

ひと昔前、予備校生が愛用していたような、ズックでできている頑丈な代物だ。さほどコンパクトな爆弾じゃなくたって、ふたつぐらい、楽に入る。

彼女は、アッペとジロウのカップルとともに、〝カセム狩り〟のメンバーではないと目されている人物だ。身体検査も、おそらくされなかったのだろう。

信管を別にして運ぶなら、爆発で粉々になる心配もなく、旅ができるわけだ。

その爆弾をいつ、使う気なのだろう。

今、この瞬間に使っても、おかしくはない。僕も、そして部屋にいる人質の大部分をも道連れにすることができる。彼女が、自分だけ助かるつもりではないことは、確かだ。だとすれば、今、爆弾を爆発させないのは、明日、僕が〝中尉〟に殺されるのを見届けるつもりだからとしか考えられない。

明日一番に殺してやると凄んだ〝中尉〟の言葉は彼女の耳にも届いていたろう。そして、それを確かめた後、彼女は自分を殺す人間達に対して、爆弾を使うことができる。

やはり、無謀な賭けだったのだろうか——絶望的な気持で考えた。

梶本と練った計画が成功して〝中尉〟の放つ弾丸から逃げられても、彼女の爆弾からは逃げられないかもしれない。

嵐がすぎ去り、朝が訪れたときに運命が知れる。

ガラスを揺らし、音をたてて叩きつける雨に耳をすませた。はるか、はるか遠くに、東京があり、そこに悠紀や沢辺がいた。

台風が、この古びたロッジをつかみ、さいなむ音の他は、何の物音も話し声もしなかった。押し殺したような、奇妙な静けさが建物の内部にはある。

反面、外の嵐は、獰猛（どうもう）で、今を盛りに荒れ狂っている。まるで巨人の呼吸のような強風が木造建築にぶつかり、窓や壁の一部分を失った一階を吹き抜けている。

樹々の間を抜ける、かん高い悲鳴のような音と、思わず腰が浮くような猛々しい唸りが混ざって聞こえてくる。それらがすべて、台風という自然現象のなせるものだとは、どうしても信じられないほどだ。

普通の夜ならば、それだけでも不安をかきたてられ、宿泊客にとっては落ち着けない一夜となったにちがいない。

だが、我々にとって、目前にもっと現実的な死が待ち構えている夜だった。

何時間が、その一室ですぎていったか知らない。真夜中をすぎていたかもしれない。

それは不意に起こった。

腹の底を揺るがすような地鳴りが、壁といわず、床といわず震わせはじめた。

アッペが息を呑み、ジロウにすがった。生気と表情を失っていた部屋の者に、驚きと新たな不安が広がった。

建物の震えは、段々と激しくなった。地震ともちがう。何か不気味な震えだ。

「山崩れ……」

堂島が小さくつぶやくと、腰を浮かせ、窓に歩み寄った。引き寄せられたように、互いをしっかりと抱いたジロウとアッペも、堂島の肩の後ろからのぞいた。

僕の位置からは、窓の外は暗黒である。

「どうした」

〝中尉〟が廊下から部屋に入りこんできていった。

「山崩れです。このロッジも流されてしまうかもしれない」

まっすぐに立っているのが困難な床の上で、よろめきながら堂島がいった。

「何っ」

地鳴りが激しさを増し、轟音となって耳を聾した。

そして、不意に、ロッジ全体が激しく揺れた。さまざまな不協和音が地表から聞こえ、我々は立っていられずに、つかまるものを捜した。

〝中尉〟が大股で、部屋をでていこうとした矢先、揺れが再び襲ってきて、全員が床の上に転がされた。そして、巨大な瀑布（ばくふ）に建物が叩きつけられるような物音とともに照明が消えた。

12

ロッジが闇に閉ざされてからも地表での轟音はつづいていた。その最中でも、部屋の者がたてる喘ぎや悲鳴は、はっきり聞こえた。

人工照明が消えるや、屋外の様子を眺めようと僕は立ち上がった。誰かの体に突きあたり、よろめきながら窓に近寄った。

「小屋が……」

堂島の小さな叫びが耳に届いた。

ロッジの両側を流土の奔流が襲ったのだ。僕が脱出するのに利用した斜面の両側が崩れた。窓ガラスにぴったりと頬を押しつけると、駐車場のあたりが土砂にうもれ、黒々とした隆起になってしまっているのが見えた。

突然、銃火が閃き、銃声が耳をつんざいた。

「窓から離れるんだ、貴様らっ」

部屋の中央に仁王立ちになった〝中尉〟が天井めがけて発砲したのだ。

「支配人、懐中電灯はないのか」

「各階の廊下の突きあたりに、備え付けのものが……」

「よし、全員そこを動くなっ」

人影がひとつ、部屋を飛び出した。

暗闇の中で、他の者は立ちすくんでいる。

すぐさま、とって返した〝中尉〟の手もとから光線が流れでた。

「中尉、中尉っ」

野木沢の声が、廊下を伝ってきた。

「ここだ」

「何もなかったか」

「何もない」

「一体、どうしたんだ」

「山崩れらしい」

「何、山崩れ」

「一階の様子を見てきた方がいい。あんた、こいつらを見張っていろ、俺が見てくる」

新しい光の輪が室内に流れこみふたつになった。野木沢をそこに残して〝中尉〟が階下に走った。彼にはさほどの動揺は見られなかった。現実的な行動にのみ忠実だ。

「皆さん。そのまま動かぬように」

野木沢は左手の灯りで、右手に握った大平の拳銃を照らした。

建物の揺れはおさまっていたが、地鳴りのような無気味な物音はつづいていた。

しばらくすると〝中尉〟が戻ってきていった。

「一階は、土砂が流れこんできて、半分近くうずまっている。発電機も、小屋も土砂に押し流されちまったようだ」

「だから灯りが消えたんだ、今何時だ、中尉？」

〝中尉〟は手首の夜光時計を持ち上げた。

「午前二時だ。夜が明けるまで、あと四時間ぐらいだな。俺達の乗ってきたランド・クルーザーは流されなかっただろうな。そいつが心配だ」

「明るくなるのを待つほかはない。金井君⁉」

「ここにおります」

「こんなことに巻きこんですまなかったね。会社のためにしたことなのだ。わかってくれたまえ」

「何をゴタゴタいってるんだ、野木沢さん。今さら、何をいっても仕方がないんだよ」

「中尉、黙っていてくれ。君には関係のないことだ」

「いいか、サラリーマンごっこは他の場所でやってくれないか。こっちはもう、人を殺してるんだ。戦地でもない場所で」

「……」

野木沢は黙った。

「明日になれば、僕達を皆殺しにする気なのか、野木沢さん」

僕は窓ぎわに立っていった。

「余計なことは喋るんじゃない」

〝中尉〟が叩きつけるようにいい、僕の顔をまともに照らした。

「お前はどうも気にいらん。度胸がよすぎる」

「やめないか中尉」

「俺に指図をするなっ」

野木沢と〝中尉〟の間に緊迫した空気が流れるのが、闇の中でもわかった。

「あんたはこういった仕事に関しちゃ、素人なんだ。うまく片付けて早く会社に戻りたいのなら、俺のやり方に従うことだ」

野木沢が体をこわばらせるのがわかった。手にした懐中電灯の光の輪が床の上で揺れた。

「いいか、野木沢さん、あんたはどうも甘く思えて仕方がない。今夜ひと晩ここで明かしたからといって、あの二人組の背後にいる奴が現れるという保証はないんだ」

「その問題については、さっき話した筈だ。ラクールで起きたクーデターの情報が報道された以上、奴は必ず動く。きっと、ここに誰かをさし向けるにちがいないのだ」

「……いいだろう」

〝中尉〟は渋々いった。

「だが、待っても明日の午前中いっぱいだ。正午をすぎても誰も現れなければ、そのときは野木沢さん、俺のやり方でやらせてもらうぜ」

「約束する」

しばらく沈黙がつづいた。

「俺には、どうも気になることがひとつある」

「なんだ、中尉」

「さっき、爆弾とかいっていたな。あれはどういうことだ」

「わからん。昼間、ボイラーが爆発して、従業員が一人死んだのだ」

〝中尉〟と野木沢の間に交わされる会話を他の者は無言で聞いていた。

「あの二人組がやったことじゃないのか」

「ちがうようだったな」

「すると、囮の仕業か？」

「かもしれん」

「懐中電灯を消しておけ。ここにいる限り、ひとつで大丈夫だ。バッテリーを無駄にすることはない。それと、食堂に移った方がいいようだ。ここにいたんでは、誰かがきてもわからんぞ」

「よし、移動して貰おう」

〝中尉〟の懐中電灯とライフルに促され、我々は立ち上がった。

前方に野木沢と金井、背後に〝中尉〟が立って、我々はぞろぞろと階段を下った。

人質全員が再び、食堂の椅子に落ち着くと、〝中尉〟は野木沢の灯りを消させ、監視態勢に入った。

食堂は、夕食の、片付けられていなかった食器類が床に散乱していた。さっきの揺れですべり落ちたり、テーブルごと倒れたりしたのだ。

食堂に着いてから、言葉を発する者はいない。僕の右隣には、抱き合ったジロウとアッペが、左隣には堂島が、すわったようだ。

爆弾に関する話がそれ以上、〝中尉〟と野木沢の間で進まなかったことに、僕は安堵した。もし、疑いが生き残りの者達にかかれば、滝田昌代は爆弾を使う時期を早めるかもしれない。

「耳をすませてみろ、風が死んだ。息をしなくなってきている。台風が通りすぎた証拠だ」

〝中尉〟が不意にいった。

確かに彼のいう通りだった。リズムを持って吹きつけ、窓を鳴らしていた強風が、いつか、間断なく吹き始めていた。

「もう少しで夜が明ける」

野木沢がいった。

そうして、全員が押し黙ったまま、何時間かすぎた。闇の中でも眠っていた者がいるとは思えなかった。

食堂の窓の向こうにあった漆黒の闇が、やがて青みを帯び出した。風がいつの間にかまったく止み、雨ももはや降ってはいなかった。

幾つもの石像のような黒い影が、食堂の中にはっきり区別できるようになった。どれひとつ、微動だにしない。

顔までは見えないが、腰をおろした者の輪郭だけは見えるようになった。

だが、空の青みは、ある段階までやってくると、それ以上は晴れなかった。食堂の中は、いつまでたっても、ぼんやりと顔を識別できる以上の明るさには恵まれなかった。

降りつづいた雨と高地の低い気温、そして風が止んでしまったことが、今度は濃霧をもたらしたのだ。

窓の向こうは、濃い灰色の厚いヴェールにおおわれていた。さっきまでは、空と森の境界が、闇の濃さのちがいで見分けられたのが、夜が明けきってからは、全くそれが不可能になった。

「ひどい霧だな」

野木沢が、喉にからんだ声でつぶやき、咳ばらいをした。

僕は、堂島の左手首にはまった腕時計に目をこらした。

六時四十分。

ゆっくりと全員を見渡した。

滝田昌代は、口を引き結び窓の方を眺めていた。膝の上にバッグをのせ、僕の斜め右前方にすわっている。その隣がアッペ、眠ってはいないのだろうが、目を閉じ、頭をジロウの肩にのせている。両手で、ジロウの右手を包みこむように握りしめていた。

ジロウの顔には虚ろな表情が浮かんでいた。まとまった考えが何も頭に浮かばぬとしても無理はない。

左側の堂島は、床に目を落としている。髪が乱れ、初めてフロントでその姿を見たときより、確実に十歳は老けて見える。

三人の中年のおばさん達。彼女達のすわるテーブルには汚れた食器があった。そこだけ、床に皿が落ちずにいたのだ。体を寄せ合って小さくなって、目だけを動かしている。

そして丸山。彼は、火のついてないパイプを手に、両肘をテーブルにつき、目を閉じていた。

もう一人の、梶本がよこした男。彼の落ち着きは、おそらく梶本が何らかの手を打つにちがいないという確信からきている。最悪の事態が訪れる前に、救い出されると信じているからか。彼は僕が梶本と立てた計画を知らない。彼にそれを告げるチャンスはなかった。

彼が優秀な情報機関員だとするならば、僕は彼らに対する考えを改めねばならない。情報機関員というのは、物静かで、待つことを苦痛と感じず、決して自らは行動を起こさぬ人間達のことなのだ。

僕は堂島の腕時計を盗み見、ツバを飲んだ。七時まであとわずかだった。

「誰か、煙草を貰えますか」

いったとき、傍らのジロウがビクリと体を動かした。

「ありますよ」

ショート・ホープの箱を、のろのろと取り出した。

真正面、テラスに面した窓ぎわにすわる、〝中尉〟と野木沢は何もいわなかった。金井という女は、野木沢の後ろにかけていて顔が見えない。

ライターを手渡してくれたジロウに、

「ありがとう」

と短くいったとき、ガタリと音をたてて〝中尉〟が立ち上がった。懸命に何かに耳をすませている様子だ。

「何か聞こえる」

「なに」

野木沢も立ち上がって、窓に駆け寄った。

「エンジンの音のようだ」

「だが、何も見えんぞ」

「まちがいない。馬力の強いエンジンだ。しまった、山道には、俺達のランド・クルザーが止めたままだ」

「この霧だ。それに、昨夜の土砂崩れで流されたかもしれん」

エンジン音は、はっきりと聞こえていた。

一台のものだ。複数ではない。それが、段々高まってくると、全員が立ち上がり、窓の方を見つめていた。

「駐車場も玄関もうずまっているんだ。野木沢さん、あんた支配人と下にでるんだ。そして誰がやってきたのか確かめろ」

「よし、支配人、一緒にきてもらおうか」

堂島はゆっくりと立ち上がった。

二人が階下に去ると、〝中尉〟はテラスにつづく窓を大きく開いて身を乗り出した。

僕は、滝田昌代を見守った。

滝田昌代の表情が緊張したものに一変している。唇を真っ白になるほど、きつくかみ、バッグの持ち手をつかんでいた。彼女の手もとから目を離せない。彼女が爆弾を使うときが近づいている。

「どんな人がきたんですか」

金井という女が我慢できなくなったように訊ねた。

「今、ロッジの、玄関があったところに車が止まった。ランド・クルーザーのようだ。中の人間が見える。支配人と野木沢が迎えに……日本人じゃないぞ、中の一人は」

そのとき、不意に爆音が上空で轟いた。

「ん？　ヘリだ、どういうことだ」

〝中尉〟が、窓を押し広げ、ライフルを後ろ手で持つようにして上方を見上げた。

「きたのね、とうとう、本物がきたのねっ」

金井が叫んだ。

「待てっ。こいつは変だ。ヘリコプターがこんなに低く……」

警戒の色を、濃く浮かべた〝中尉〟が振り返って、いいかけたとき、滝田昌代がバッグの中に手を差しこんだ。

「危ないっ、爆弾だっ」

僕は叫び、身を躍らせた。次の瞬間、何挺もの銃声が火ぶたを切った。

滝田昌代の体が弾かれたように、テーブルの表面をすべり、僕は、その手から落ちかけているバッグにダッシュした。

視界の片隅では、ライフルをもたげた〝中尉〟の周囲のガラス窓が砕け、窓枠が木切れを飛ばし、はぜていた。

銃弾が、何十発という銃弾が、〝中尉〟の体に叩きこまれているのだ。信じられぬという表情を顔に凍てつかせて〝中尉〟の手脚が踊った。

僕は、滝田昌代のバッグをつかむと、全身の力をこめて、窓から空中高く投げ出した。

銃声が、一発だけ聞き取れる余韻を残して止み、〝中尉〟がゆっくりと膝を折った。

そして、爆発が起きた。

赤と黒の炎の固まりが、窓の向こうでふくれあがり、窓枠が吹っ飛び、壁が室内に倒れこんだ。

床に転がる直前、滝田昌代の胸が真っ赤に染まっているのが見え、次には、何も見えず、何も聞こえなくなった。

死体となった〝中尉〟をのぞけば、僕が爆発した彼女のバッグの最も近くにいた人間だった。

右の耳の後ろの皮膚が、釣り針でひっかけられたように痛み、目を開いた。頭痛がひどかった。

痛かったのは、実際に、外科針を持った男が、僕の頭皮を縫っていたからだった。

男は糸を引き、皮を引っ張ると、ハサミでその糸を切断した。

見覚えのない男だった。彼が口を開いたが、何も聞こえなかった。

肩に誰かが触れ、僕は振り返った。と同時に、視野が広がり、自分がまだロッジの食堂にいることを知った。

迷彩色の野戦用戦闘服を着け、ヘルメットをかぶった、がっしりとした男達が三人、食堂の入口に、銃を持って立っていた。そして、目の前に梶本がいた。

彼が口を開いたが、僕には、再び聞き取れなかった。

爆発のショックで耳が聞こえなくなったのではないかという恐怖が、心の底に冷たく浮かんだ。

僕は絶望的な気持で、耳を指した。

梶本は、床に膝をついていた僕の頭ごしに、僕の手当てをした、スーツ姿の医師に、何かいった。医師は頷くと、自分の医療器具をいれた鞄からメモ帳を取り出して、書いた。

「バクハツノショック。ジカンガタテバナオル」

「どれぐらい」

と訊いたつもりだったが、彼に聞こえたかどうかはわからなかった。

「ワカラナイ。ダガ、コマクハヤブレテイナカッタ」

僕は頷いた。そして梶本を振り返った。

「あなたは間に合ったんです。二人を見つけたんですね」

梶本は、すぐには返事をしなかった。

僕の言葉を聞き取れなかったのだろうかと僕は思った。

彼は「立ち上がれるか」というように、僕の顔をのぞきこんだ。

「大丈夫」

といったつもりで、僕は立った。

〝中尉〟の死体はすでに運び去られていた。

破られ、粉砕された窓枠の下に血溜りが残っていた。床、窓の下の壁などに、幾つもの弾痕が穴を開けている。

人質のうちで、食堂にいるのは、僕一人だった。

梶本の案内で、僕はふらつく足を踏みしめながら階下に降りた。半ば背を向けた彼が何かをいっていたとしても、僕には聞こえなかった。

一階ロビーは、天井までの高さが半分になってしまっていた。床の上に土砂が厚く堆積し、階段も半ばで終わっていた。

昨夜の山崩れの流土が、最初の爆弾によって作られた穴から浸入したのだ。

梶本は、かつてはロビーの入口であった玄関から、外に僕を連れ出した。

壊れたのか、取り外したのか、あのベルの吊られた扉はなく、空間が間口を開けていた。

駐車場も、山の方角から斜めに土砂が積もり、新たな斜面に半ばうずもれた車が、ボディをのぞかせている。

霧は嘘のように晴れて、弱い日射しがさしていた。

一歩外にでて、太陽を見たとき、なぜか胸が詰まった。もう、ずいぶん長い間、太陽を見ていなかったような気がしたのだ。

目を地表に戻すと、山道の最終カーブに、六、七台のランド・クルーザーや軍用車が見え、毛布をかけられて横たえられた、七体の遺体が見えた。

明雄、室町、森伸二、大平、坪田、〃中尉〃、そして滝田昌代だ。

野木沢の遺体はなかった。どうやら死なずにすんだらしい。ピートのもない。彼はまだうまっているのだろうか。

今では死体を見ても、何の嫌悪感も感じなかった。

人が死体を嫌うのは、そこに本質的な、〃生〃への否定を感じるからだと誰かがいっていたような気がする。

だが、何度か死を目のあたりにしたあとでは、それもない。

僕はかがんで、滝田昌代を見おろした。

彼女に自分が彼女の恨みを受けるべき人物ではなかったことを説明できなかったことが、なぜだか知らないが悔やまれた。

彼女は〃中尉〃の放った弾丸によって殺されたのだ。僕が叫んだために、彼女は死んだ。

死体はすべて、胸前で両手を組み、目を閉じられていた。

〝中尉〟が坪田の目を閉じさせてやったことを、僕は思い出した。

肌寒さを感じ、立ち上がった。

コートの前を開き、グレイのスリー・ピースを見せた梶本が、煙草を吸いながら辛抱強く待っていた。

その姿を見た瞬間、僕は強く、本当に強く東京と、そこに待つ人々のことを思った。

梶本に従って、僕は一台のランド・クルーザーに乗りこんだ。

そして、彼が口を開く、あるいは筆記するのを待った。

13

車の中は暗く、僕と梶本の二人きりだった。戦闘服や平服を着た男達が、何人も坂道を昇り降りする姿が、そこから見えた。

梶本が煙草をドアに付いた灰皿にいれ、そのフタを閉じた。

パチンという音が、遠くで聞こえた。

「聞こえる」

僕はいった。

確かに、詰物を通したようではあったが、自分の声も聞こえた。

梶本が小さな微笑を浮かべた。彼の目の下が黒ずんでいた。

「助かってよかった」

梶本の言葉が聞こえた。

「人質は全員、無事？」

彼は頷いた。

「よかった」

僕はつぶやいた。全身の緊張が解けた。すべてが終わったのだ、そう思った。

「計画がうまくいったんですね、本物のジョー・カセムとトレーダーを見つけ出した……」

僕は言葉を切った。梶本が首を振ったからだ。

「本物は見つかりませんでした。約束の午前七時までの間に、我々は長野県警を総動員したんです。県警本部長を自宅から引っ張り出しましてね」

「……」

「それでも、見つけることはできませんでした。我々に確信できたのは、彼らが軽井沢にはいないということだけでした」

「じゃあ、今朝のは……」

梶本は笑って、助手席に腕をのばした。銀髪のカツラとサングラスが、その手にはあった。

「チャチなトリックです。霧と、遠目でごまかすしかなかった。私が変装して、助手席に乗りこんだんです。野木沢が下に降りてきたとき、彼がそばにくるのを待って、拳銃を突きつけた。

　同時に、ヘリコプターも飛ばしました。台風で、ずっと使えなかったんですが、朝には風もおさまっていましたんでね。あの銃を持った男の注意をそっちに引きつけておいて、夜の間に配置しておいた奇襲部隊が突入したんです。彼らは、生きてとらえろという命令は受けていなかった」

　梶本の口もとから笑いの名残りがすっかり消えた。

「人質だった人はすべて病院に収容されました。あなたをのぞいてね。もっとも、あなたが一番ひどい怪我をされているようだったが。

　この件に関しては、厳重な報道管制が敷かれています。もみ消すのは不可能ですが、世間に公表される時期を遅らすことはできます。本物を見つけることができるまで」

「軽井沢にいない筈はありません、彼は自分の意志でやってきたんだし……」

　いいかけて気づいた。僕は見落としていた、いや忘れていたというべきか。

　僕が大武山ロッジを突きとめたのは、中軽井沢のスタンドでの訊きこみからだ。そこで、ジョー・カセムが大武山ロッジの道を訊ねたからだ。

道を訊ねたジョー・カセムは本物なのだ。

ということは、本物も一度は大武山ロッジに現れたのかもしれない。その後、トレーダーに拉致されたとしても、何かの手がかりはある筈だ。

「助け出した人質は全員病院だと、おっしゃいましたね」

僕は、自分の声を遠くに聞きながらいった。

「支配人に会わなければ……」

「なぜですか?」

「いいですか、ジョー・カセムは確かに一度は軽井沢にきているんです。そして、最初の彼の目的地は、確かにこのロッジだった。野木沢や、坪田をひっかけた偽情報は、ラクール大使館のハリドという男を使ってトレーダーが流したものですが、僕の訊きこみはちがいます。堂島に訊けば、何か得られるかもしれない」

「あなたの話を、昨日聞いてから、私はすぐに、ハリドのことを調べさせました。確かにハリドの事故死には疑問点がありましたよ」

「それから、このロッジに通ずる道路は監視をつづけて下さい。死んだ室町は、ここで誰かと落ち合うつもりだったといいました。それが苦しまぎれの嘘か、あるいは室町本人をもだましていたトレーダーの計画である可能性はあります。しかし、そうでない場合は、こちらが相手の尻尾をつかむチャンスでしょう」

「わかりました。少なくとも昨夜以降、このロッジに近づこうとした者はいません。作戦はすべて隠密裡に運びましたからね。近づこうとする者がいたなら、気づいた筈です。どのみち、一般車による通行は当分、不可能でしょう」

僕は頷いた。頭痛と全身の不快感がひどくなってきた。

「着替えたら病院に連れていって下さい」

梶本は、言葉の意味を誤解した。

「あなたにも、ちゃんとした治療が必要です。肩もそうとう痛めているようだ」

「堂島に会うのです。手がかりをつかむために」

「まだ、自分で調査をつづける気なのですか?」

梶本は、はっきりと驚きを示した。

「しつこいと思うでしょうね。けれど、僕の仕事はまだ終わってはいないのです」

僕はきっぱりといった。

「昨夜、大川晃氏と連絡を取りました。今となってはあなたに依頼するという、彼の選んだ方法が、ジョー・カセムと接触をはかる、最も穏便なやり方だったようですね。我々は、ラクール共和国の政情には大分前から興味を抱いていましたし、大川氏の友人にも同様に興味を持っていました。しかし、ジョー・カセムの失踪に関しては、完全に失敗を犯しました。あなたに初めてお会いしたとき、私は大川氏とは利害関係が相反しないと申し上げた。

少なくとも、ジョー・カセムを見つけるまではその筈です。彼はジョー・カセムの身柄を石油戦略の卑劣な切り札にしようとは考えていない。無論、企業としての利潤を追求しようとはするでしょうが。ただ、非常に慎重であることは事実です。佐久間さん、今や、国家などよりはるかに企業の方が非情で、機能的なようですな」

「それはどうですか」

ふもとに向けて走る、ランド・クルーザーの後部シートで僕と梶本は言葉を交わしていた。

「信じられない?」

梶本はちらりと僕を見た。

「わかりませんね。ただ、そんなことを若僧の僕と議論しても仕方がないことだと思いますよ」

「なるほど、では、こういい換えましょう。国家の治安を考える立場として、私はトレーダーの用いる利潤追求の手段を容認できない。彼は日本人ではないし、同時に彼の取った手段により、多くの死者を出している。私は彼を追い詰めます。私の仕事は、警察官ではありません。従って、情報収集を目的とする内閣調査室の任務から逸脱するかもしれない。けれども、ジョー・カセムの行方を突きとめ、彼を保護し、彼のような立場の人間の存在が、日本国内において、何人からも危害を蒙(こうむ)らないという保証をもたらすことが、トレーダーを叩きつぶす結果を招くならば、躊躇はしません。今朝のように、平役人の権限を用いて、殺人をも犯すかもしれません」

「まるで、あなた自身が国家であるかのようないい方ですね」

「そうではない。しかし、私もまた、国家の一員であることは確かです」

　梶本は静かにいった。

「立場がちがえば、梶本さん、あなたは最も冷酷な方法で利潤を追求する、企業側の人間になったかもしれませんね」

「あるいは。しかし、企業がいくら非情だ、機能的だといったところで、国家権力は、やはり最強でしょう」

「だからこそ、あなたは今の立場にいるのじゃないですか。自分で選んで。しかし、そのあなたがそんなことをいうのは、あなたらしくない」

　僕は答えた。

「かもしれません。私は、企業にも国家にも属していない、佐久間さんがとった勇気ある行為に感謝しているだけです」

「そうですか」

　僕は、次の言葉を失い、皮肉っぽく笑ってみせた。

この仕事しかできないわけではないだろう。そして、生きがいに満ち満ちているというわけでもない。それどころか、吹き飛ばされかけ、前歯を折られ、肩の骨にヒビをいれられ、頭の皮に縫い目をつけている。カッコいいといわれる正義のヒーローにもなれない。

だから何なのだ?

失踪人調査の仕事をしつづけていて、人を見るとき、ふと思うことがある。

「この人は自分がわかっているのだろうか?――自分の年齢、仕事、立場が」

おそらく、自分についてすべてわかっている者など、いないのだろう。

負傷しなかった丸山と三人の女性従業員を別にして、堂島、ジロウとアッペの三人は、軽井沢唯一の総合病院に収容されていた。

病院で梶本と僕を迎えたのは、丸山だった。

「やあ、いかがですか」

ラフな服装からスーツ姿に変わった丸山には、シーズン・オフの別荘地帯の病院にはふさわしくない雰囲気が漂っていた。パイプを手に待合室にすわりこんでいたようだ。

「大分、元気に見えますよ」

「ブラフです。一ラウンドももちませんよ」

僕は答えた。

「先に治療を受けたらいかがです？　頭の傷はともかく、右腕がかなり痛そうだ」

梶本がいった。

「仲間外れは、あとにして下さい。先に病室にいきましょう」

僕は小さな板敷きの待合室の壁に掲げられた時計を見上げていった。

午後二時をすぎている。

梶本が苦笑を浮かべると、丸山を見た。丸山は先に立って歩き出した。

「もっと早く、あなたに私の立場を告げるべきでした」

何と答えていいかわからず、僕は黙っていた。

「しかし、ああいう事態の展開は予測していませんでした。ああなってからは、あなたに本当のことを話す機会を失ってしまった」

丸山が案内した病室は、一階の廊下の奥にある個室だった。

堂島がそこにいた。

上着を脱いだ姿でベッドに横たわり、窓の方を眺めていた。

僕らが入ってゆくと、振り向いてこちらを見つめた。

「堂島さん、あなたの怪我はそうひどくないようですね。明日、頭のレントゲン写真を撮って、それに異常がなければ、退院できるそうです」

丸山がいった。

「そうですか」

堂島は、やつれて血の気のない顔を向けて、答えた。抑揚のない低い声だった。

「ロッジに戻って後始末をしなくては」

「堂島さん、大変な災難でしたな。私達としても、できるだけの協力をさせていただきます。すでに御承知のとおり、警察の方では、検証をしばらく見合わせる予定なので、今少し、猶予をいただけるとありがたいのですが」

梶本がいうと、堂島は問いかけるように丸山を見た。

「私の上司です」

「内閣調査室の副室長の梶本です」

名刺を出さずに梶本はいった。クールだが権力臭を感じる物言いだ。彼のテクニックかもしれない。

「そうですか」

堂島は再び、ぼんやりと頷いた。

「堂島さん、お訊ねしたいことがあります。よろしければ、佐久間さんの質問にお答え下さいますか」

「何ですか」

彼が首を向けると、こめかみに貼られた絆創膏が見えた。

「堂島さん、あの死んだ鳥井兄弟と名乗っていた、二人組があなたのロッジに現れた経緯は、うかがいました。その前、あの弟の方が外国人とやってきたとおっしゃいましたね」

「ええ、銀髪の方と、もうおひとり日本人の方と三人で」

堂島は、ゆっくりと体を起こし、背をヘッド・ボードにもたせた。

「あとの二人、つまり外人達ですが、その前に見たことはありませんでしたか？」

「その前にですか、さあ……。記憶が混乱しているので」

「何という名で泊まったかは、どうです？」

「外国人の方は、御自分でカードにサインなさいました。国籍は、オランダでいらしたと思います。大層、難しいお名前で……」

次第に敬語を使い始め、質問に興味を覚えてきたようだ。

「日本人の方はどうです？」

「さあ、カードは皆、燃えてしまいましたので……確か、石原様とおっしゃったような……」

「石原ですか」

問い返すと、頷いた。

僕は立っているのがつらくなり、ベッドの傍らの椅子に腰をおろした。梶本も、丸山も椅子取りゲームには興味がないようだ。

「どんな男です？」

「いいえ、男性ではございません」

丸山と梶本が同時に顔を上げた。

「女性ですか？」

「はい。三十半ばぐらいのおきれいな方でした。大層、しっかりした感じの方で、ドイツ語、だと思いますが、とてもお上手に話されていました」

「藤原何と？」

梶本が問い返した。

「いえ、石原様です。お名前の方までは、記憶が……」

「そうですか。彼らは、室町がやってきて、すぐに立ち去ったのでしたね。ベンツで」

「はい。運転は石原様がなさっておいででした」

「どこにいったかは？」

「いえ」

僕は、ジョー・カセムの写真を取り出して、堂島に見せた。

「この若者に見覚えがありませんか」

「この方は……」

「死んだあの若者ではありません。彼がくる少し前にロッジに現れませんでしたか」

堂島は、目を細めて見つめた。

「そういえば、お泊まりにはなりませんでしたが、佐久間様のように、カフェテラスにいらしたことがあったように思います」

「一人で？」

「いえ、お連れ様が御一緒でした」

「どんな人物でした？」

堂島が、はっと面を上げた。

「その、石原様という女性です。いらしたときはお一人でしたが、帰りはお二人でした。石原様が先にお車でみえて、カフェテラスで待っていらしたんです」

「待ち合わせてたのですね？」

「おそらくその女がジョー・カセムを呼び出したのでしょう。大武山ロッジを待ち合わせ場所に指定し、ジョー・カセムを追う者達への痕跡を残しておく。そして本物を密かに他に移し、替え玉である森伸二と室町をあとから送りこんだのです」

僕はいった。

「しかし、どうして私のロッジを……」

堂島はつぶやいた。

「それです。どうして大武山ロッジを選んだのか——ひいては長野を選んだのか、ということです」

「それについては、少し、考える材料になりそうな事実があります」

梶本がいった。

「ジョー・カセムの母親、鳥井道子は長野県の出身なのです。ただし、現在、その実家には、血のつながらない従兄弟夫婦が住んでいるだけですが……」

「しまった。最初に、その線を辿れば、よかった。ジョー・カセムはおそらく母親のことを理由に長野まで呼び出されたにちがいありません」

「すると、石原という女性が、ポイントですね」

「石油のトレーダーに顔がつながり、ドイツ語が堪能、しかも、ジョー・カセムの生い立ちを知るチャンスがあった人物です」

「その線と、長野、東京ナンバーのベンツの両方で調べてみましょう」

「ロッジの監視もつづけて下さい」

梶本は頷いた。

僕は訊きたいことをすべて訊きつくしたような気持になっていた。

「明雄君の遺体はどうなりました」

黙っていた堂島が口を開いた。僕は無言で梶本を見やった。

「彼は身寄りがないのです。私が何とかしようと思うのですが……」

堂島は言葉をつづけた。

窓からさしこむ日射しが薄れた。雲が太陽をおおったようだ。

森伸二にも身寄りがなかった――僕は思い出した。おそらく、『オーヴァー・ザ・ナイト』のひろ子と久美がやってくることになるだろう。

僕は雨の日の、ユリの葬儀を思い出した。

遠い昔のことだ。

丸山に訊ねて、彼らをそこに残し、僕はジロウとアッペの二人を見舞った。二人は、丸山のはからいで、同じ病室に寝かされていた。

僕がノックをして、病室に入ると、ベッドの上に起き上がった二人が迎えた。

「邪魔、かな」

僕はいった。

「公さん」

ジロウがいった。

「僕達、あの、あなたが倒れたきりだったので……」

「死んだと思った？」

頭痛をこらえて笑ってみせた。

「あなたが、爆弾を投げ出して、爆発のすぐあとで倒れたのを、私見たんです」

アッペがいった。

「死んだら、名古屋にパチンコやりにいけなくなるよ」

「よかった」

「本当に、私達、心配していたんです」

「ありがとう」

僕は自販機で買ったショート・ホープをジロウに渡してやり、腰をおろした。

「荷物は持ってこられたの?」

二人は頷いた
「家のことが心配だろう。なるべく早く帰れるように、丸山さんにいっておくよ」

すわっていることすら本当の苦痛に感じ始めるまで、そこで彼らと話した。

二人が不安から解放され、もう誰にも恐ろしい目に遭わされることがないと納得すると、僕は再会を約して部屋をでた。

病棟の廊下に長椅子があり、そこに腰をかけて目を閉じた。

ここらが限界だ。体がそう告げていたのだ。

14

目を閉じていても、誰かに見つめられているのがわかった。

自分の体があおむけに横たわっていて、それも長椅子の上なんかではなく、毛布をかけられたベッドの上であるということもわかった。

目を開くのが、真剣な努力の要る作業だった。

津田智子が、赤のスーツを着て、きちんと両膝を揃えベッドの傍らにすわっていた。

真っ赤なブレザーとスカートに、白のブラウスを着ている。

学生かタレントぐらいにしか見えないようないでたちを品よくこなせる女だな、と僕は考えた。

口を開こうと息を吸うと、激しく咳こみ、右肩がひどく痛んだ。

彼女の前だったが、

「くそっ」と呻いた。

「あまり御気分がよろしくないようですね。お医者様を呼びましょうか」

津田智子は硬い表情で僕を見つめていった。

「大丈夫です。一体、今は何時ですか」

「午後九時を少しすぎたころです」

左腕に目を落として、彼女は答えた。

「あなたがなぜここにいるのか、というのは愚問かな」

「梶本さんが大川に連絡して下さいましたの。あの方が動けば、どうしても人目を引きます。ですからわたくしが代わりに参りました」

僕はそろそろと上体を起こした。衣服はそのままだったので、毛布の外にでた上半身に寒けを感じた。

個室の病室だった。頭上のスタンドだけがともり、部屋の隅はほの暗かった。枕もとに大きな花束がいけられていた。

病院の中は静かだ。

僕は、胸のポケットを探り煙草を取り出してくわえた。激しい空腹と渇きを感じた。

「お貸しいただいた車が泣ける有様になってしまった」

「すべて梶本さんからうかがいました。大川からも、あなたのして下さった仕事については深く感謝しているということをお伝えするように――」

「待って下さい。僕はまだジョー・カセムを見つけたわけじゃありません」

「はい、それも……」

「御存知ですか」

「佐久間さんが取った行動は、とても勇気のあるものだと思いました。あれ以上は、誰にもできません」

「僕は、例のトレーダーとジョー・カセムの膝小僧にすら辿り着いていないんです。だから、そんなことはいわないで下さい。ただ、たまたまあのロッジにいっただけなんです。それ以上歯の浮くようなことをいわれたら毛布の中に隠れますよ」

津田智子の頰に笑いの片鱗のようなものが浮かんだ。瞳がじっと僕を見つめた。

「わたくしはただ、お礼の言葉を伝えるぐらいしかできません。最初は、あなたをだましたし……」

本当にすまなそうにいった。彼女は、金を払って仕事をさせる以上は、何がおきても自分とはかかわりがないというタイプの依頼人ではなかった。

「それは帳消しにしましょう。このところだまされっぱなしで、そんな昔のことまでには気が回らない」

僕はぶっきら棒にいった。

「実のところ、梶本氏にもだまされましてね。ぶっ飛ばすって凄んだような気がします。本当にしたら、自衛隊の新鋭対地ミサイルで粉々にされるかもしれない」

今度は笑った。堅苦しくない笑いだった。

僕の態度がどうであるか、気に病んでいたにちがいない。

「梶本さんは、もう病院にはいらっしゃらないわ」

「どこに」

「あなたが訊き出した情報を頼りに、もう一度、長野県一帯を捜査するおつもりのようです」

ずるい男だ。いかにも僕一人が立ち回って調査の糸口をつかんだかのように、彼女に話したのだろう。当事者以外には、無関係を装うことができる。

「あなたはいつ、ここに？」

「夕方でした。六時ごろです。梶本さんから大川に連絡があり、大川がわたくしに、代わりにいくようにいったんです」

「お一人で？」

「いえ、この件についてはすべて知っている父の秘書の方と一緒です。わたくしにとっては乳母のような人で、先に、旧軽のわたくしのうちの別荘にいっております」

「そうですか。それは、わざわざ……」

僕は礼の言葉を飲みこんだ。頭のいい彼女は、儀礼上の言葉など必要としない。

「お腹、空いてらっしゃいませんか？」

「飢えた顔をしてますか？　やっぱり」

津田智子は微笑して、サイド・ボードの上の紙袋を取り上げた。

魔法壜と、アルミ・ホイルの包みが現われた。

「サンドイッチでよろしければ……」

「いただきます。それを待ってた」

温かい紅茶と、ローストビーフに野菜のサンドイッチだった。

「失礼ですが、あなたが作ったのですか」

頷いた。

「失礼ですが、おつきあいいただけますか、結婚を前提として」

笑った。

「丸山さんはお会いになりました？」

「はい。その方は、ここにまだいらっしゃる筈です」

「食べ終わったら、彼に会いましょう。今は駄目です。たとえ、相手が国家権力でも、一切れだって渡したくない」

それを最後に、黙々と食べつづけた。食べ終えて、再び煙草に火をつけると、彼女にいった。

「幾つもの企業がジョー・カセムを追っているのに、梶本氏は、大川さんにだけは味方しているようです。どうしてだろう」

「さあ」

包みを片付けながら、津田智子はとまどったようにいった。

「大武山ロッジには、少なくともふたつの企業が強硬な手段で、ジョー・カセムを奪おうと、尖兵を送りこんでいたんです。あそこまで辿り着けなかったとしても、同様の狙いを持った企業は他にあった筈です。僕を買収しようとしたところもありましたからね。

にもかかわらず、大川さんにだけは、僕の状況や、あったことを告げた。なぜかな」

「それは、わたくしの勝手な想像ですけど、本当にジョー・カセムの父親を知っているのは、大川だけだからではないでしょうか。そういった強硬な手段に訴えることもせず、彼の身の上を真剣に心配していたからじゃないでしょうか」

梶本は、そんなに甘い男かな——僕は思った。ひょっとしたら、ジョー・カセムに辿り着いた時点で、その身柄を自分の手中におさめてしまうこともありうる。

共同戦線を張ることを申しでたのは、単に、より成功を望んだからではないだろうか。

あるいは、いざとなれば、大川を彼の企業ぐるみ国家サイドに引きつけようとするかもしれない。

石油状況が深刻な現在、何としてもオイル・ルートを打ち立てたいのが望みだろう。

そして——。

「セコいやり口だな」

僕はつぶやいた。

「何が、ですか」

「要するに、国家は、ラクールのオイルが欲しい。しかし、政権が不安定な、現政府と直接取引をして、その政権が倒された後、ルートを遮断されるのも困るわけですよ。新しい次の政府に、前政権と取引をしたと誹(そし)られる可能性がありますからね。ですから、表立っては大川さんの企業を使おうという腹じゃないかな。様子をそれで見ておいて、ラクールの政権が安定したら乗り出すつもりなんだ。無節操さについちゃ、我が日本は、中東諸国にずいぶん評判が悪いですからね」

津田智子は頷いた。

「だからといって、大川は手を引けないでしょうしね」

「そういうことです」

煙草を消して、毛布をめくった。

床に足をつけて立とうとすると、軽い目まいを感じたが、頭痛や吐き気はなかった。

病室の隅におかれたバッグから、僕はスウェードのスイング・トップを取り出して羽織った。

「丸山さんはどこに?」

「最後にお会いしたのは待合室でした」

僕は病室の扉を開いた。蛍光灯が無人の廊下を照らし出している。

津田智子が椅子から立ち上がる気配を背後で感じ、コロンの香りに、初めて気づいた。

廊下のどちら側が待合室なのか、僕にはわからず、彼女の方を振り返った。彼女は無言で、左手を指さした。

二人して、廊下を歩いた。十メートルほど、両側に病室、洗面所を見て歩くと曲がり角だった。

足音が曲がり角の向こうから響いてきた。

看護婦だろうか、そう思って曲がり角を曲がると、梶本が丸山を従えて、足早に歩いてくるところだった。

「佐久間さん」

鉢合わせすると、梶本は下に向けていた目を上げていった。

「気分は――」

「それより、どうしたんです」

梶本の顔には疲労が色濃く浮かんでいたが、僕が見出したのは、それだけではなかった。

緊張した表情で、梶本はいった。

「ジョー・カセムの居所らしい場所を見つけました。おそらく、例のトレーダーと、石原という女性も一緒でしょう」

背後で、津田智子が小さな叫びをあげた。

「どこにいたと思います？」

「大武山ロッジのすぐ近く。無人と思われていた、別荘のどこかでしょう」

「どうして、それが」

梶本の驚きを見るのは、痛快な気分だった。僕はいった。

「彼女と話している間に、その可能性に気づいたんです。どうやら、人間、うまいものを食うと頭もそれに応じて働くようです。考えてみれば当たり前のことなんだ。大武山ロッジを選び、そこに囮を配置した以上、その状況を適確につかめる位置じゃなきゃ意味がない。おそらく、囮にされた森伸二、室町も、彼らの本当の居所は知らなかったにちがいありません」

ナース・ステーションから本物の看護婦が現れ、僕らに注意を与えた。

待合室まで引き返すと、梶本は立ったままいった。

「石原という女性の線を徹底的に洗ったんです。女性であることが、大きな手がかりになりました。石油事情に明るく、こういった仕事に手を出すような女性は、少ないですからな」

梶本は手にしていたファイルを開いた。

「石原満子（みつこ）、三十八歳。外語大をでた後、華僑系の貿易商社に勤め、そこの社長の夫人になったという経歴の持主です。十年前に、夫と死別して、旧姓に戻り、相続した財産と夫人として得たコネをフルに使って、夜の世界で女実業家として成功をおさめました。彼女の別荘は旧軽なのですが、ここは無人です。ただし、彼女の経営する、大興産業名義の別荘が大武山にあるんです。ここは、地下室があって、駐車場も地下に作ってあります」

ファイルをパタンと閉じて、梶本はいった。

「なぜ、わざわざ僕に知らせにきたんですか」

大武山に向かう、ランド・クルーザーの中で僕は梶本に訊ねた。

「ジョー・カセムの居所をたとえ突きとめても、そこから先はあなたは僕をのけ者にして行動するだろうと思っていました」

「本当にそう思っていた？」

梶本は、運転席にまっすぐ目を向けたままいった。

「ええ、これはいってみれば、囮作戦に対する囮作戦だったと僕は思っていますよ」

津田智子に話した、政府のやり口に対する僕の予想を彼にもいった。彼は否定しなかった。

一切、政府機関のものであるとは、外見からでは判断できないランド・クルーザーは、高地の夜の底を走っていた。

梶本は、僕の言葉を聞き終えると、峰を取り出してくわえた。やがて、火をつけぬまま、それを唇から取り、手で弄んだ。

「おっしゃる通りだ、ということは私の立場ではできません。ただ、いかにも政府のやりそうなことかもしれないし、エネルギー庁や内閣官房がよってたかって、石油ルートを新生国家に求める場合、私のような平役人に押しつける計画があるとしたら、確かに佐久間さんのいうような計画であったでしょうね。

政府としては表にでず、尚かつラクールとつながるパイプを作っておきたい。そのためには各企業の中で、大川氏の会社に与するのが最も利口なやり方だ」

「ではなぜ、僕をここまで連れてきたんですか」

梶本は僕の方を向いた。手の中で煙草がふたつに折れていた。

「私自身の気持ですね」

梶本はあっさりといった。

「あなたがいなければ、我々はもっと悪い結果しか得られなかった。そしてそれらの事実を世間に公表されれば、どんな形にせよ責任を追及されるのはまぬがれられない。あなたのおかげで我々は最後まで彼の策略にはめられる、という失態をまぬがれたのです」

「国家が自ら公表するということはありえないわけですね」

梶本は無言で頷いた。

「早川法律事務所のファイルには残りますよ。それに僕が口を閉ざしていると思いますか、あるいは他の人質達が」

「彼らには手を打ってあります。決して事実が明るみにでることはないでしょう。脅迫はしていませんが」

「じゃあ、僕はどうです?」

「結末を見たくないですか? 本物のジョー・カセムの居所に辿り着くのは嫌ですか?」

「それが交換条件?」

「まさか。走っている車から降りろというわけにもいかないし」

「じゃあ、何です?」

「あなたはきっと、マスコミには公表しない。そう、私が思っているだけです。他には何もない」

僕は口を閉ざし、ランド・クルーザーが登り始めた、新しい山裾を見つめた。森と夜空の区切りが、闇の濃さで見分けられる。

多分、梶本のいう通りなのだろう。だが、それを認めることはできない。つまらない梶本が息を吐いた。安堵か、さもなければ勝利の吐息のように、僕には聞こえた。

「恋人と、森伸二の件を依頼してきた友人にはね」

窓の方に顔をそむけていった。

「僕は喋りますよ」

意地だ。

15

目標の別荘は、大武山のふもとから一キロほど山道を登ると、北側に面して建っていた。

梶本はランド・クルーザーを、別荘からは見えぬ位置の、カーブの手前で止めさせた。ヘッド・ライトを消した運転手が振り返ると、無線機のマイクを渡した。

「突入する」

言葉少なに梶本はいった。

「こちらは二人だ。私と、もう一人は——」

僕の方をちらりと見た。

「明るいグレイのジャンパーを着ている」

そして応答を待った。

「了解、三班待機」

ノイズに混じって、落ち着いた男の声が返った。マイクが戻された。

助手席の男が、梶本に革のホルスターに入った拳銃を渡した。僕の計画を、危険すぎると反対した男だ。

梶本は、左の腰にホルスターをとめると、ドアを開いた。

「いきましょう」

微笑んで僕を見た。

梶本と僕は、道路面がところどころ陥没した、不安定な斜面を歩き始めた。僕は、助手席の男が降りるときに渡してくれた懐中電灯をともした。

その別荘の前までくると、梶本は、コートのポケットからトランシーバーを出して口に当てた。

「私達が見えるか」

「見えます」

「よろしい。これから入る」

僕は周囲を見回した。ランド・クルーザーはすでに死角に入り、森の黒々とした繁みの向こうに隠れていた。

真っ暗な繁みを背後にして、僕らは暗い別荘の前に立った。

コンクリート製の二階建てで、表に見える窓には、雨戸が閉まり、玄関には、鎖を張った鉄柱が立っていた。

「裏に回りましょう」

裏に向かって下る斜面に建てられた、その別荘の左側に、丸太をうめこんだ小さな階段が作られていた。

僕から懐中電灯を受け取った梶本が、それを左手に持ち、先に降りた。

山道の高さからは一階に見える玄関は、裏に回ると、コンクリート製の巨大な箱の上に作られていることがわかった。

ガレージには、スティール・シャッターがおりていて、その隣に一メートルほどの高さしかない扉があった。

シャッターから、一カーブ分下の山道に、細い、轍(わだち)のついた私道がつながっている。

私道の突きあたりを、梶本は懐中電灯で照らした。濃く茂った樹木が枝を突き出し、道路からの視界を遮断している。

これでは、どこから見ても無人の別荘にしか見えない。聞こえるのは、虫の音だけだった。

梶本のコートの中で、トランシーバーが、ザーッと音を立てた。彼が取り出すと、

「二班、そちらの姿を捕捉」

という低い声が流れでた。

僕は正面を見すえた。闇しか、見えなかった。

梶本は、小さな扉の前に立つと、懐中電灯の尻でそれを叩いた。

ノックというには、あまりに優しい叩き方だった。

しばらく間をおいて、二度。

それから灯りを消して待った。

再び、あのロッジで味わったような、長い緊張の時間がすぎた。

やがて、かすかなカチリという音が、扉の向こうで聞こえた。錠を外したようだ。

だが、梶本は、下がって、扉には手を触れようとはしなかった。

一分近い時間がすぎ、扉が外側に、ゆっくりと開き始めた。

扉が開き終えても、壁ぎわの死角の位置から梶本は動こうとはしなかった。

開いた戸口から、弱い光が洩れ、扉から数メートル離れた位置の、僕の爪先に達した。

その光を何かが遮り、次いでハイネックのセーターにブレザーを着た若い男が腰をかがめて、上半身をのぞかせた。

緊張した面持ちの男は、首を巡らしかけ、僕の存在に気づいた。

目が広がり、不審そうに何かをいいかけたとき、こめかみに銃口が押しつけられた。

「声をたててはいけない」

梶本が囁くと、男の左腕をつかんで引きずり出した。男は、後ろ手にライフルを隠し持っていた。

梶本は、それを、シャッターのわきに立てかけ、男を回れ右させると、今度は戸口の方に押しやった。

男は無言で、屋内に入った。梶本がそれにつづき、後ろ手で僕を招いた。

人間一人が腰をかがめて歩くのがやっとの通路が三メートルほどつづいていた。

左側のコンクリート壁の向こうがガレージであることはわかっていた。

通路の突きあたりに、すりガラスのはまった扉があった。光は、そのガラスから洩れていたのだ。

若い男が扉を手前に開くと、梶本は彼の背に張りつくように室内に入りこんだ。

彼の背で光が遮れ、通路は一瞬、真っ暗になった。

「全員、そこを動くな　フリーズ」

英語と日本語による、梶本の警告が与えられた。

やがて、梶本の背が動き、光が再び通路に流れこんだ。

僕はそこにでていった。

窓のない、十二畳ぐらいの部屋に、分厚いカーペットが敷き詰められ、左手に、アコーディオン・カーテンが閉ざされている。

部屋の中は暖かで、正面でオイル・ヒーターが燃えていた。

中央にパイプに布を張った、安物の簡易応接セットがおかれ、グラスや皿がテーブルの上にのっていた。部屋の隅に、大きなポリ袋がゴミをいっぱいに詰められて、ふたつ重ねておいてあった。

椅子には、銀髪の男と、キルティングの丈の長いスカートをはいた女が並んで、凍りついたように梶本を見上げている。

僕は銀髪の男を見つめた。

外国人——白人で恰幅のいい男だ。濃い色のついた眼鏡をかけ、皺でたるんだ皮膚にはまった青い目が、レンズの奥で広がっている。

年齢は、およそ見当がつけにくい。だが、六十歳を越しているような気がした。ノリのきいたシャツと光沢のあるスラックスを着け、肩に革を使った、プルオーヴァーを羽織っていた。喉もとに、スカーフを結んでいる。

女は、長い髪を後ろにたらし、整ったお面のような顔立ちをしていた。美しいが、どこか冷酷さを感じさせる。左手が、白人の右腕をきつくつかんでいた。

驚きから最初に回復したのは、白人だった。左手で、女の手を包みこみ、優しく叩くとドイツ語で何かいった。

女が答えようと顔を向けると、それより早く、立ちはだかった梶本がドイツ語で喋った。すでに、拳銃を太腿のところにおろしている。

梶本がドイツ語を喋ったこと、そして内容についてもだろうが、白人が再び体をこわばらせた。

「何者ですか、あなたは」

女が甲高い声で叫んだ。

梶本が、ゆっくりと拳銃をしまった。

「失礼しました。私は、政府機関の者です。石原さん、そして、ヘル・キースリング、ジョー・カセムの身柄を渡していただきたい」

女は、梶本と白人の顔を交互に見比べながら早口のドイツ語を喋った。

キースリングと呼ばれた白人は、無言で数度、頷いた。

「こちらにジョー・カセムがいることはわかっています。連れてきていただきましょうか」

白人が何事か喋り、女は、あきらめた風に立ち上がった。

「佐久間さん、申し訳ないが、通路の外に出て車に残してきた者達を呼んできてもらえないだろうか」

僕は無言で、踵を返した。

女がカーテンの方に歩み寄るのが見えた。

次の瞬間、天井の上、一階であわただしい足音が響き、銃声がアコーディオン・カーテンの向こうで数発つづいた。

アコーディオン・カーテンが、音をたててふくらみ、半分ほど開くと、金髪の大男が拳銃を右手によろめきでた。そして、ばったりと床に倒れた。

女が、はっと息を呑むのが聞こえた。

「ヘル・キースリングがボディ・ガードなしでいらっしゃるとは思いませんでしたのでね」

梶本は冷ややかにいった。内側からアコーディオン・カーテンが大きく開かれ、ロッジに攻撃をかけた野戦服の男達が現れた。

銃を手にした彼らは、白人の死体を跨ぎ越して、梶本と向かい合った。

「二班、大野(おおの)三尉であります」

顔を塗った先頭の男が敬礼していった。

「一階より上は無人です。一階から下る階段のところで、発見いたしました」

カーテンの背後から、二人の屈強な兵士にささえられた若者が連れ出された。唇にガム・テープを貼られ、胸の前で手錠をはめられていた。

ジョー・カセム。

青ざめた、彫りの深い顔で瞳が瞬き、周囲を見回した。

若者が、自分一人では立っていられないほど、衰弱していることは一目でわかった。衣服からは悪臭が漂っている。

僕は歩み寄り、彼のサルぐつわを、優しくはがしてやった。

「鳥井譲、君？」

彼の目をのぞきこんで訊ねた。

「はい、そうです」

ジョー・カセムは淀みのない日本語で答えた。

梶本がいった。

「君は、もう安全だ」

若者の目に涙が浮かび上がった。彼が母国語で何かをつぶやいたが、それは聞き取れないほど低かった。祈りの言葉のように、僕には聞こえた。

梶本が、ドイツ語でキースリングに何かを質(ただ)した。キースリングは、力なく否定の言葉をつぶやいた。

梶本は、視線を石原満子に向けた。

「では、彼は知らないのだな」

厳しい調子でいった。

「ええ、知らないわ」

急に老けこんだように見える、女は答えた。キースリングもまた、小さく、椅子の中に縮こまってしまったようだ。

この男が、あれほどの力を持っていたというトレーダーなのだろうか。

僕は信じられない気持で見つめた。

東京で、藤井とユリを操り、偽者を作り上げ、挙句（あげく）に口封じに二人を殺させた男。大武山ロッジの、惨劇の原因を作り出し、密かにラクールの石油利権を己の手中に納めようとした人間なのだ。

石油界の黒幕――ヨーロッパに住み、オイルの動きを誰の目からも見えぬ位置で操っていた男には、とても思えない。

ただの、老いた白人にしか見えないのだ。

キースリングが、顔を上げた。偶然に、彼と目が合い、僕はその瞳の奥をのぞきこんだ。そして自分の誤ちを知った。

冷たい――ぞっとするほど冷たく、どこか超然とした光がそこには宿っていた。

いつの間にか立ち直り、今では薄笑いすら浮かべているように感じる。

僕は目をそむけた。

梶本が、ジョー・カセムに煙草を吸うかと勧めていた。鳥井譲――ジョー・カセムはぐったりと床にすわりこみ、放心したように涙を流している。痛ましそうにそれを見守っていた梶本は、かがんで彼の肩を優しく叩いた。

「知らせがあるんだ、ジョー・カセム君。君の母国でクーデターが起こった」

ジョー・カセムは、はっと顔を上げた。

「旧政権が倒され、臨時革命政府が、現在は実権を握っている。二日ほど前、新政府が、組閣を発表した。君のお父上は、オイル相になられたよ。おめでとう」

僕はジョー・カセムにハンカチを渡してやった。彼が顔を上げ、

「ありがとう」

と礼をいった。

「喫茶店『ロータス』の女の子が君の噂をしてたよ、どうしたんだろうって」

若者の唇に笑みがのぞいた。

こうして見れば、おとなしそうだが、どこかに育ちのよさを感じた。たとえ、外国で育ったとしても、母親の血は濃く彼の体を流れていたのだ。ジョー・カセムは、石油戦線の陰の謀略に巻きこまれるような若者には見えなかった。

鳥井譲——そう呼んでやった方が彼にはふさわしい気がした。

東京に帰れるな、ふと思い、僕は彼に左手をさし出した。

「東京に帰ろう、君に会いたがっている人がいる。君は知らないが、お父さんの友達だ」

僕はいって、梶本を見た。

梶本は無言で僕を見つめていた。

「どうしたんですか」

「不思議です。こうやって見ると、あなたはどこにでもいる普通の若者のようだ」

僕はゆっくりとその言葉をかみしめ、笑って答えた。

「僕は、どこにでもいるような若者ですよ」

梶本は首を振った。

キースリングがドイツ語で何かをいった。

昂然(こうぜん)と顔を上げ、それは強がっている様子にも見えない。

梶本が、短く答えると、考えるような一瞥(いちべつ)をキースリングにくれた。そして、

「いきましょう」

と、僕らを促した。

梶本とともにランド・クルーザーに乗ってやってきた内閣調査室の男が、通路の出口で待っていた。彼に、あとの処理について指示を与えると、梶本は先頭に立って歩き出した。

鳥井譲は、山道のところまで二人の兵士によって運ばれた。

別荘の前には何台もの車が止まり、道路に立った兵士達は梶本の姿を見ると敬礼した。

僕達を乗せてきたランド・クルーザーがエンジンをかけっ放しにして待っていた。

「室長に連絡したまえ。作戦は終了、無事保護したと」

「了解」

ランド・クルーザーは、兵士と内閣の情報機関員達をそこに残して、走り始めた。行先は、軽井沢の病院だった。

鳥井譲が監禁されていた別荘が遠ざかり、再び車が闇の中を一台で走り始めると、僕は訊ねた。

「奇襲部隊を、また待機させておいたのですね」

「そうです。ある程度まで、賭けでしたからね。今回の場合も、人質を盾に取られる可能性があった。ただし、今度は、私自身が、あなたとともに囮になったわけだ。危ない目に遭わせて申し訳ありません」

「気にしなかったんじゃないんですか。たとえ、止めても僕がついてくると思って」

梶本は、前を向いたまま答えた。

「どんな形にせよ、ここにいる彼――ジョー・カセム君を発見したとき、その場にはあなたが居合わせるべきだと思ったのです」

「あの別荘にいるという確信があった?」

「あなたの言葉を聞くまではなかった。本音です、これは」

僕はジョー・カセムを見た。若者は、僕の隣で目を閉じ、浅い呼吸をしていた。

「最後に、あの白人は、何といったのです? キースリングは」

僕は気になっていた質問を放った。梶本がくれた一瞥を覚えていた。

「自分を日本国内で収監するのは不可能だ、といっていたのです」

僕は、こちらを向かない、助手席にすわる梶本の肩を見やった。

「で、あなたは何と」

「かもしれないと答えました。あの男を、私のような立場の者は現場で射殺でもしない限り、どうすることもできないのです」

「あなたが自ら、あの別荘に入っていったのも、チャンスがあれば、そうするつもりだったからじゃないかな」

「かもしれないと答えましょう。キースリングという男は、前歴が本当に謎に閉ざされています。名前も無論、本名かどうかは定かじゃない。ただ、わかっていることがひとつ。多分、ヒトラー青少年団出身で、精神面に関しては筋金入りということです。並の圧力でつぶすことのできる男ではないのです」

自嘲的な喋り方だった。

「キースリングは、自らラクールに乗りこんで、オイル相と直接取引をするつもりだったようです。我々が入手した情報では、石原満子と共同で、ラクールにオフィスを構える計画を進めていたとのことです」

「ジョー・カセムをどういう切り札に使うつもりだったのかな」

「新生ラクールにとって、この若者は次代のリーダーとして必要な人間だったのです。あるいは、彼の命と、石油ルートを引き換えにするよう脅すつもりだったのかもしれない。キースリングさえ表にでなければ、契約を結ぶこと自体は、日本の法律にも、ラクールの法律にも触れない。この事件によって、日本という国に、この若者が悪感情を持たぬよう祈りますね」

幾つ目かのカーブを、ランド・クルーザーが越えると、不意に眼下に、光の瞬きが点在して見えた。軽井沢の町の灯だ。

僕はランド・クルーザーの固いシートを、心地よく感じ始めていた。

鳥井譲が身動きをした。振り向くと、僕を黙って見つめていた。

「ひとつだけ教えてくれないか。君はどうして長野にきたんだい」

「あの女の人――石原という名の。彼女が東京の僕のうちに電話をしてきたんです。母のこと――死んだ母のことで僕に話したいことがあると。母の友達だったといった」

苦しげに若者は答えた。

「だから会おうと思った？」

彼は頷いた。

「けれども、ロッジで会ったあとすぐにあそこへ連れてこられました。そして、それきり外へ出してもらえなかった。誰かが、僕のことを捜してくれるとは思わなかった」

「皆が捜していたんだよ」

僕はいった。

「皆がね」

第三部　再び　東京

エピローグ

案に相違して、僕はジョー・カセムとともに東京に戻ることはできなかった。ただし、残ったのは、僕ではなく、彼の方だった。

病院で一週間程度の入院の必要を診断され、津田智子が彼の世話を見ることになった。

右肩にギプスをはめられた僕が翌日の昼すぎ、上野駅に到着すると課長が自ら出迎え、その足で中央開発株式会社の、霞ケ関のオフィスに向かう羽目になった。

オフィスでは、最上級の応接室で大川晃が父親の、中央グループの現社長とともに待ち受けていた。

すべての経過を報告し、いずれ内閣調査室の梶本から連絡があろうと告げると、コンツェルンを率いる親子は、お互いに視線を交わしながら、血のつながった者同士に初めて可能なテレパシーで話し合った。

そして、僕の「最善の努力」に対する、「最上級」の賛辞とねぎらい、感謝の言葉が、大川晃の口から流れ出し、最後に彼は、正規の依頼料と別の封筒を僕に手渡した。

「中央グループと、私個人からのお礼の気持です」

大川晃はいった。

額面一千万円の小切手だった。これは、受け取れない――僕は思った。

僕が丁寧に、しかしきっぱりと断わると、親子は、別に驚いた様子も見せずにそれを引っこめた。

そして大川晃がいった。

「現金でなければ受け取っていただけますか」

「まさか、石油一万リットルなんていうんじゃないでしょうね」

僕がいうと、彼は笑った。

「ちがいます。佐久間さんは、中央グループの中に自動車産業が含まれているのは御存知ですか」

「いいえ、知りません」

「無論、日本の自動車産業ではありません。外車の輸入と販売ですが」

「……」

「お車ではいかがでしょう」

焼けて、スクラップになってしまった自分の愛車、そして大武山ロッジの駐車場で、土砂にうもれて、横たわるBMW六三三を思った。

僕には、その場で断わりきることはできなかった。


その夜、悠紀がアパートにやってきた。連絡しなかった僕に対する、怒り、責任追及の言葉が、僕の顔を見るなり、彼女の口からほとばしりでた。

そして、右肩のギプスと、こめかみの巨大な絆創膏に気づいたとき、彼女の口は閉じた。

「見かけほどひどくないんだ」

僕は心配に眉根を寄せて、かがみこむ悠紀にいった。

医者の話では、滝田昌代の、爆弾入りのバッグを、窓からオーバー・スローで投げ出したのが、骨に受けていたダメージを悪化させたらしい。もっとも、それをしていなけりゃ、僕は永久に医者の世話にならずにすんでいたが。

僕は、悠紀にかいつまんで事件を話してやった。ただし、〝中尉〟にライフルを突きつけられた、最悪の一瞬のことはいわずにおいた。思い出しても、自分で恐ろしくなる。

二人で歩いて食事にでかけた。

「ステーキを奢りたいけど、当分固形物と、ディープキスはおあずけだ」

折られた歯を見せて、僕はいった。

少し泣いた悠紀は、鼻をすすって答えた。

「やあね、お爺さんと一緒にいるみたい」

結局、タクシーを拾って、蕎麦を食べにいくことになった。食事がすむと、僕は時計を見て、一、二杯飲んだあと、悠紀をタクシーで帰すことを提案した。だが、それは否決され、彼女は再びタクシーを拾い、僕のアパートに戻るように命じた。

「どうするつもりだい」

「あなたの怪我がどの程度、ひどいか、自分の目で確かめるわ」

「使用に耐えうるかどうか？」

僕はニヤつき、危ういところで平手打ちをかわした。

アパートで心配させられたことに対する説教を今一度、聞かされる羽目になった。しかし、これには苦痛を伴わなかった。

ただ、ベッドの上で無理な姿勢を取ったとき、呻いたことは確かだ。

安らぎとけだるさの中で、馴染んだ寝心地に吸いこまれかけていると、悠紀がいった。

「コウ、あなた変わるわよ」

「わからない。でも、今度のことであなたの何かが変わるような気がする」

僕は腕をのばして悠紀の髪に触れた。

「変わったら嫌いになるかい？」

「わからない」

僕の胸の中で、悠紀は鼻を鳴らした。

「でも、好きになるように努力してあげるわ」

「礼をいうよ」

寝返りを打つと、悠紀がいった。

「ところで、来週から学祭なの。そのあと二日休みがあるわ、どこかへいかない？」

アッペとジロウの二人を思い出し、僕は微笑んだ。

「何がおかしいの、ねえ」

肘を立てた姿勢で、僕の体によじ登ろうと努力しながら、悠紀はいった。

「軽井沢、寒かった？」

「よしてくれ」

「どうして、女の子のあこがれよ。シーズン・オフの軽井沢は」

「来年の夏まで、あそこはおあずけだ」

「なぜ、どこが？」

礼儀正しく、欠伸をかみ殺して僕は答えた。

「来年の夏か。じゃいいわ。どこに連れていってくれる？」

「整形外科と歯科」

「馬鹿」

ドアの閉じる音で眼が覚めた。階段を足音が遠ざかっていった。

時計を見ると午後十一時で、サイド・ボードには置き手紙が残されていた。

「来週いっぱいお仕事休みなら、リザーブします。学祭ではテニス部の模擬店にきて、私の作った、たこ焼きを食べること。コウ、もしあなたが変わるなら、わたしも変わります。そして、好きでいるようにしましょう」

僕は笑った。そして笑みを浮かべたまま、眠りに落ちた。


翌日の夜、僕は沢辺と『サムタイム』で待ち合わせた。六本木はあいかわらず、夢見る若者でいっぱいだった。

その日の昼間、中央開発の総務部の人間だという男が二人現れて、寝ぼけまなこの僕に、キイを渡して帰っていった。アパートの前に〝お礼〟がおかれていた。

僕は沢辺より数分早く着いた。アルコール分の低いビールを、カウンターで飲んでいると、バラクーダ・クーダが排気音を轟かせ、店の前に止まった。

「おい、店の真ん前、俺のいつもの場所に止まっている、あの派手な車、ありゃ一体全体どいつのだ？」

ダウン・ジャケットにジーンの沢辺が扉を押し開けて入ってくると、カウンターに向かっていった。

「デカいツラして止まっている、英車か？」

僕は面を上げて訊ねた。

「そうだよ、腕を吊るした二枚目」

「俺のだといったら驚くか」

「お前が？」

沢辺は、あっけにとられたような顔で僕を見つめニヤついた。

「よせよ、尾行には向かねえぜ、あんな車は。どこでカッパらってきたんだ」

「借りたのさ」

僕は答えた。本当にそのつもりだった。キイを受け取ると、大川晃のオフィスに電話をいれた。そして、押し問答の末、次の車を買う頭金が、保険会社からおりるまで借りておく、ということで決着がついたのだ。

「そいつは、考えものだな」

僕が話すと沢辺は首を振った。

「あんな車に一度乗っちまうと、お前の甲斐性で買える程度の車なんざ、アホらしくて乗れなくなるぞ」

「やかましい。俺の話を聞いて驚くな」

「そのザマじゃ酒もあんまり飲めねえだろう」

「ビリヤードのリターン・マッチも当分おあずけだぜ」

僕は答えた。頷いた沢辺は立ち上がった。

「酒も駄目、ギャンブルも駄目とくりゃ、あとはひとつしかないな。いこうぜ、『ナイト』の姉妹にも話を聞かしてやろう」

「オーケイ」

「たまげるだろうが、きっと介抱してくれるさ」

勘定を払い沢辺はいった。そして、『サムタイム』の扉を押しながら、ちょっとくやしそうな顔でつづけた。

「うんと、手厚いやり方でな……」

初出

『標的走路』（双葉ノベルス／一九八〇年）

新装版刊行にあたり加筆・修正をしております。また、本作品はフィクションであり、登場する人物、団体などはすべて架空のものです。

双葉文庫

お-02-17

標的走路(ひょうてきそうろ)〈新装版〉

失踪人調査人・佐久間公(しっそうにんちょうさにんさくまこう)❶

2024年7月13日　第1刷発行

【著者】
大沢在昌(おおさわありまさ)

【発行者】
箕浦克史
【発行所】
株式会社双葉社
〒162-8540 東京都新宿区東五軒町3番28号
［電話］03-5261-4818(営業部)　03-5261-4831(編集部)
www.futabasha.co.jp（双葉社の書籍・コミックが買えます）
【印刷所】
大日本印刷株式会社
【製本所】
大日本印刷株式会社
【カバー印刷】
株式会社久栄社
【DTP】
株式会社ビーワークス

【フォーマット・デザイン】
日下潤一

ISBN978-4-575-52768-1 C0193
Printed in Japan